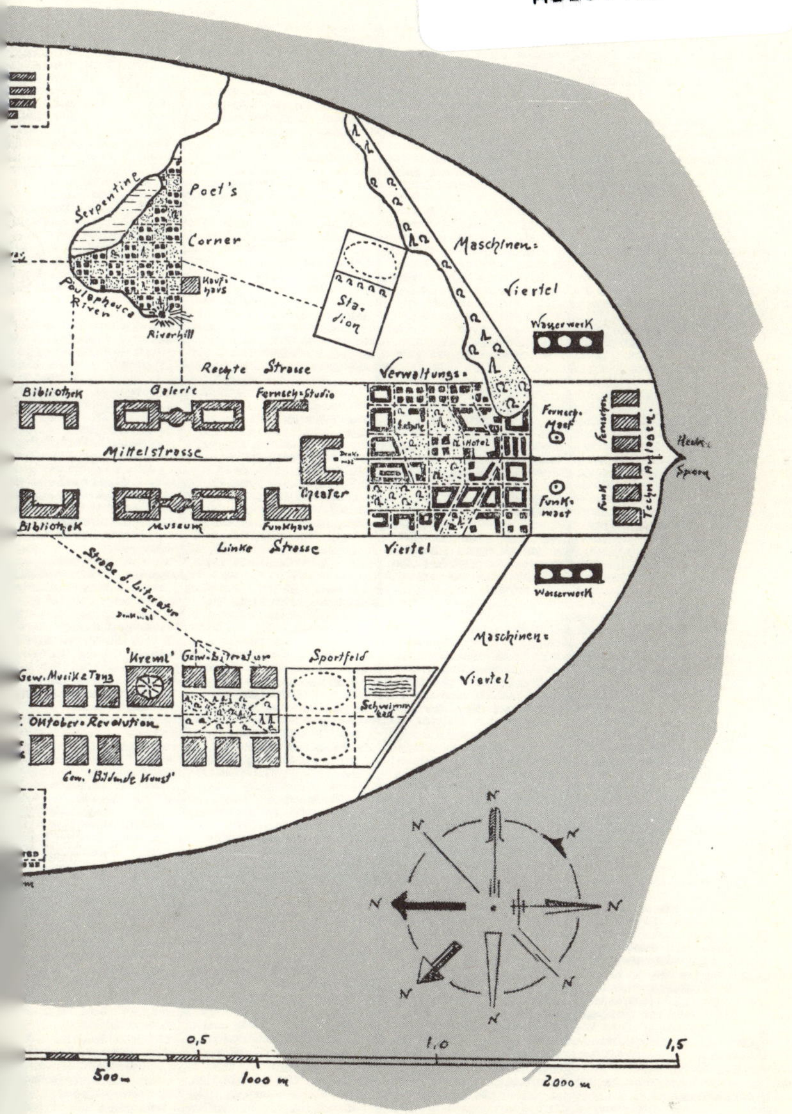

Serpentine
Poet's
Corner
Kauf-
haus
Poulaphouca
River
Riverhill
Sta-
dion
Maschinen-
Viertel
Wasserwerk
Rechte Strasse
Verwaltungs-
Bibliothek
Galerie
Fernseh-Studio
Mittelstrasse
Hotel
Theater
Fernseh-
Mast
Fernsehen
Funk-
mast
Funk
Techn. Anlagen
Heck-
Sporn
Bibliothek
Museum
Funkhaus
Linke Strasse
Viertel
Wasserwerk
Straße d. Literatur
Maschinen-
Viertel
'Kreml'
Gew. Literatur
Sportfeld
Gew. Musik & Tanz
Oktober-Revolution
Schwimm-
bad
Gew. 'Bildende Kunst'
N
0,5
1,0
1,5
500 m
1000 m
2000 m

S.F.
V.

ARNO SCHMIDT

DIE GELEHRTENREPUBLIK

Kurzroman aus den Roßbreiten

S. FISCHER

Reprint der von Arno Schmidt autorisierten
Erstausgabe von 1957.

Vom Autor gewünschte Änderungen
und Satzkorrekturen
auf Errata-Seite am Ende des Buches.

Veröffentlicht im S. Fischer Verlag, Frankfurt am Main,
Rechtsnachfolger des Stahlberg Verlages
und des Goverts Krüger Stahlberg Verlages,
Dezember 1984, Juni 1985

Einbandgestaltung: Imre Reiner
Druck: Gutmann & Co, Heilbronn
Bindung: G. Lachenmaier, Reutlingen
Printed in Germany

ISBN 3-10-070612-9

ARNO SCHMIDT · DIE GELEHRTENREPUBLIK

(Gemäß Interworld=Gesetz Nr. 187, vom 4. 4. 1996, ‚Über bedenkliche Schriften', dessen § 11 a die Möglichkeit der Veröffentlichung politisch oder sonst irgend anstößiger Broschüren durch Übertragung in eine tote Sprache, als vereinbar sowohl mit der Staatsraison, als auch etwelchen Belangen der Literatur in Betracht zieht, nach eingeholter Interworld=Lizenz Nr. 46, aus dem Amerikanischen des Charles Henry Winer ins Deutsche übersetzt.)

Daten:

Stand: 1. 1. 2009		Verfasser	Übersetzer
Alter		30,8	67,3
Größe (m)		1,84	1,60.5
Gewicht (Pfund)		175	175
Gesundheitszustand		+ 3,0	— 1,6
erotic drive		8,1	0,04
Temperament		sanguinisch	melancholisch = cholerisch
Beruf		Reporter	Studiendirektor (emerit.)
Jahreseinkommen 2008 (Dollar, Gold)		45.000	2484,37
Wortschatz	Amerikanisch	8.600	3.200
	Deutsch	1.400	8.580 (davon 3.000 mhd.)

VORWORT DES ÜBERSETZERS

Wenn der Kommission diese Schrift zur Fixierung und Aufbewahrung durch den Druck würdig geschienen hat, so liegt dies wohl vor allem am Material, das dadurch einmal — ich wage nicht zu sagen ‚zugänglich‘ wird. Seit Audubon 1982 seine ‚Andeutungen über Hominiden‘ veröffentlichte (*wie* behutsam verklausuliert, brauche ich dem Kenner nicht ins Gedächtnis zurückzurufen. Und es bestand damals noch kein beschränkendes Interworld-Gesetz; er hätte ganz anders berichten können.) leben wir praktisch in Unkenntnis über die biologischen Entwicklungen im zerstrahlen Europa einer-, sowie im amerikanischen Korridor andererseits. Hier ist jeder Beitrag wertvoll; zumal da in der Tat eine beachtliche Stabilisierung in Hinsicht auf Hexapodie eingetreten zu sein scheint.

Was die eigentliche ‚Gelehrtenrepublik‘ anbelangt, so wird in der zweiten Hälfte der vorliegenden Beschreibung wohl bei jedem unbefangenen Leser der Eindruck entstehen, daß wir auch hier — sei es durch Rundfunk, sei es durch Fernsehen — nur selektiv unterrichtet worden sind. Was man uns seit nunmehr 30 Jahren als ‚Schwimmenden Parnaß‘ suggerieren will, als ‚Helikon im Sargassomeer‘, ist ja inzwischen schon Manchem — zumindest seit dem, gewissen Stellen peinlichen, offenen Brief des algerischen Friedensnobelpreisträgers Abd el Fadl — dubios geworden. Hier werden, wenn auch in tendenziöser Form und frivolem Ton, weitere Daten zugänglich. —

Eine persönliche Schwierigkeit bitte ich nicht zu unterschätzen : die Übertragung erfolgte aus dem Amerikanischen in eine *tote* Sprache. Seit der so früh erfolgten Zerstrahlung des Mutterlandes hat Deutsch nicht mehr lebendigen Schritt halten können mit der technischen oder sozialen Entwicklung — demzufolge konnten gewisse Geräte, Apparaturen, Handgriffe, auch Absichten und Gedankengänge, nur umschrieben wiedergegeben werden. Ganz abgesehen von dem, gelinde formuliert, sehr freimütig und überflüssig weitläufig dargestellten ‚sexual intercourse' des Verfassers — die deutsche Sprache hat in dieser Hinsicht glücklicherweise keine Ausdrücke mehr entwickeln können, die gleichzeitig gebräuchlich und unverfroren genug wären, um Prozesse, wie etwa den der ‚Urtikation' mit allen Konsequenzen wiedergeben zu können. — Fußnoten werden vorkommendenfalls solche Lücken auszufüllen suchen.

Was die immer wieder durchschlagende Abneigung des — in letzter Konsequenz deutschstämmigen — Verfassers gegen alles Deutsche angeht, sowie seine, milde ausgedrückt, exzentrische Mentalität, so kann ich nur versichern, daß ich mich auch an solchen Stellen einer korrekten Übertragung befleißigt habe. —

Das Original der vorliegenden ‚Gelehrtenrepublik' befindet sich in der Handschriftenabteilung der Stadtbibliothek Douglas/Kalamazoo; die danach hergestellten 8 Mikrofilme an den international dafür vorgesehenen Orten. Die deutsche Übersetzung wurde nach dem Exemplar Nr. 5 (Valparaiso) hergestellt.

Chubut, Argentinien, den 24. 12. 2008
Chr. M. Stadion

22.6.2008: Auf Kankerstelzen aus Licht der kleingeschnürte Sonnenleib über der Landschaft.

Spätnachmittag im Auto[1] *: nochmal nachfühlen* — ? — Ja: Notizblock, Fernrohr, Grüne Brille; Ausweise vor allem. / Und die Straße rappelte: Sonne & Kakteen gemischt. Faul lag mein Fingerzeugs vor mir. Daneben rauchte der Captain (und sang; immer auf ‚uun': moon und noon und June und racoon — gibt es etwa schon Menschengruppen, die nur einen auf bestimmte Vokale hin gefärbten Wortschatz erlernen?).

„Schlechte Straße!" — Aber er zuckte nur eine Achsel: geht eben auf die Mauer zu. / Um 16 Uhr hatten wir Prescott, Arizona, verlassen, und man saß in der Hitze wie in Bernstein; (Menschen in Kunstharzblöcken: das gibt's längst. Um der Nachwelt Moden und so zu überliefern. Nr. 238, im Museum zu Detroit, war mal, als Junge, meine große Liebe gewesen (obwohl heute natürlich lächerlich altmodich; ich pflegte ihr damals jede Knabenerektion zu bringen. Seit elf Jahren nicht mehr gesehen: wegtrotteten die Gedanken.)).

Der staubige Streifen am Horizont?: „Ja. 's die Mauer." (Und wurde langsamer; der Motor noch leiser. Wir fuhren grade draufzu.)

Dann nach Norden biegen; immer daran entlang: „Neinein: 8 Yards hoch!" / Und das ist schon keine Kleinigkeit, wenn man sich überlegt: zweimal 4.000 Meilen Betonmauer, um unsern amerikanischen Atomkorridor nach beiden Seiten hin abzu-

[1] Geräuscharm, atomgetrieben; ich wählte den noch am nächsten kommenden der verschollenen Begriffe.

sperren! (Neugierig bin ich, wie's drinnen im Streifen aussehen wird: man will ja schon Trupps von Zentauren in Nevada gesichtet haben! Von sonstigen wilden Gerüchten mal ganz abgesehen. Ich war immerhin der Erste, der seit 11 Jahren die Durchreiseerlaubnis erhalten hatte!).

Und immer an der endlos-hellgrauen Betonwand entlang (aus Tafeln, 2 × 2 Yards gefügt). / Hinten, die beiden Gekhakiten, lümmelten ihre zusammen 13 Fuß auf den Postsäcken. Ab und zu zigarettete der linke; einmal steckte sich Einer den Radioapparat ins Ohr, und hörte was Lächerliches (man sieht's meist am Gesichtsausdruck, was sie sich vordudeln lassen!). / „Wissen Sie, was für einen Querschnitt die Mauer hat? Wie dick und so?". — Er nahm erst sorgfältig die Kurve, und spitzte dann einen abwehrenden Gleichgültigkeitsmund; schüttelte auch den Kopf und spreizte die Schulterspitzen: „Wozu?" / (Li'll' information here).

17 Uhr 20: „Das Wachthaus." (Na endlich!). / Wir machten einen feinen Viertelbogen und hielten: sofort zeigten sich auf den weißen Wänden, in den schwarzen Öffnungen, Köpfe der Besatzung. /(Thermometer an der Tür: 35 Grad im Schatten. Und weitere Erwärmung vorausgesagt; kann ja heiter werden).

„Winer? — : Wieso?!": und ich mußte gleich meine Papiere vorzeigen: Personalausweis mit Lichtbild, Daumenabdruck, Zahnfeinbau, Penisvariante. Dann die achtfach (also von sämtlichen Weltmächten) gestempelte Erlaubnis zum Besuch der Gelehrtenrepublik — das war ihnen allerdings noch nicht vor-

gekommen! / Dann der auf einem guillochierten Sonderblatt erteilte USA-Permit zur Durchquerung des Hominidenstreifens. (Den nahm er, während seine Stirn sich lauernd runzte, mehrfach an sich, der Herr Oberst. Es dachte hinter seiner Westpoint-Stirnwand. Er begab sich mit meinem kostbaren Schein in ein hinteres Büro. Sprach dort auch fern; lange. — Als er wieder herkam, lächelte es irgendwie unten auf seinem unangenehmen Soldatengesicht: man sah, daß er schon vorher, drinnen, genickt haben mußte.) Und nickte weiter:

„*Right. — : Well. — :* Sie müssen natürlich zuerst untersucht werden. Und ich geb'Ihnen einen Sachbearbeiter mit: wir haben Ostwind; das ist günstig." —

Auf einem weißen Hof (und mein Einhandgepäck stand pathetisch=winzig neben mir). Drüben prüfte ein Sergeant, ob mein Taschenfernrohr auch die vorschriftsmäßige 20=fache Vergrößerung habe (mehr ist ja für Zivilisten verboten; laut Interworld soundso: könnten ja auf'm Mond zu viel sehen, was?). Die Kunstharzlinsen ergaben aber genau 19,74; hätt'ich ihm vorher sagen können; war von Caltech geprüft. Und er gab es mir widerstrebend zurück. / Dann war der Arzt so weit:

„*Anheben bitte!" :* hob ich also an; und der Geigerzähler glitt weiter über mich, um mich, in mich. Drüben wurde die — überflüssig große — Blutprobe zentrifugiert: eine muntere Assistentin visierte mit dem linken Auge durchs Mikroskop (während das rechte mich Nackten wie eine Tapetenfigur musterte); ihr Mund gab Zahlengruppen von sich. / : „Wieso haben Sie so'n dollen Hormondruck? — Mit der Freundin gezankt? So." (Dabei hatte ich absichtlich, entsprechend dem Rat meines väterlichen Freundes — der nebenbei eben Derjenige war, der 8 Jahre zuvor die Gelehrtenrepublik hatte besuchen dürfen! — 4 Wochen gespart. Er hatte mir, to the wise a word is sufficient, deutlich genug angedeutet, daß es auf der Propellerinsel ‚hoch her ginge'; man bekäme, zur Erzielung des bestmöglichen Reportereindrucks, erlesene Sekretärinnen zugeteilt, ‚zum Ansagen'; und ich, obwohl erst 30, hatte ein Übriges tun zu müssen geglaubt.) / „Tatsächlich?: Einhundertdreiundvierzig?! — Messen Sie doch lieber nochmal nach." Maß sie also nochmal nach: ?: derselbe Wert! (Und jetzt riskierte die WAC beide umschminkte Augen!).

Injektionen aller Art: eine weiße; noch 'ne weiße. / „Eine hellgrüne?": „Achnaja! Falls Sie=ä — ne Spinne oderwas; stechen *sollte!*" schnauzte er verlegen. (Und geheimnisvoll=ärgerliches Zusatzgemurre: „... ganz Neues ... gegen dadadadiden (?) ...: Da ist es dann nicht ganz so ...“). —

„*Major Bancroft: Mister Winer.*" / Aber der hier war ausgesprochen nett, der mir zugeteilte ‚Sachbearbeiter'! Ungefähr mein Jahrgang; klein und drahtig; wir sahen uns mehrfach zufrieden nickend an. / Half mir sogar beim Umkleiden. (All mein mitgebrachtes Gepäck — die paar Sachen! — wurden sorgsam desinfiziert; und dann per Postrakete über den Streifen nach Eureka geschossen). Ich bekam hier lediglich Shorts aus Rohleinen an, und eine dito grobe Jacke. Oben ein breiter Strohhut; unter die

Füße Rohledersandalen. Dazu Speerstock, Kompaß, Sonnenbrille (mein Perspektiv hatte man ‚aus Versehen' schon mit dem Gepäck ‚weitergegeben'). Die gefüllte Wasserflasche; Proviantkonzentrat für 3 Tage im Match=bag. / „ Wir fliegen dann zusammen im Luftballon los : ja, bei uns geht's ganz altmodisch her und zu ! " ; lachte wie ein großer Junge ; und wir verstanden uns wieder besser.

„*Ja=ä — noch dies, Mister Winer :* Sie fliegen also heute Abend mit Ostwind in den Streifen. Soweit wie möglich. Den Rest müssen Sie zu Fuß zurücklegen — das kann Ihnen Major Bancroft dann noch erklären. — *Ich* — " (und dieses ‚Ich' nachdrücklich=nachdenklich betont) „— *Ich* würde mich während des Fußmarsches möglichst im Schatten der großen Kakteendickichte aufhalten : es ist doch wesentlich kühler da — : ä=Moment ! !" (denn Bancroft hatte befremdet die Hand um Redeerlaubnis gehoben — ließ sie aber verblüfft wieder sinken, so verstellte der Oberst sein ohnehin nicht liebenswertes Gesicht ! Arme WACs.) / „ Ä=Moment, — Sie entschuldigen, Mister Winer. " (Nahm sich meinen Major zur Seite, und zwar *weit* weg ; ordnete auch nachdrücklich manches an ; hielt dem Betroffenen einen Fingerfächer mit mindestens 5 Gründen vor's Bubengesicht ; machte gar eine Faust draus (an dieser Stelle setzten sich seine Reißzähne aufeinander !) — der Major faßte seine Kehle mit der Linken, und strich sie sich : auf der einen Seite 4 Fingerspitzen, auf der andern 1 Daumen. / Schließlich zuckte er die Achseln und nahm die Hacken zusammen : er hatte verstanden.).

„Ich geb'Ihn' da noch n Schreiben mit.“ ; und der Herr Oberst hielt mir jovial das fingerlange schwarzzugesiegelte Stäbchen hin : „Sobald Sie Jemanden treffen, geben Sie's ab : Sie möchten zu *Pluvus* ! “. (Und verschwand, ehe ich noch fragen konnte : erstens *wen* ich wohl treffen sollte ? Und dann, wer dieser besagte ‚Pluvus' sei ? (Kein schöner Name ; so hätte ich nicht heißen mögen)). / „Wissen Sie's ? “ ; aber Bancroft war inzwischen wesentlich zugeknöpfter geworden, zuckte nur, und rausredete.

Sonnenuntergang 19 Uhr 30 ? : „Nein ; wir müssen noch warten ; muß noch finsterer sein. Damit jede Beunruhigung vermieden wird.“ — Ich unterließ klugerweise alle Fragen, a la *wer* wohl beunruhigt werden könnte. Wir setzten uns solange auf die Steinbank vor dem Wachthaus, und sahen dem Baseballspiel der Mannschaften zu (ein Nigger stand genau vor der Sonnenscheibe ; hob immer wieder sein Schlagholz, und schmetterte zu, als versetze er dem Tagesgestirn eins : !).

Wachtstubengespräche : „Wieviel Wallstationen gibt's eigentlich so ? “ : „Alle 30 Meilen eine.“ / Besatzung ? : „Die kleinen, wie wir, 50 Mann.“ / „Welche Form hat die Mauer eigentlich ? “ — Er zeichnete mir ihren Querschnitt mit seinem Stöckchen in den Sand : unten 1 Yard dick (ebensoviel in den Boden versenkt, nebenbei) ; dann außen senkrecht 8 hoch ; oben 3 breit : „Damit man per Roller wie auf 'ner Straße darauf verkehren kann ; in eiligen Fällen.“ — Innen also ebenfalls 8 hoch, aber leicht überhängend ? : „Ja.“ — Und Duraluminiumträger als Stützen eingezogen. : „Ja.“

Die Sonne sank: das Dunstband um ihren Horizontsektor wurde blutig; Gelb lag hoch in Fudern. (Bald würde es Grün sein; dann noch Kälteres. Windstöße kamen von Osten her über die Wüste von Nevada, und machten unsre Schultern schaudern.) / Aber noch warten. (Und an diese Sandalen mußte man sich tatsächlich erst gewöhnen. Obwohl Alle hier sie anhatten).

Also Wachtstubengespräche II: „Ach, Sie haben *auch* den Krieg in Europa mitgemacht?!“; er hielt angeregt sein Gesicht in meine Richtung, und wurde wieder wärmer. Es stellte sich heraus, daß wir 1990, als Zwölfjährige, nicht nur in derselben Kampfgruppe, sondern sogar im gleichen Regiment gewesen waren — er allerdings beim Unterwassereinsatz im Kaspischen Meer (das man, bei vom Wetterdienst angekündigten Südwind, atomar zerstäubt, und über Westrußland hatte hinwehen lassen: das schilderte er sehr interessant: wie sie dort wochenlang am Seegrund in einer Kunstharzglocke gehaust hatten: die Riesenfische die Hausen; Kämpfe mit submarinen Russen. Wie sie, 20 Sekunden ‚vorher‘, über den neutralen arabischen Block abflogen (und um 1 Haar von denen abgeschossen worden wären!). Und wurde wieder ganz aufgeregt dabei!). / Ich war zwar nur Geheimschreiber gewesen; kannte aber doch auch sämtliche Namen und Einzelheiten. Wir schüttelten uns mehrfach die Hände, lachten; und nickten oft. (Er schien freilich — und gerade bei den gemeinsamsten Passagen — verlegen und bekümmert: wieso?!)

Die veraltete Rüstung der Sterne. Und 1 Lance=corporal, die Hand vor der Kappe : ! / Es war mal wieder soweit. / Major Bancroft erhob sich seufzend ; seltsam unentschlossen. Und wir gingen hintereinander in den Patio, wo unser Ballon gefüllt wurde : wird ja'n eigentümliches Gefühl werden, in so'ner altertümlichen Kugel dahinzuschweben ! (7 Yards Durchmesser ; Tragkraft 215 Kilogramm : wir wurden in full kit gewogen —, —, — : zu leicht befunden. Bancroft holte sich murmelnd noch ein Säckchen mit Irgendwas : immer noch zu wenig ! Also noch ein rundes hundredweight Sandballast drauf : ? — so ; stimmt ! / Wir lagen bäuchlings in der ganz flachen Strohschale der Gondel. Nebeneinander. 6 wurschtige Privates hielten die Seile. Noch einmal verneigte ich mich (im Liegen ; muß auch putzig ausgesehen haben !) verbindlich zu dem beleuchteten Gesicht des Obersten hin : das stand seltsam schief in der Nacht (oder hingen wir schief ?), und knurrte soldatisch=höflich : „ Ä=nichtszudanken. — Passen Sie bloß auf, Bancroft ! “. / Dann wurden die 6 Gesichter auf einmal viel kleiner! Mein Bauch zog sich schockiert zusammen — — : ! —

Zuerst nichts (die Augen mußten sich ja erst an die Finsternis gewöhnen). Hörte aber Bancroft neben mir zuversichtlich murmeln : er hatte die Leuchtzahlen des Kompaß' vor der Nase ; dann noch die Uhr — und es mußte wohl irgendwie ‚stimmen' ; denn er brummte zufrieden. / „ Nö : 6 Stunden haben wir erstmal Ruhe : die Sonne geht 4 Uhr 30 auf. Und der Wind nimmt immer noch zu : da schaffen wir schon unsere 3 bis 400 Meilen — im Notfall geh'ich noch etwas höher." / „Nee: *ganz* rüber über den Streifen kommt man nie und nimmer; da müßte schon ein ausgesprochener Ost*sturm* wehen! — Und im Hellen kann man nicht fliegen; die Zenties dürfen nicht unnötig scheu gemacht werden." Womit wir ja direkt beim Thema wären!:

„Die Zenties?" —: „Jaja, die Zentauren." — Wurde aber schon wieder ängstlicher: „Schlafen Sie am besten etwas voraus; Sie haben anstrengende Tage vor sich." wich er aus (wollte wohl irgendwie was überlegen, und gewissermaßen ‚allein sein'.) / Legte ich also höflich die Unterarme vor mir zusammen: die Stirn drauf; und versuchte zu dösen; (zumindest so lange, bis in anderthalb Stunden der Mond aufgeht; sonst sieht man ja doch nichts). / Er atmete immerfort laut und unbehaglich.

Und mußte doch eingenickt sein; denn als er mich anstieß und „Festschnallen" murmelte, lag unten schon alles in schlafgelbem Licht, und der Zweidrittelmond hielt sich links, in gleicher Höhe mit uns, auf. Wir lagen längsachsig gekippt, die Füße leicht angehoben, Kopf etwas nach unten; und er erklärte mir's, während ich mit dem Arm in die Schlaufe fuhr: er hätte am Verhalten von ein paar Nachtwölkchen festgestellt, daß weiter oben ein scharfer Windpriel nach Westen liefe, sogleich Sand abrieseln lassen, und sei auch glücklich hineingelangt. Jetzt hätten wir „einen anständigen Zahn drauf" (was das Rütteln des Tauwerks bewies, wie auch das gelegentliche Flispern rund um den Seidenglobus über uns).

Rechts ein paar kaputte Sternbilder: „Ist die Strahlung unten eigentlich noch sonderlich groß?“: „M=m; nicht nennenswert. — Meist sogar geringer als auf der übrigen Erde: sind ja keine Reaktoren im Streifen; keine Kraftwerke, keine Maschinen, nichts: also auch keinerlei Atommüll...“ und er zuckte die Achseln nach vorn.

„*Wie deutlich man den ‚Roten Fleck‘ sieht!*“ — Auch er verschob den Kopf auf dem Kinnzapfen, murmelte etwas von „beträchtlicher Libration“; und sah lange mit zum Mond hinüber. (In den Krater Wargentin, im Süden, hatten beide Staaten, USA und UDSSR, angeblich ihr ‚gesamtes spaltbares Material‘ geschossen — jeder genau 2.000 Bomben — und das Ergebnis war ein rechter Halemaumau in jener Wallebene gewesen, auch bei Neumond sichtbar. Je nun, er war ja ‚unter Kontrolle‘, wie uns alle Fortzlang versichert wurde (dabei konnte sich jedes Kind am Arsch abklavieren, daß man die Versuchsexplosionen bloß in interplanetarische Räume verlegt hatte: woher wohl sonst die vielen, ungewöhnlich hellen, Sternschnuppen?! (Und die meisten sah man ja garantiert überhaupt nicht; weil sie hinterm Mondschild stattfanden.))).

„*Ich war mal oben,*“ sagte er gedankenvoll, „als Kurier.“

:???

„*Achwo!: Von der Fahrt* merkt man überhaupt nichts: Sie werden eingeschläfert — und sind halt auf einmal da!“ / Aber neu dieses: er hatte auf Karten die abgegrenzten ‚Interessensfären‘ und ‚Demarkationslinien‘ gesehen: die Russen saßen am Nordrand des Serenitatis; die Amerikaner hatten ihre Stationen im Bianchini, an der Sea of Rainbows[2]. Die Chinesen, ganz vorsichtig, zwischen den Klippenrändern des Picard, mitten im Staubring des Mare Crisium. / „Nein: *sehen* tut man überhaupt nichts! Sie stecken doch wie in'ner Glasflasche: iss furchtbar enttäuschend, das Ganze."

Während er noch sprach, wurde das Haar an seinem Hinterkopf blonder; gelber. Und auch er warf einen mißmutigen Blick rückwärts; blies den Mund unbehaglich auf: „In 50 Minuten geht die Sonne auf. Müssen langsam nach unten."

Langsam nach unten: er hatte die Leine zum Schnappventil in der Hand (aus dem es oben, am Nordpol unsres Ballons, gasig rauschte). Wir lagen wie die alten Schlangen da, und sein Gesicht suchte ruhelos die Ebene, schrägvorwärtsunten, ab: Sandflächen; Pflanzeninseln; „Das dunkelgrüne sind Kakteendickichte"; („Ah: in denen in mich dann halten soll" schaltete ich gelehrig): er verwandte den Blick nicht von der Vogelperspektive; öffnete auch zusätzlich den Mund, um schärfer spähen zu können.....)

Dann griff plötzlich seine Handamarm weit nach oben:!: Sogleich verstärkte sich das Gerausch; und wir stießen fast unbehaglich rasch hinab:!. (Aber die Buben hatten schon ihre Erfahrung: so geschickt ließ er wieder zuschnappen, daß wir rund 20 Yards überm Sand zum Stehen kamen — hier unten war es praktisch windstill —; dann noch ein letzter

[2] Sinus Iridum, nach der uns geläufigen Nomenklatur.

Fingerspitzenzug —: — und unsere Strohschale setzte unfühlbar auf).

„*Nein: noch liegen bleiben!*" (richtig; er mußte ja erst weiter Gas ablassen; ansonsten hätte sich, wäre ich aufgestanden, das Dings sofort wieder mit ihm in die Lüfte erhoben!).

„*So jetzt: Fassen Sie bitte gleichzeitig* mit mir den Sandsack an — Heave: Hó!" —:

Wie ein Adler schoß die erleichterte Ballonhülle ins Blau! (Und war nach zehn Sekunden nur noch als winziges Scheibchen zu erkennen; wenn man nicht wußte, wo sie stand, sah man sie überhaupt nicht mehr. Und er nickte zufrieden: wieder was nach HDV erledigt!). / Dann den Sandsack ausschütten; die Hülle selbst notdürftig unterscharren: ..; :...

„*So: da sind Ihre Sachen* —" (sein Blick fiel zufällig auf den mir mitgegebenen Marschkompaß — und wurde starr: „Nanu?": ?)

Er hielt mehrfach seinen eigenen daneben; und nochmal *so* rum: ? Setzte die Hände auf die Hüften; dachte; und murmelte was, das auf „Schweinerei" endete. / „Ihr Kompaß ist ja umgepolt!: Die Nadel zeigt nach Süden und nicht nach Norden! — Was ist denn da ...."

Und wurde plötzlich sehr energisch: „Geben Sie doch mal Ihre Kürbisflasche her!". Hielt ich ihm die außen gelbgrüne halbe Gallone also hin. Er zog den Stöpsel; schnupperte: ,,,,,?; goß sich auch etwas in die Hand, und probierte mit der Zungenspitze: „Mensch, das's doch —: Gin!". „Oh; sehr nett." sagte ich erfreut; aber er zeigte mir ein finsteres Profil: „Sie würden sich wundern: bei der hiesigen

Hitze ! “ gab er zu bedenken. „ Der verfluchte Küchenbulle ! ! “. (Holte die Faltkarte aus der einen Brusttasche, sah nach und verglich).

(*Auf dem schnurgeraden Horizont die Sonnenvase :* wassergelb ; enorm in die Breite gezogen. / 5 Minuten später : jetzt begannen ihre Ränder sich sogar sonnenblumig auszufransen ! Sturm ?).

„ *Nehmen Sie zusätzlich* meine hier ; iss Wasser drin. “ (Er hängte sie mir, ohne zu fragen um. Und ich ließ ihn gewähren ; ich hatte das Gefühl, daß er es gut mit mir meinte). / „ Auch meinen Kompaß : ich benütz' solange die Armbanduhr. “ / „ Der Speerstock muß 'ne Querstange haben : nehm' Sie mein'. — Und den Elektrostab hier noch zusätzlich : bloß das Knöpfchen drücken, und leicht mit der Spitze antippen ; da schmeißt's den strammsten Zentie mitsamt Vollbart ! “ / Also hing ich ihn mir mit an mein breites Lederbandelier.

Aufrichtig anlachen : „ Recht schönen Dank, Major ! “ — Er nickte mit verbissenem Unterkiefer zum Abschied (mußte seinerseits nach Nordost ; auf irgendeinen ‚Reviergang‘. Ich hatte noch gute 35 Meilen ; immer in Richtung Westnordwest : „ Bye=bye ! “).

Also am Matchbag gerückt ; und dieser ekligen Sonne den Rücken zugekehrt ! — Im Sand ging sich's nicht besonders ; aber das sollte ja gegen Abend besser werden.

„ *Ä=Hallo ! — Mister Winer ? ! “ — :* Nanu? Da war er nochmal ? (Und sehr gestrengen Gesichts ; nahezu abgewandt das brave Profil ; er sprach etwas sorgfältig Überlegtes) :

„*Ich!*“ (und wie betont dieses ‚Ich‘!): „*Ich:* gehe *nie* durch Kakteenfelder!“. / Ließ langsam die ausdrucksvoll gespitzte Rechte sinken. Zog mürrisch den Kopf zwischen abweisende Schultern. Stapfte davon (ich sah's an seinem Rücken, daß ich nicht weiter fragen durfte). — . —

Stehen und mit dem Speerstock Figuren in den Sand ziehen. Dann Kopfschütteln und Losmarschieren: merkwürdiges Soldatenvolk; da sieht man nie durch. (Jeder hält immer n andern Dreck für ‚Geheim‘; ich weiß ja selbst, wie's ist.)

Aber hochanständig, daß man mich so allein, völlig unbeeinflußt, ganz ohne Aufseher, in den Streifen läßt: da kann man sich ne subjektiv=objektive Meinung bilden. (Und wenn man die ‚Persönliche Gleichung‘ kennt, ist sie sogar rein objektiv: das hatten die Filologen ja allmählich gelernt, wie man die Individualität eines Schriftstellers vom Text subtrahieren kann.)[3] / Und die Füße gingen unten rüstig über Gelb und Braun.

Intressante Pflanzenwelt! (Obgleich ich natürlich nicht geschult genug war, zu erkennen, was Klassische Formen sein mochten, und was Neue Mutationen. Ist ja auch gar nicht meines Amtes; man hat wahrlich genug zu tun, wenn man 1 Fach leidlich beherrschen will. Nicht wie mein Urgroßonkel, der berüchtigte Polyhistor — muß ooch ne dolle Type gewesen sein!)

Zum Beispiel die hier, Ts=ts!: unmittelbar aus dem Sand kamen die dunkelbraunen vierkantig-hohlgeschliffenen Ruten. Dornen, so lang wie mein kleiner

[3] Im Falle des Verfassers jedem Leser besonders anzuraten!

Finger. Dafür Blätter überhaupt keine. Und immer abwechselnd fünfblättrige Blüten und Früchte wie Zitronen : ob die genießbar sind? (Lieber nicht; nachher schmecken sie gallebitter. Oder, noch schlimmer, nach gar nichts; so daß man sich alles mögliche einbildet; und hinausläuft's auf Durchfall. Plus Erbrechen : Nee!)[4]

Auf einem winzigen Sandhaufen stehen, und umsehen : ? : Hinten die Sonne, immer noch unschönen Teints (genau wie der Herr Obriste gestern Abend). / Ein Kreishorizont wie abgeschliffen. / Ganz fern rechts voraus eine Gruppe Säulenkakteen : ihre Kandelaberarme mußten 20 Yards hoch sein! — Mehr links, mehr in meiner Richtung, noch ein flaches Dunstpaket : wohl einer der, ebenfalls erwähnten, leeren Galeriewälder. / Also auf und dorthin!

Gehen; und immer wieder den Kopf über die Gedanken schütteln : was die beiden letzten Kriege doch so angerichtet hatten! / Europa lag zerstrahlt. Hier der große Streifen. / Der Papst umgesiedelt nach Nueva Roma. (Bei Bahia Blanca; wo man sofort eine neue Peterskirche errichtet hatte : sämtliche Reliquien waren ja angeblich gerettet worden.). / Jerusalem weg (ein Ägypter, hatte es geheißen... Worauf natürlich ein Israeli unverzüglich nach Mekka gepilgert war : Hadschi!). / Und immer rüstig ausgeschritten.

Vor der Staubwaldfront : mir gefiel's! Schön leer und öde : still. / Ich nahm noch einmal die Richtung

[4] Nach der Beschreibung dürfte es sich um Acanthosicyos horrida gehandelt haben. Oder aber tatsächlich eben eine Neuform.

nach der Sonne, und ging dann zwischen die einzelnen Stämme hinein.

Im Staubwald: der Boden aus feinstem Sanduhrsand. (Nur selten ein größerer Fleck getreidegelben, dürr flachliegenden Grases : sehr scharfe Ränder, die strohigen Klingen!). / Alle 30 Yards ein dünnes hellrindiges Stämmchen (obwohl regelmäßig dunkelgepanthert; die Rinde). 3 Yards über'm Boden erstarrt seine Regenschirmkrone. Nur manchmal standen sie etwas dichter, mit 3 Schritten Abstand. / Keinerlei Unterholz: sehr sympathisch! / Einmal ein knallroter Pilz (oder genauer : ein Ding mit Kappe : wenn man drunter kuckte, oder den wachsstöckig gedrehten Stengel ansah — hm hm hm.)

Ich warf keinen Schatten; nichts warf einen : wie ein graues Flachmeer mit Tangen und Algen (aber was war ich dann darin?). / Ein Dickicht zeigte sich fern; und da hing ich mir die Schlaufe des Elektrostabes doch lieber mal ums Handgelenk.

Oder soll ich etwa verschütt' gehen?! — So blieb ich stehen, mitten unter'm laubgemusterten Himmel. / Und alles ordnete sich auf einmal zu neuem Verständnis : Schnaps von 93 proof statt Wasser. 'N Kompaß, der falsch geht. Dazu der häufig-aufdringliche Hinweis auf die schönen schattigen Kakteenfelder?! / Aber Bancroft war anständig gewesen: *und* schlau!: Wenn sie ihn jetzt in Hypnose aushorchten (wie es bei uns ja wegen jedem Dreck üblich geworden war) : er hatte mich nie *direkt gewarnt,* a la „Gehen Sie ja nich da rein!". Nein; er hatte lediglich festgestellt: „*Ich* gehe *nie* durch Kakteen!" / Na, da bin ich ja jetzt im Bilde!

Rascher weiter schreiten ; den Organträger vorsichtig= schneller herum richten. (Auch nach hinten mal : ? — : nein ; alles noch ruhig. Oben die grauen Scheitel der Bäume).

Also war da was drin ! ! : Was'n Menschen fertig machen kann ! / Und ich holte lieber auch noch die Lanze vom Buckel : vielleicht eben der ihre ‚Zenties' ? Mochten ja tolle Kreaturen sein ! / Kann ich 35 Meilen in einem Tage schaffen ? : bei dem Sandboden wohl k . . .

und starrten uns an! Mir ging der Mund auf ; der Linksdaumen war klüger als ich und drückte aufs Knöppchen, die Rechte richtete die Lanzenklinge . . .

: „Oh=no " sagte sie schläfrig (so langsam hatte ich bald noch Niemanden sprechen hören !). Und kaute weiter ihre Grasähren. — : Mensch, wieso liegt hier ein nacktes Mädchen ? Und auf einem (erlegten ?) Reh ? !

Sie zog aus dem grobfasrigen Säckchen neben sich einen neuen Halm; beäugte ihn kritisch ; biß prüfend an. — Sagte dann (und immer in derselben zeitlupigen Sprechweise ; manche Konsonanten kamen auffallend schwerfällig ; auch war die Stimme sehr kräftig ; komisch) : „Du bist kein Förster." [5] entschied sie. Noch ein paar Bisse. Erhob sich : — ! :

Und das erlegte Reh mit ihr ! ! ! : ich mußte die Hand vor die Stirn drücken (und die Finger gafften mir auf, total verblüfft ; to say nothing of my mouth) : das also. : War eine Zentaurin ? ? — —

[5] Im Original ‚ranger' ; man wird später die Gründe einsehen, die mich das deutsche ‚Förster' wählen ließen.

Das also war eine Zentaurin ! : und ich durfte mehrfach um sie herum gehen, die mir amüsiert und pomadig zusah. — :

Eine wunderbare weißblonde Stehmähne, die über der Stirn in einem kecken Schopf begann, beliebig nach vorn oder hinten zu tragen : weiter zwischen der süßen Genickfurche, zwischen den Schulterblättern herunter ; handhoch das Rückgrat entlang ; bis sie schließlich in den schwarz bequasteten Schwanz überging.

Hinten etwa wie eine Grant-Gazelle : ganz kurzhaariges straffes Fell ; auf dem Rücken und an der Außenseite der Schenkel von einem hellen rötlichen Braun. Bauch und Beininnenseiten weiß : 4 schlanke Beine.

Und vorne dran eben ein nacktes Mädchen ; mit Armen ! — Ich stand jetzt vor ihr, und sie legte den schmalen hohen Kopf schief, und lachte mich an : ? / Die Nase : mit breitem Rücken solid an der Stirn befestigt. Ein langer roter Mund. Hals. Elfenbeinerne Schultern, ganz glatte. Backfischbrüstchen. Schmales Gehüft. Lange Mädchenbeine (nur Hufe dran : ungefähr, wie wenn ein moderner harter Damenschuh unten angewachsen wäre).

Zurück zum Gesicht (halt : große, spitzige, braunsamtne Ohren hatte sie noch ; bewegliche, gegen den Wind zu verstellende). (Ungefähr 5,5 groß [6] : paßt). / Sie lächelte geduldig ; und schlau. Umfuhr auch einmal die Lippen mit der Zunge : die war bedeutend größer als meine ; daher wohl die schwerere Sprechweise !).

[6] Gleich 1,65 Meter alten deutschen Maßes.

„Wie heißt Du?" fiel mir ein. : „Thalja" [7] sagte ihr Gesicht. Und, beharrlich: „Du bist kein Förster." / Nein; ich war keiner. Stand aber noch immer wie verhext. (Was ich ja fraglos auch war!: Einmal peitschte ihr Schwanz die Seite).

Verhext: „Bistu hübsch!" — Und ich meinte es wirklich ehrlich. (Bekam auch vom Ansehen ihrer birnigen Brust eine Erektion, daß man es in der weiten Hose sah; sie errötete kindlich und erfreut.) / Gleich übten wir unsere Namen! Sobald sie sich kokett wegdrehte —: „Thalja!" — und schon machte sie auf der Hinterhand kehrt, und kam aufs entzückendste herankurbettiert; so dicht, daß ihre Brustspitzen fast die meinen berührten. (Dann mußte ich mich, meinerseits, sehr trotzig wegdrehen; worauf sie sofort „Char-ley" äußerte — und wenn ich zurückkam, stand sie schon erwartungsvoll da, jungfräulich verlegen die Schwanzquaste in der Linken.)

„Kommstu'n Stück mit?". (Und ich fragte mit vollster Absicht, im Bewußtsein der verübten Tat: in ihrer Gesellschaft würde ich — zumindest allen Zentauren gegenüber — wesentlich sicherer sein! Außerdem durfte ich im Gespräch wertvollste Auskünfte über die Gefahren, hier im Hominidenstreifen, erwarten.)

Sie nickte sogleich eifrig und lange: „Oh; gern." Schon wollte sie die Vorderläufe einknicken, und den weißblonden Schopf graswärts tunken — aber ich

[7] Amerikanisch auszusprechen; ins Deutsche transkribiert also etwa ‚Ssáldscha' mit mittelscharf gelispeltem ‚Ss' am Anfang. — Ähnlich später sie: ‚Tschaa-Lieh'.

kam ihr galant zuvor, und gab ihr die Sachen hoch : ein Speer wie meiner. Ein Lederbandelier, das sie sich schräg umhing, von einer Schulter zur andern Hüfte (daran eine Trinkflasche und das Futtersäckchen). Dann noch einen Sonnenhut mit breitem gelapptem Rand (den setzte sie a la morbleu nach hinten ; wie einen Florentiner alten Stils — : „Schick !"). —

Nebeneinander : unsere 6 Füße rauschten im flachen Sickersand. Ganz leise. Die Halblaute unserer Plauderworte. Oben das stille Laub. (Wenn man den Speer lang nahm, konnte man's leicht erreichen). / Einmal kamen wir über eine weite Lichtung, auf der Mimosensträucher standen : als wir uns dann, schon wieder unter einem Paar spindelbeiniger Bäume, umsahen, konnten wir am endlosen Kielwasser noch immer eingeknickter Fiederblättchen genau unsern Weg erkennen. (Und uns darob anlachen. — Ich legte ihr einmal wie zufällig die Hand auf die Stelle, wo Mädchen und Gazelle sich trafen — man konnte die Finger prachtvoll tief in den etwas harten aufrechten Mähnenkamm einwühlen : ! — und sie hielt ruhig.).

Wie macht man Konversation mit einer jungen Zentaurin ? — Am besten einfach drauf los, was ? / : „Wie alt bistu ?". — „Oh", sagte sie, „ich hab heut Geburtstag : 24 Gow-chrómms schon." — „ ‚Gowchrómms' ?" ; sie mußte erst umschreiben, was das ist : was nachts krumm leuchtet ; immer anders rund. (Also unfehlbar der Mond !). / Und weitere Erläuterung : mit 20 Monden bekommen sie ihre Ausrüstung (sie tupfte sich auf's Futtersäckchen) einschließlich Waffen. Mit 40 müssen sie Mutter werden. / Trinkwasser ? : alle Flüsse endeten in Salzsümpfen ; einzelne warme Quellen waren bekannt.

Die Kakteenfelder ? ! : Sie runzelte sofort die Stirn, und bleckte zornig das starke Gebiß : „In manchen sind doch Never=nevers drin ! “ / Schon machte meine Fantasie mir's vor : haushohe Gottesanbeterinnen, Gliedertiere, grünhäutig ? — Sie sah an meinen Händen, daß ich wirklich keine Ahnung hatte ; und gab mir die Erklärung, was das Schwein von Oberst mir zugedacht hatte :

Never=Never ! : Der Mutationssprung durch zu starke radioaktive Bestrahlung hatte sich, ganz allgemein gesprochen, in Richtung auf Hexapodie hin ausgewirkt. [8] Das heißt : es waren, und vielfache, Kombinationen von Menschenformen einer= sowie Insekten und Huftieren andererseits aufgetreten. Aus all dem ephemeren Wirrwarr hatten sich als leidlich stabil anscheinend hier diese Zentauren ergeben. Sowie eben besagte Never=nevers. (Auch eine dritte Sorte noch, von der ich mir jedoch, ihrer verworrenen Beschreibung nach, keinen rechten Begriff machen konnte ; war wohl aber relativ harmlos. Wenn ich recht begriff ebenfalls mit Menschenantlitz ?).

Also die Never=nevers : das waren Riesenspinnen ! Der weiche, giftig=graue Leib etwa einen halben Yard im Durchmesser. Vorn dran ein Menschenkopf (mit allen möglichen neuen Knopforganen : Punktaugen zum Beispiel, dafür waren die Ohren ent-

[8] Sechsfüßigkeit

fallen); mit Saugrüssel. An zwei Vorderfüßen Giftklauen; und so stark war die Doppelladung, daß zwei genügten, um den stärksten Zentauren zu betäuben. Viere töteten!

Daher der ‚Spinnenspeer‘ mit der Querstange; und sie zeigte ihn demonstrativ: damit wurde das Viech gespießt; in den Sand gerammt; und dann mit Knütteln endgültig tot geschlagen. / Verließen aber nie freiwillig ihre Kakteendickichte, feuchte Schatten. Wo sie ihre Netze spannen, aus nahezu unzerreißbaren, drahtdicken Fäden. Und eben unvorsichtige, ganz junge Zenties fingen (oder auch ältere, kranke, oder durch Weidegifte betäubte). — Beziehungsweise jene ‚Dritte Sorte‘; die, wie ich allmählich zu verstehen meinte, in 2 verschiedenen Formen vorkam. / Jedenfalls war Todfeindschaft gesät. (Und mir graute ebenfalls leicht, wenn ich mir mich vorstellte: wie ich da so zutraulich die kühlenden Schatten aufgesucht hätte. Vielleicht gar ein Nickerchen am Fuß eines der haarigen Pfeiler riskiert —: so ein Misthund, der Kommandant!! / Und die ganze Militärpolizei überhaupt: wollten also nicht, daß irgendwas bekannt würde; und hatten mir den Permit überhaupt nur unter der hinterhältigen Voraussetzung erteilt, daß ich ja doch nicht wiederkommen würde!)

(*Aber da mußte ich — auch in Zukunft — ganzganz vorsichtig sein!* Das mindeste wäre ja wohl ein Veröffentlichungsverbot. Falls ich lebendig durchkam. (Und zu diesem Zweck mußte erst mal mit meiner Thalja hier schön getan werden; und zwar nach Strich und Faden!)).

„Thalja?!" : Sie schob den Unterkiefer vor, und bereitete ein tiefes genießerisches „Mmmm ?". Ich stellte mich vor sie hin. Faßte sie bei beiden glatten Schultern ; (die nahm sie nur ganz leicht zurück ; eben so viel, daß ihre Brust dadurch weiter vor kam : geschickt !). Sie stellte die Außenenden der sehr langen Augenbrauen schräg nach oben. Begann mächtiger zu atmen. Ihre weiße Flanke, Huf bis Schulter, drängte schräg dichter. Der Schwanz peitschte erregt rechtslinksrechts : Linksrechtslinks. / (Und dann der erste wohlgelungene Kuß !)

Sie versuchte mit ungeschickt tobenden Fingern meine rauhe Jackenhaut : ? — die warf ich also ab. Wagte auch, in jeden Griff eine Brust zu nehmen : (enorm fest ; wie weißlederne Birnen. Das ganze vordere Drittel eine unabgesetzte, rosarauhe Spitze). / Sie hielt es nicht länger aus. Sie röchelte süß ; warf mir die zähen Arme über die Schultern, und zwängte unsere Brüste aneinander. Augenzu. Gab mir eine Riesenportion Zunge in den Mund (und schmeckte gut und warm ; nach Grassamen ; Spelt & Grannen fiel mir ein, Getreidemund, Mähdrescher . . . ? - : ! - :

denn ein feines hohes Bellen unter der Erde?! — Aber sie lockerte unseren touch nicht ; nur ihre großen Ohren stellten sich einmal wachsam auf (bis auch mir einfiel, daß es ja nur Prairiehunde wären. Und ich wieder kräftiger zugriff).). —

Zulaufen auf eine dichtere Stelle (und mir kamen doch große und zahlreiche Skrupel !). / Aber der Schatten des Hutrandes, gelappt und zitronenfarben, hing ihr so hurtig über die Wange. Und sie hielt so fleißig meine Hand. Und gestand :

„*Shilbit — meine Freundin* — ist auch mal 14 Tage mit einem Förster gegangen. Und hat mir *Alles* erzählt: ochchchchch!“. Sie schnob und warf begeistert den Oberkörper zurück: „Du kannst das auch? Das ist bei uns erlaubt, ab 20: das *Alles!*“

Im Dickicht also (und sie stand dagegen; ihr erstes Mal; schnarchend vor Glück). / Ich gab mir aber auch alle Mühe (und doch eine verdammt komische Situation: ich mußte immer die Augen zu machen! Es sei denn, sie bog gerade das Gesicht aufs gefährlichste nach hinten, her; es langte nicht ganz, aber wir küßten wenigstens die Luft vor unsern Gesichtern. Und da konnte man sich ein Mädchen einbilden.) / Bis ich anfing, kreuzlahm zu werden. Vom schnalzenden Französisch.[9]

Noch atmend von der Arbeit der Liebe; ihre Flanken schlugen noch; lagen wir nebeneinander. / Die Vorderläufe eingeknickt. All ihre Wärmlichkeiten. Der Blondschweif kometete noch ab und zu über uns: Beide. Ihr hoher Kopf begann zu nicken; zu murmeln: „Das hat hinten gut geschmeckt!“ (inbrünstig nicken: nickten die Brüstchen mit; eine haschte ich jedesmal; mit den Lippen; da sie schläfrig lachte. Und endlich das gelbe Grasbüschel ihres Kopfes zu meinem legte. (Und faules Gekuß. Und Grasatem.)).

[9] Unverständlich. — Wie sich aus dem Vorhergehenden — und auch weiterhin — einwandfrei ergibt, ist die Sprache der dortigen Zentaurenformen ein, leicht korrumpiertes, Amerikanisch. Aber an solche Ungenauigkeiten muß man sich bei der — vielleicht berufsbedingten — handwerksburschenhaften Eile des Verfassers gewöhnen.

(*Wieviel ‚Monde' hatte ich* eigentlich schon auf dem Buckel? Falls sie fragen sollte.: 30 mal 12 (‚geht nicht; borg' ich mir eins'). Dazu der Überschuß von den 29,5 Umlaufstagen; und noch 4 oder 5 dazu ... macht rund. .... na: 375. Werd' ich also 100 sagen. (Oder 80?). — Falls sie fragt.) —. —.

Direkt ein bißchen geschlafen! (Aber noch Mittag: erst hatte ich gedacht, ich hätte ‚*Alles*' geträumt. Bis ich sie mehrfach sah; sie war bereits wach).

Bückte, tief in den Gedanken, den Kopf; zog ihn heran, und knabberte an der Spitze. Umschlang ihn mit der langen muskulösen Zunge (so rauh, daß sie wie behaart wirkte!); riß ihn lang, und schluckte ihn hinein [10]: das nennt man dann Siesta! ....

Wieder im Gehen, von dies & das: ein kleines Nickelzängelchen hatte jeder in seinem Sack, um die Stacheln von Sukkulenten abknipsen, und das dicksaftige Fleisch dann lutschen zu können. (Während ich das rostfreie Gerätchen betrachtete, spielte sie sich beiseite; äpfelte drüben diskret; wischte sich auch sorgsam mehrfach (mit vielen Blättern). Und kam im Paßgang wieder an meine Seite gebummelt). / Auf meine Frage?: Ja. Damit konnten sie nach Belieben abwechseln. Und taten's auch, zumal bei weiteren Märschen, um die Muskelgruppen gleichmäßig zu beanspruchen: bald Paßgang, bald normal.

„*Das's enorm heiß!*" Aber sie hob nur betrübt die Schultern: „Wenn Du bis morgen noch nach World's End willst ...". (Heißt also die Riesenmauer bei

[10] Der Verfasser meint einen Halm Büffelgras, Buchloë dactyloides Engelm., wenn ich ihn recht verstehe.

ihnen das ‚Ende der Welt'. Eigentlich vollkommen logisch : Niemand kennt die andere Seite ! — Oder doch ? Wohl kaum.)

Dann gerieten wir auf eine weite Sandebene. Nur alle 2, 3 Meilen einmal eine von diesen verfluchten Kakteeninseln : hundert Schritte im Durchmesser, haushoch und stachelstarrend. (Und wenn man sich die Dornröschen vorstellte, die drinne wohnen mochten !) — Sie bäumte sich auch regelmäßig auf : da wurde sie drei Handbreit höher als ich ! — Und hielt Umschau. . . . . : ? . . . . .

Und begann plötzlich zu zittern ; die Nasenflügel blähten sich, aber nicht vor Angst ; der Unterkiefer preßte nach vorn. . . . . : „ Schnell ! " kommandierte sie (mit ganz grollendem Contr'alto auf einmal, wie aus einer Tonne heraus). Tat auch 50 federnde Sätze auf etwas zu, daß ich zurückblieb (und kniete dort blitzschnell in den Sand ?) :

Ein totes Zentaurenkälbchen ! ! : sie überfuhr es mit hastigen Händen ; hob die schlappen Beinchen — und zeigte mir dann die rot aufgelaufenen Einstiche : „ Never=never ! " wieherte sie. Faßte noch einmal zu : ? : „ Lebt wohl noch grade ? ". Überlegte mit zornig mahlendem Unterkiefer, und schnellte stahlfedern hoch :

Eine Zirkuspirouette auf den Hinterläufen, rund um den Horizont : *da* war die Sonne, aha. Da *der* Stein ; da jener Einzelbaum ? : „ Warte hier ! " schrie sie : „ Achwas, passiert nichts ! — Und in zehn Minuten tust Du Deinen Hut auf die Speerspitze und hältst ihn so hoch Du kannst : ich hol die Andern ! ". Legte den Oberkörper nach vorn ein, die Arme über der

Brust verkreuzt, sodaß jede Hand die andere Schulter hielt — und stob davon, ventre a terre, daß mir der Sand um die Nase flog!

: Mensch hatte die ein Tempo!!: sie raste längst drüben zwischen 2 Waldhaufen dahin; schnellte sich mit allen Vieren in die Luft, tat einen Satz, daß sie wie ein Vogel flog, über irgend ein Großhindernis weg; stürmte über die fernste Bodenwelle —: und war verschwunden. / Da ließ ich mich bestürzt auf den Stein nieder.

(Oder doch lieber stehen!: Falls so ein Biest irgendwo angehangelt kommt!). (Aber fassen konnte ich den Hund kaum, wenn ich mir alles so rekonstruierte!: Der hatte auch bloß immer von *seiner persönlichen Vorliebe für Schatten* gefaselt! — So ein Schwein!) / Zwei Minuten, schätzungsweise.

Und der arme Kleine hier!: ich legte mitleidig meine Jacke drüber; da hatte er doch wenigstens eine Art Schatten. / Drei Minuten.

Oder ob ich mal'n Schluck Schnaps versuche? — Ich kniete — halt; erst noch mal umsehen? — Nee: Luft & Erde schienen ‚rein'. — neben dem bleichen Köpfchen in den Sand; entkorkte die Buddel; und zögerte dann angemessen. / Erst nachdenken: fünf Minuten!: die Wirkung war vermutlich ähnlich wie bei Schlangengiften. (Was heißt hier ‚vermutlich'? Ist doch ne glatte Hypothese von mir!). Aber nehm' wir mal an. Dann hieß es doch immer in den Büchern: ‚große Gaben Alkohol'. / Oder wußten die etwa besondere Kräuter? — Aber dergleichen homöopathische Pflanzlichkeiten sind meist viel zu kopiös, schwach, unwirksam, gegen das starke Gift: sonst würde ja kein ‚Naturmensch', früher, am Schlangenbiß gestorben sein: sechs Minuten!

Also rin damit, was?!: Klemmte ich ihm ergo den Kiefer auf; goß den Hohlkorken anständig voll; und verpaßte ihm zweimal — es war ja nur ein Kind — die Portion. / Sieben Minuten. (Oder waren's schon acht? Aber nee; eher erst sechs; denn mir war leicht umheimlich: und da neigt man erfahrungsgemäß zum Schnellerzählen! Zumal wenn man Sukkurs erwartet. Also lieber nochmal sieben: so: sieben!).

Fingen dem Bürschchen nicht die Augenlider an zu flattern?! Oder hatte ich falsch gesehen, acht? / Nein!: Auch die Schwanzquaste schlug einmal zitternd ein Kurzstückchen: Scharmant!

Aber jetzt vorsichtshalber das Signal zurechtmachen; zum Anpeilen; die Bake: ‚Siehst, Vater, Du den Hut dort auf der Stange?'[11] (Das war Deutsch. Einer der Witze, beziehungsweise Flüche, die ich in dieser Sprache meiner Urahnen noch konnte: das hatte sich von Denen auch Keiner träumen lassen, daß ihr Enkel mal 'ne Zentaurin.) / Ja; wackel' Du nur mit dem Schwänzchen! — Jetzt müßte es aber allmählich so weit sein. / (Nur gut, daß ich die Sonnenbrille mithatte; auch so flirrte es mir noch vor den Augen (und krabbelte mich überall; wie wenn in Gesellschaft von Flöhen die Rede ist, und männiglich diskret anfängt zu kratzen.)[12] (Oder

[11] Auch im Original deutsch.

[12] Bezeichnend für die ‚Gesellschaft', die der Verfasser anscheinend zu frequentieren gewohnt ist; noscitur ex socio.

Läusen.) / Oder Never = Nevers : hatte nicht eben was geraschelt ? ! — — : Nein ; war wieder nur der stripling hier gewesen.

Da ! Zitterte es nicht ? Der Boden ? ! Ganz leise ? — Ich machte mich möglichst locker, unverkrampft — :— und spürte nun deutlich ein Vibrieren : also höher den Hut ! In die Richtung, wohin Thalja verschwunden war : ! —. — :

Und da kam es heran gedonnert, wie eine Lasterkolonne ! ! : Zweihundert Zentauren mit Hufen aus Gußstahl !. / Vorne weg (und an der Seite, als Flankendeckung) athletische Gestalten : sie machten sich selbst einen flachen Staubhintergrund (aus dem immer Neue ritten !). (Mensch, wie bei'm Sitzenden Bullen !). [13] / Ich hatte so begeistert mit dem Sombrero gefuchtelt, daß ich ihn jetzt beschämt runter nahm (und war längst umzingelt).

Alle Adern dick wie Wäscheleinen vor Wut ! : Thalja kam neben einem schulterbreiten Recken heran (einen schwarzen Vollbart hatte der Kerl ; *und* auf dem Kopf ein dito schraubiges Einhorn : auch das noch !). Er salutierte kurz, den Speer in der nervigen Rechten. Und ließ sich dann zu uns in den Sand nieder.

„ *Lebt er noch ? Wenn er nur noch* sagen könnte, in *welchem* Dickicht ! " — Und, auf meine mitleidige Frage hin : „ Jaja ; sterben muß er : ist ja dreimal gestochen worden ; dagegen gibt's kein Mittel. " /

[13] Ich nehme an, daß es sich einmal mehr um eine der üblichen, intim-indezenten Konfessionen des Verfassers handelt (interbraccale Vorgänge ?) ; im Original steht jedenfalls einwandfrei : ‚Sitting Bull' !

Da nahm ich aber doch noch einmal resolut den Gin nach vorn : zu verderben war demnach nichts mehr. (Und vielleicht half's gar ; also nochmals : Hinein !).

Hinein : Alkohol in großen Gaben : bitte sehr ! / Der Führer rief erst ein paar Wachen, die nach außen sichern mußten, toujours en vedette. Dann sah er mir neugierig zu ; (und auch Thalja blickte stolz im Kreise : ! (Und mit Menschengestalten waren sie ja demnach ausreichend von ‚Förstern' her bekannt)).

Bitte ! ! : Es riß dem Bübchen die Augen auf ; er fing erst an, erbärmlich zu wimmern — sogleich drängte sich die Mutter an seine Seite ; erregt ; streichelte und summte ihm ein Baßrezitativ. Er aß ein bißchen aus ihrer Brust. Wurde wacher (obwohl ich im Augenglanz den Schnaps erkannte : muß ja auch toll wirken, wenn sie sowas nicht haben !). / Der Führer mischte sich ein ; hob mahnend den Zeigefinger (da senkte sich das Einhorn parallel schräg dazu : was'n Apparat wieder !)

„ Da : Drüben. " : der Kleine zeigte schwächlich auf die drahtstarre Rotunde aus Schreckpflanzen : „ Ich hatte bloß'n paar Kräuter gegessen. Und da wurde mir schlecht. Und das Licht übel. . . . ." sein Stimmchen verdröselte wieder ; er ließ den Kopf auf den Mutterarm sacken (die mich verängstet ansah : ?. — Je nun. — : Soll sie ihm alle halbe Stunden zwei Korken voll einflößen ; zur Herzbelebung. Ich übergab ihr mit fantastisch=flügelmännischen Gebärden Die Große Flasche. Warnte jedoch eindring-

lichst vor Mißbrauch : ! !. — Und wandte mich dann wieder den Übrigen zu.)

Die schnatterten erregt genug. (Und gleich beiläufig mit umsehen : die Meisten hatten das rötlich-weiße Fell. (Einer allerdings ausgesprochen weinrot, mit mächtigem leierförmigem Gehörn ; und schien überhaupt verbaut (als wenn ich das schon wieder beurteilen könnte, was ? !))). / Alle schwer bewaffnet : Spinnenspeer ; Pfeil & Bogen. Keulen aller Arten und Gewichtsklassen. Die 5 Mann um den Führer (insgesamt 6 also) schienen die Einzigen zu sein, die außerdem noch schwere Hackmesser am Schulterriemen hängen hatten.

„Thalja ? !“ : sie stand schon neben mir, zu jeder aufgeregten Auskunft bereit. / Nein : das war lange nicht mehr der Fall gewesen, daß Never=Nevers sich so weit nach Süden wagten ! Oben, an der Grenze, im Norden, da ja ; da würden systematisch Spinnenschlachten abgehalten, und die Kreaturen immer weiter abgedrängt ; möglichst.

„ Ja, und was wird jetzt ? “ : Jetzt würden die Führer Feuer reiben, das dauerte ungefähr 'ne Stunde. Dann würde das betreffende Dickicht in Brand gesteckt, bis die Never=Never es nicht mehr aushielten, und heraus müßten : da würden sie dann gespießt werden ; die Eier vernichtet. / Schon setzten sich zehn stämmige Männliche mit Sensen in Trab : „ Die mähen die Graszunge, rechts, weg ; damit das Feuer auf keinen Fall weiter frißt. “ (Andere, Kinder und Weiber, trugen schon Sand herbei, und schütteten ihn zusätzlich drüber).

Aber eine geschlagene Stunde?! : ich wandte mich zum Häuptling. Ich sagte brüsk : „Wenn Sie Feuer brauchen? : das mach ich im Handumdrehen!“. Wies die Streichholzschachtel. Er nickte ehrerbietig und erfreut; und rief umgehend die Bogenschützen zusammen. Die umwickelten geübt ihre Pfeilspitzen mit Ballen aus dürrem Gras.

„Fertig Alle?“ — :

Ich hielt das Flämmchen an den Haufen aus Dornen, Hölzern, Blatt & Halmen —, — knisterdieknack : bitte sehr! / Sofort tunkten sie, Einer nach dem Andern, ihre Holzstäbe hinein; nahmen Front zum Kakteendickicht, und schossen ab : hoch im Bogen flogs davon, durch den Luftzug zu heller Flamme entfacht : gut die Hälfte landete vorschriftsmäßig hinter der dunkelgrünen Wand.

„Immer zehn Schritte Abstand : ja, so!“ : wir zogen einen Riesenkreis rundherum (wo es in der Mitte schon zu rauchen begann; auch zu knallen, laut wie Pistolenschüsse, wenn die dürren Ballonleiber der Opuntien barsten). / „Man weiß ja nie vorher, wo sie rauskommen.“ —. —

Jetzt war der Rauch schon turmhoch! (Und der Lärm höllisch : an dem einen Säulenkaktus rannte eine Flammin aufwärts, drehte sich, balancierte, machte sich einen Rauchkimono (den sie ab und zu kokett aufschlug : jetzt wurde die ganze Front hellgrau und verschwommen).....

: „Achtung!“ — —

: „Da!!“ : Denn unter dem wallenden Rauchsaum kam's gelenksam hervor, flach und geschwind. Ein Schlanker sprengte sausend drauf an, sein Speer

zuckte: ! Und schon raste er nach außen, trieb ihn dort tief in den Sand; riß einem wartenden Mädchen Ersatz aus der Hand, und kam flott wieder zurück gewetzt.

Der Häuptling neben mir hob den Boxerarm, sprang vorn hoch (um die Wucht des Stoßes durch Niederfallen noch zu verstärken!) — und schon wand es sich grau und breit auch an seiner Lanze: stieß mit der Linken nach unten: die pfählte nicht minder im Sand.

„*Sie wollen hier durch!: Hierheeeerrr!!!" : Thalja* hatte den Oberkörper waagerecht nach vorn gelegt, daß er eine Linie mit dem Rückenfirst bildete; gaffte in die Rauchvorhänge und kreischte tief: „Hüüüür!!" / —: !: !!:

Einen zerstach sie; einen zertrat sie: Einer hatte sich an ihr Vorderbein geklammert, und wollte eben Klauen einschlagen, als ich ihn abriß, mit meinen eigenen Händen, obwohl mir graute, und meinen Speer durch das weiche Untier rammte: ! — Die Klamotte, auf der ich gesessen hatte, hob ich weit über'n Kopf, und riß dann die Arme mit aller Kraft nach unten auf die nächste: daß der Saft spritzte! / Eben turnierten von rechts und links vier neue Lanzenreiter herbei, tummelten sich blitzschnell im Kreise: da hings von jeder Spitze als fettwogendes Kissen, die Grausale! —

„*Ruhe!! — Alles zurück* auf die Posten: falls noch mehr kommen!": der Häuptling, mit einer Speergarbe in jeder Hand. Davon gab er mir und Thalja je zwei. Und schob sich wieder rückwärts auf seinen Platz.

Warten: der Rauch wurde von seinem eigenen Feuer angesaugt. Über dem Brandherd stieg die erhitzte Luft nach oben; unten strömte kalte, von allen Seiten, herzu: schon war die Sicht wieder klar. / Und das Kakteendickicht praktisch verschwunden!: Ein paar besonders dicke Stümpfe glühten noch; lösten sich aber auch zusehends in Qualm und Asche auf. Schon sah man hindurch, drüber weg, den Kordon auf der anderen Seite.

„*Ja. — 's wohl erledigt.*" meinte der sachliche Häuptlingsbaß zu meiner Rechten. / Und ich erschrak des Todes, so brüllte er (haben die Kerls Lungen! Naja klar.): „Alle herkommen: mitbringen!"

Die Opfer: doch tatsächlich sechzehn Stück! Die meisten lebten noch an ihren Lanzenpfählen und zappelten wütend; hackten um sich; man mußte bloß aufpassen, daß man nicht noch eins versetzt kriegte!

Hier, die, war schon fertig!: Grau also. Und fett. Und mit dünner biegsamer Hornhaut umhüllt. Die Skorpionmenschen. Vorn dran ein fatales Europäergesicht: die Augen klein; senkrecht weg lange Tasthaare; alles für nächtlich-parzisches Leben spezialisiert. Der Mund rüsselspitzbar, ideal zum Totsaugen. An den Vorderstelzen die Giftklauen, fingerlang und gebogen wie Bussardschnäbel: widerlich!

Und ich drehte mich doch nervös nach dem Geräusch um: ?: die Zentaurenkälbchen, gleichviel ob männ= ob weiblichen Geschlechts, hatten sich die wabbligen Eiersäckchen gesammelt; ich ging hin, und sah mir's an: in jedem 6 bis 8 Stück; weiß und groß wie Tischtennisbälle: die legten sie auf einen Stein, und zertraten die Dinger mit den Hufen wie Knallerbsen, Knatsch hier; dort: Knatsch! (Und freuten sich und lachten. Naja; einerseits verständlich).

Aber wirklich: solche Mistviecher! Ich lieh meinem Widerwillen ungekünstelten Ausdruck, und man nickte erfreut ringsum. / Scharf duftete das gelöschte Feuer. Rauch rieselte dort. (Die restlichen wurden mit Spatenblättern in Stücke gestochen; die dann vergraben). / „Wir haben schon hundertneunzig auf einmal gehabt!" / „Aber daß hier noch welche sind, kommt alle — hach — zehn Gowchrómms einmal vor." (Immerhin: einmal pro Jahr!). / Wir begaben uns langsam in Richtung der Stammesweidegründe, und erzählten: von ihnen, von mir, von ihnen. (Thalja immer neben mir. Einmal war eine riesige grünäugige Halbjungfrau herangetänzelt, „meine Freundin"; hatte aber dann so groß=feuchte Augen gemacht. Und war stumm immer dichter gekommen, —; bis Thalja sie empört wegjagte!).

„*Ach 1, 2 Stunden* haben Sie Zeit: das Weltende ist doch ganz nahe." : „Ja, für Leute wie Sie!" (Die Antwort gefiel ihm sichtlich; er strich sich den massiven Bartblock und tat einen stolzen Satz nach vorn).

Namen wie Erdbeben!: eine Bodenstelle, über die wir kamen, hieß ‚Tatarakåll' (und die Hufe dröhnten auch genau so hohl drauf!). —

Im — ja, kann man ‚Dorf' sagen?: die paar Laubhütten aus abgebrochenen Ästen (manche von ganz Hungrigen, beziehungsweise Faulen, sogar noch kahl gefressen!). / Alle waren schon wieder in voller friedlicher Tätigkeit: bärtige Zentauren mit Sensen standen mähend in den Wiesen. (Einer hob, ganz Silhouette, trinkend die Flasche; (und ich kniff mich doch lieber noch einmal ins Bein: war ich etwa über einem Lehrbuch der Griechischen Mythologie, Preller=Robert, eingeschlafen?)).

Nein!: Nie & Nimmer!: Eine Zentaurin mit Brille war bestimmt was Neues (und älter dazu: ein eiserner Wassereimer zog ihr den Arm lang: die hielten sich beim Galoppieren die größeren Brüste gern mit beiden Händen, die Älteren. — Ne Büstenhalterfabrik. Könnte'n Bombengeschäft machen!).

Und alle diese Namen, wie Gewitter, wie Schlingschenkel, wie Feuerluft; wie Blöße der Erde, erhitzte Tiegel, gehacktes Gold [14] (und 'ne Pfeife hatte der Häuptling, wie der Rattenfänger von Hameln; da hatte natürlich kein Förster 'ne Chance!). [15]

Da: eine Zebroidin!: ein schwarzer Streifen teilte ihr dünnes freches Gesicht in der Mitte, von der Stirn bis herab zum Kehlkopf; (dann ging er aber schräg nach rechts: eine Brust weiß, die andere kohlschwarz: Mensch, sah das schick aus! Und die Mähne aus ganz grobem Silberhaar!).

Achnebenbei: „Heißen Sie etwa Pluvus?!". Aber er schüttelte nur den Kopf. Runzelte auch die Stirn

[14] Ich weiß nicht, was der Verfasser damit andeuten will; vielleicht soll es Poesie sein. Ich übersetze die Silbenfälle jedenfalls wörtlich.

[15] Jedem Denkenden werden Flötenspieler wohl durchaus bukolisch-angemessen dünken. Freilich mag das schlichte, klassische Instrumentchen den Herren ‚Förstern' primitiv erscheinen.

(und Thalja, neben mir, nicht minder.) / Warum ? : Das wäre ein ganz großer Verbrecher ; eben noch geduldet ! Boshaft und tückisch bis dort hinaus : notorischer Försterfeind ! — / Ach ? : und *dem* hatte *ich* ein Briefchen abgeben sollen ? So Uriasuriastucktucktuck ? : Nee, mein Herr Oberst ! Nich ich ! (Steckte die Hand auch gleich wie spielerisch in den Sand, und versenkte das Briefröhrchen möglichst tief neben mir : ruhe sanft !).

Handwerker, die Alten ; schwerfällige Faulheit in Spielbein und Standbein : einer schnitzte Peitschenstiele aus Celtisholz (wenn er mal sehr viel Zeit hätte, sogar kleine Flöten, vertraute er mir an). Der Dreck war aber auch enorm hart ; zähe ; schwer spaltbar. / Ein Zweiter verfertigte Rückenkratzer aus Kakteenstücken : knipste die Stacheln auf Reibeisenlänge ab ; unten, am Handgriff, ganz weg : voila ! (Für mich zu rauh. Aber, Gott, so als Striegel ?). Der Nächste machte Lanzen. — „ Woher haben Sie denn diese 10 Yards langen Stangen ? ! “. Und da führten sie mich mal hin

zum Agavenfeld : Drei Meter lang wurden die blaugrünen Blätter (mein, dazu kann man doch nicht mehr ‚Blätter‘ sagen !), und zehn Zoll dick : zum Essen ; zum Dachdecken, „ Wenn wir mal Dauerwohnungen — für'n paar Monate — anlegen. “ / Dornen ? : ergeben die Pfeilspitzen. (Auch Nägel allenfalls). / Die Fasern, der Sisalhanf ? : Leinen, Stricke, grobe Gewebe. (Die Wurzel noch war offizinell ; abführend : „ Und wie ! “).

Ja, und zur betreffenden Zeit trieb die Pflanzenriesin eben solch zweizölligen zehnyardigen Blütenschaft !

(Da wartete man listig ab, bis sich oben dattelartige Früchtchen gebildet hatten, und erntete die noch zusätzlich).

Hier : man kann's aber auch so machen. Ich beugte mich neugierig über den hüfthohen, halbmeterweiten Blattkessel. „Sobald sich der Blütenschaft zeigt, schneidet man die Gipfelknospe heraus : dann füllt sich der Hohlraum monatelang täglich mit Saft." (Und mußte gleich ein Schlückchen kosten — ? — etwas fade süß, wie ? : „Aber bestimmt zuckerreich und nahrhaft. Für die Kleinen zumal." : „Och, den trinken Alle gern !". / Und dann fiel mir's auch ein : so macht man ja Pulque ! Wenn man ihn gären läßt. — Aber das schienen sie hier nicht zu kennen (und ich würde mich hüten, ihnen dergleichen beizubringen ; man lebt wesentlich glücklicher ohne Schnaps ! Theoretisch.).

Apropos Schnaps ? : „Was macht denn der Kleine ? Der vorhin gestochen worden ist ?". / Er war noch nicht wieder ganz auf dem Posten, aber doch schon viel munterer. Ich nahm die Gin=Flasche feierlich an mich.

(Und dieses Gehörn scheint sich tatsächlich zu einem sekundären männlichen Geschlechtscharakter entwickeln zu wollen ! Obwohl sich noch kein einheitlicher Stil herausgebildet hatte : manche Bürschchen besaßen lediglich ein paar derbe Knubben, die wie verfrühte Geheimratsecken wirkten. Andere faunisch geringelte, vom Typ Heidschnucke. Am häufigsten sah man noch das 2 Fuß hohe pechschwarzschraubige Einhorn (das sich, siehe da, erst zur Zeit

der beginnenden Geschlechtsreife entwickelte : also doch !).

Die Gerätschaften wurden periodisch von Förstern verteilt : Lederbandeliere angemessen ; die Jungen bekamen ihr Nickelzängelchen : grundsätzlich als Vollmondsfest. / (Schienen aber durchaus nicht als fabelhaft wohltätige Gottheiten angesehen zu werden, die Herren ; denn der Führer deutete, wortkarg=geheimnisvoll, an : daß jedesmal unmittelbar danach zahlreiche Todesfälle aufträten (und sah mich bittend an : ? — Aber ich wußte mir Rat, und wies nur auf das, bereits wieder auf Beinchen herumwackelnde, Gin=Knäblein : ? ! — Doch er wiegte nur bekümmert den Kopf : ärztliche Hilfe machten die Förster wohl auch manchmal.)

Lange Farbenpaare standen im Himmel herum; 2 eigentlich nur, in Rot und Gelb. (Und ganz hinten lag noch Eine, witwengrau und stumm, auf dem Gesichtskreis). / „ Thalja ? ! “

Sie war schon schlank und reisefertig : zwei rote Sterne auf der Brust, links einen, rechts einen, wie sichs für die Frau gehört ! / Und auch der Häuptling schaukelte hoch : „ Ich komm’ mit bis morgen Früh. Falls ’s doch noch irgendwo never=nevert.“ / Ließ Thalja gleich das Mäulchen hängen, *so* lang : war das unsre Nacht ? ! (Während der Führer sich eigenhändig ein paar Packtaschen aufschnallte : mir war’s nicht ganz unlieb ! Von Spinnen mal abgesehen : Thalja war nett, *sehr* nett ; aber auch anstrengend. Und außerdem *durfte ich reiten!!: ,Sitz auf,* so kannstu nach Belieben fragen!'). [16]

Fragte ich also nach Herzenslust (und immer im Damensitz. Thalja zockelte erst trotzig nebenher, und warf bockig den Kopf, wenn ich ihr zum Trost eins streichelte. Wurde aber eine Spur heiterer, als es mir gelang, ihr ein „Morgen; ganz sehr Du!" zuzuflüstern. Und tänzelte aufgeräumter weiter).

Zahllose Höhlen hier in Nevada?: Ganze Gruppen manchmal, reihenweise, mit dünnen harten Wänden? —: werden wohl verlassene Ortschaften sein! / Wasser witterten sie: blieben manchmal stehen; machten die Gesichter breit und schräg, und schnupperten in die klare Dunkelheit: weiter. (Dazu Fabeleien, Falbeln, Fabulieriges: von ,Lachquellen': bei denen der Trinker in unwillkürliches Gelächter verfällt; und erst dann aufhören kann, wenn er von der anderen, nebenan, getrunken hat).

„Feuer am Horizont?!": aber es waren nur Sterne, die durch Dunst und Gewalle so vergrößert wurden. / Richtig: um Venus ein ganz deutlicher Hof; man konnte ohne weiteres Farbringe unterscheiden: Purpur, Orange; Violett.

„Die Luft ist manchmal voller Musik. Und Stimmen." (Die ihrigen wurden sogleich abergläubisch leiser). / Und erzählten abwechselnd, eifrig durcheinander (denn auch Thalja, obgleich so viel jünger, kannte den Fall): einmal hörte der ganze Stamm viele Tage lang aus einer Felsspalte Gesang und herzloses Pfeifen. Auch geharnischte Töne, wie zornige

[16] Auch im Original deutsch. (Goethe, ,Klassische Walpurgisnacht').

Männer : sie zankten ; machten Befehle ; es knallte, und ein Anderer schrie sofort (derart laut, daß fast ein Stampedo der Umhergelagerten ausgebrochen wäre !). Dann, nach angstvollen Wochen für den Stamm, war es immer leiser geworden : nur wenn man das große Spitzohr ganz dicht hielt, hauchte es noch süß und einförmig gerillt, wie maiden's mouth. / (Hatte demnach wahrscheinlich ein Witzbold von Förster einen Portable in die Steinritze versteckt : lasset uns einen Mythos machen. / Aber'n gewagtes Verfahren ; fürwitzig, kraß, verantwortungslos ; *ich* würde dergleichen nicht riskieren ! / Oder hatte ich's etwa doch auch schon ? Mit meiner Zauberflasche ? — Bloß vorsichtig-vorsichtig !).

: und versteiften die Beine schräg nach vorn ! Sein Kreuz wurde hart, und zitterte derart, daß ich ohnehin abgesprungen wäre : ich stellte mich vorsichtshalber zwischen die Beiden ; so ; und hielt sie noch zusätzlich im Kreuz an den Mähnen fest, denn sie schnauften und schienen nicht übel Lust zum Durchgehen zu haben (auch die Haarschöpfe über den Stirnen hatten sich bürstig aufgestellt : also äußeres Merkmal der Furcht. Oder, besser=vorsichtiger formuliert : irgend eines Erregungszustandes ; intressant.).

Denn drüben, in der gar nicht nennenswerten Vertiefung, hatte ein schwacher Schein begonnen ! Wurde heller. Auch rötlicher. Über mannshoch, und ebenso schlank. / „Ruhich ! “. / Stand ganz still (Figur ungefähr wie'n Wacholder ; aber blaßrot eben und lautlos) : „Ruhichdoch : *ich* bin doch bei Euch ! “. (Und so blöd das klang : ihr Zittern ließ nach.

Auf ‚Förster' war eben doch eine Art unheimlicher Verlaß! Ich klopfte ihnen aber auch unermüdlich Kruppe und Außenseite. (Um Thalja legte ich fest den Arm: die Dinger fühlten sich ja wirklich *zu* apart an!).).

„*Nein! Nicht hingehn!*" flüsterbat sie schaudernd. Und ich sparte mir folglich die Schritte; denn ich hätte ja in solchem Fall nicht als tapfer gegolten, sondern lediglich als verrucht=vertraut mit jener Beelzebüberei. / Also Irrlichter natürlich. Unsere einheimische Varietät, wo sich Erdgas bei Berührung mit der Luft entzündet, und oft stundenlang brennt.

Aber auch der Häuptling schüttelte den Athletenkopf: „Man findet nie eine Spalte im Boden; kein Loch, keine Pore." / (Wenn ihrer Mehrere beisammen waren, und Zeit hatten, setzten sie danach hastig einen flachen Steinring um die Stelle).

So standen wir lange, und sahen uns an. Wir, Brothers Three: contra einen Flammenbusch. (Der stand lokistill; rotlockig. Nur einmal bewegte er kurz, unwillig, die Kopfspitze nach der Seite (was wir als Andeutung betrachteten, daß er unserer Gegenwart entraten könne)).

„*Die Seele des Tyrannen Fórmindalls!*" (noch ehe ich ihnen erklären konnte, was dort brannte). / Und, zu meiner weiteren Information: „Der böse Geist, der uns geschaffen hat." — „Ihr seid also vom *Bösen* Geist geschaffen?" fragte ich interessiert; und sie sahen erstaunt herum: „Ja.: Hat Euch etwa ein *guter* gemacht?". (Wozu er — er war nicht umsonst Häuptling, Recke & Denker — noch schwerfällig zugab: „*Gibt* es denn einen Guten Geist?“. —. —.[17] Ich antwortete lieber nicht; mir war nicht wohl — nie wohl gewesen! — in meiner rosa Haut).

Weiter traben: der Mond (dabei gebrauchte ich selbst schon der ihr ‚Gow=chrómm‘!) hob den Kopf und spähte übern Rand: da ritten wir bald müder in gelberen Welten.

Übernachten?: „Gleich. Kommt ein Rudel Höhlen.“ — Ich sprang ab, und lief zu Fuß (obwohl mein Herz mächtig pumperte: vorhin, wie's bergauf ging, hätt' ich auch absteigen sollen!) zwischen ihnen durch die taulose Nacht. Nach vielen halbfaulen Worten zeigte sich's am Horizont:

die steilen Giebel, hoch in's Dämmergrau. Am Ortseingang noch das Blechschild: ‚Candelaria‘. / Er sah mich britisch an:[18] „Was heißt das eigentlich?“. Und ich gab ihm diesen speziellen Namensschall gern; er paßte meiner Ansicht nach zu ihren andern Neuworten.

Liefen wir also ein in die verlassene Stadt; wir, Gesichter mit Zwielichtigkeiten überzogen. / Die Straßen waren mit Flugsand bedeckt, die unsern Hufschlag dämpften (oft meterhoch an die Mauern geweht, seitlich: man unterscheidet beim Straßengehen wohl besonders das lange ‚vorn‘ vom bilder-

[17] Wenn ich die intrikate, in USA-West leider üblich gewordene, ‚Neue Interpunktion‘ des Verfassers richtig deute, soll diese Kombination von Gedankenstrichen und Punkten wohl eine ‚nachdenkliche Pause‘ versinnbildlichen. — Ich möchte feststellen, daß ich gegen seinen Kultus, zumal des Semikolons, bin!

[18] Man beachte den Sinn, den ‚britisch‘ drüben seit 1988 gewonnen hat. Es ist, umschrieben, ein Gemisch aus Mißtrauen, Arroganz, Vorbehalten, Vertrauen: undsoweiter.

hastenden ‚seitlich'). Lautlos zusah uns die leere Miene Gow-chrómms. In der Ferne scholl einmal eine gedämpfte Klapper (Fensterrahmenimwind? — „Candelaria, Candelaria" murmelte es beständig dazu: der Chef prägt sich'n Namen ein). / Wir gingen in eine heiße Stube zu ebener Erde. Wo wir uns auf den versandeten Fußboden lagerten.

„*Ach hier niemals!:* die müssen doch andauernd saufen." (Die Never=nevers): „Literweise Blut oder Pflanzensäfte; sonst vertrocknen sie ganz schnell." — Sie zogen große Ähren aus ihren Säckchen und begannen zu kauen: leise schnarrten die Körner in ihren Mahlzähnen. Thalja spielte sich unmerklich näher an meine Seite (knusperte auch genäschig eine Salzpflanze: zum Nachtisch) / Im flachen heißen Sand. / ‚Schatten eines Einhorns auf Mondgelb': als Bildtitel (oder nur ‚Schatten eines Einhorns'. — Aber ‚Einhorn' stimmt ja gar nicht!).

„*Warum:* Nehmt Ihr Eure Winterquartiere nicht hier? In diesen verlassenen Ortschaften?" / Und sie: „Das Weiße?" (schelten sie den Winter so?). Sie koordinierten ihre Ansichten (das heißt der Häuptling diktierte; Thalja kam dafür zollweise näher): „Das Weiße? Oh, das ist ungut!" / Langsame Begründung: „Da sind besondere Stimmen. Die Bäume werden oben blutig und zittern. Gow=chrómm geht krumm und friert; und liegt auf dem wabigen Rücken. Kein Gras, oder doch nur ganz mühsam auszuscharren — neenee: da wandern wir lieber aus, nach Mittag."

Ende der Atzung. Er sah nochmal vor die Tür, nach dem Wetter: ?: Nein; kein Staubsturm zu befürchten. / Die Mondscheinvierseite fühlten sich warm an (schmeckten auch bitter, wenn ich an ihnen naschte, die Boraxsande). Der ‚Rote Fleck' stand ihm als brandiges Grübchen im Kinn : *noch* näher konnte Thalja nun wirklich bald nicht mehr !

Das züngelnde Gemündel schlaff leis lechzenden Geplauders [19] : wir trieben vorn allerhand Fug. Im sanften schwarzseidnen Gestund. / Der Häuptling hatte den Schädel in die Ecke getan, und schnarchte markig (hob aber bei jeder Geräuschveränderung die Stirn. — : „ Jetzt *geht's* doch nich, Thalja ! " — (Und so'n Einhorn muß ganz schön stören : beim Schlafen. — Oder beim Hutaufsetzen ! : Morgen Früh mal drauf achten, ob die'n Loch drin haben.)). / Aus der Spinndüse des Mondes quollen die Lichtfäden, chemiefasern. Und schlich immer weiter, seinen gelbgetünchten Himmel entlang. Bis auch meine Stirn verblödete. (‚Abendküsse machen unruhigen Schlaf' : stimmt haargenau !).

—.—.—.—.—.—

: ein rötlicher dicker Duft ringsum : er kam wie aus ihren Nüstern, so atmeten sie. / (War schnell aufgestanden, zwecks einer — nein, doch zwei ! — Morgennotdurften (Rauchsumpfheißernebelgestrüppfeuchtehitzekot)).

„Bye=bye !" : am Ortsausgang ; und ein Kaktus reckte dazu die haarige Schwurhand : so trabte der Häuptling davon : Feiner Kerl, unbedingt ! (Ein Trupp Echos kam die hellroten Häuser mit zurück, gewei-

[19] Wahrscheinlich als Umschreibung unförmiger Liebesgespräche gedacht ; im Original : „ the lambent pubilability of slow-low dry chat ".

teten Klanges.). (Beim letzten Umdrehen fiel mir noch ein krummer Baum auf, dem dürren Boden mühselig entwachsen : will also auch erwähnt werden).

Und : „Na Thalja? Wie ist das? : Der erste frische Morgenblick gilt nicht mir ? ! : Willstuwohlherkomm' !“ : daß sie der Morgenweide vergaß ; vielmehr in Lançaden über mich kam ; wir machten ein Durcheinander aus uns, „Othalja !“, (einmal stand ich fast Kopf !).

(*Aber auch : ‚Einmal hält* der rastlos rollende Wagen‘ ! [20] — Sie besah mich, enttäuscht ; aber ich war ja schließlich nicht Herr Kules. / Dann schien ihr der rettende Einfall zu kommen : „Du, weiter draußen hat's bestimmt welche !“). —

Weiter draußen ; schon lag der jenseitige Ortsrand hinter uns. / Zwischenspiel : sie umarmte mich superbrünstig : „Könntstu nich hier bleiben ? Mit mir als Frau : Du setzt' ich drauf ; und wir reiten : Irgendwohin !“

Das Morgengewitter überhob mich der Verlegenheit ; auch sie kam auf andere Gedanken, und wir besahen das sparsame Gefecht der Blitze. / Kopfweiden am Creek, Säbelbüschel über den Wirrköpfen, harrten immer des Startdonners : es klaffte in der Luft ! (Einmal erstarren : einmal ein Rotausgespanntes am Baumschaft ! Sie zögerte selbst, bevor Sie's erkannte und abwinkte).

[20] Zitat mir unbekannter Herkunft ; am Rande, mit der Lupe annähernd erkennbar, in der Handschrift des Verfassers ‚Member‘ (?), ‚Momber(t)‘ (?), ‚Mambrin‘ (?).

Nein! nicht auf ihr reiten! Lieber küßte ich sie ab, von hier bis zum Ohó; und da fiel's ihr auch wieder ein (angeblich ein uralter Zentaurentrick; Geheimnis der Häuptlingsfrauen; (und vom Häuptlingstöchterlein natürlich prompt den Freundinnen mitgeteilt!)).

Die Ebene war mit 4 bis 5 Fuß hohen Kräutern bestellt. Es duftete. Salbei & Anderes. Mit glänzenden Blättern aus grünem Leder. / Einmal sprangen wir gemeinsam über eine Erdspalte. (Erst üben: ich hielt mich an ihrer Kreuzmähne; wir nahmen Anlauf — mindestens 4 Yards breit: hoppalá!). / „Und da stehen ganz vieldu!"

Nun wähle!" : Thalja in einem Nesselfeld (und das sah von vorn hinreißend aus: das weiße harte Geschöpf im hüfthohen Grün!). (Och, von der Seite eigentlich auch. Aber sie trampelte ungeduldig):

Und ich hatte ‚die Wahl' : die links hier ergab raschvergänglichen Reiz. / Die andere: beständig, jedesmal bei Feuchtwerden. / (Und die höllisch=dritte sogar lebenslängliches Irrsinnsjucken: nun wähle!).

Wählte ich also den raschvergänglichen Reiz: sie sammelte kundigen Griffs die betreffenden Nesselstauden (die Hand geschützt durch das Gewebe ihres Futtersacks — hoffentlich verwechselt sie die Sorten nicht!).

„*Nein: Du mußt Dich* mit dem Rücken an den Baum stellen!" (Hitzig lächelnd. Und die Hände mußte ich auch noch nach hinten nehmen — „Und die Finger ganz fest ineinanderschränken!" / Kam vornherum. Wog auf der Handfläche. Zog genießerisch zurück — : Undriebeinallesdurcheinanderblattkrautundstengel : ! ! ! ! :

„Ffffffffff : aufhörn ! !" : als wenn ich in Feuer getunkt hätte ! Und trampeln : „Aufhörnmensch !" Jetzt erst dachte ich daran, die Hände nach vorn zu nehmen ; sie warf's hurtig weg, Grünkraut und Jute. Hielt sich hin (und ich arbeitete wie ein Wahnsinniger ! Nur um das Brennen loszuwerden !). / (Sie lobte mich enthusiastisch , und proponierte erneut, mich zu entführen.)

Aber ich hatte erst mal einen Heidendurst ! (Und rasch hinterher gewankt, durch Kiefernstrupp und Hartwuchs) . . . . . . :

„Oh : ein Geisir !" : Ich setzte mich platt daneben, in jeder Hand einen Becher, halb lahm, und soff zweihändig. Bis ich merkte, wie bitter das Zeugs war ! : „Also *berühmt* ist Deine Quelle ja nich, Thalja !". Und sie, gleichmütig : „Nö. Berühmt nich." / Alle 5 Minuten puffte der Sinterkessel seine Fontäne aus ; beim dritten Mal höher : hoch und heiß und gallebitter : „Komm bloß weg !"

Und schien mir Umwege zu machen ; denn die Sonne besah uns von erstaunlich verschiedenen Seiten : ? ! / „Ja. — Wir sind doch sonst in'ner Stunde da !" (Legte das Köpfchen an meine Brust. Und heulte. Zwischen Weiden, Pappeln, Ulmen und Celtis : „Du hast mir das Gefühl zum ersten Mal gemacht !" / „Nein : ich werd' immer dran denken !" / „Kommstu bald wieder ?" / . — . / Ich sagte dann zwar „Ja." ; faltete aber bedenklich den Mund (sie schien's auch von Göttern gar nicht anders zu erwarten. Und wischte sich reuig=resolut, Great Expectations,[21] das Gesicht an meinem ab.)

„Da" : ich schenkte ihr wenigstens meine Sonnenbrille (was ich ursprünglich erst an der Mauer hatte tun wollen; aber sie nüdete so trostlos; wir umarmten uns *so* — daß ich sie ihr jetzt gleich hinhielt : !)

Und strahlte doch mondän : „Achdú!" / Pause. (Mehrfach Aufprobieren: es war unleugbar gut für die Augen.) / „Sowas hat bei uns noch Keine!!" (Albern, eulig; wollte andauernd bewundert sein. Und sprang Kreise vor Dankbarkeit: „Achdú!!"). Aber da wehte es doch schon wieder hinter mir! :

„Was ist denn das?!" — : „Das?: Fliegende Köpfe." / : *Das* also die rätselhafte ‚Dritte Form' von gestern! Hexapodie ebenfalls, ja : aber über Schmetterlinge! (Das muß auch ein deutsches Rindvieh gewesen sein, der für die paar Kleingaukler den Hammervorschlag ‚Schmetter' erfinden konnte![22] Wahrscheinlich n Wiederaufrüster.)

„Willstu ein' von Nahem?" : Sie machte sich unversehens übergroß auf den Hinterbeinen — : — : und haschte einen aus seinem Blattwinkel : da!

Und ich, mit Enthauptetem in der Hand, (oder präziser : Entrumpftem. Jedenfalls ein unbestreitbares Menschenantlitz. Und so leicht auf der Hand!)

„Náddu?!" : — Es verdrehte angstvoll die Augen. Blökte fein und süß (und brachte dabei eine hand-

[21] Roman von Charles Dickens, 1861.

[22] Als wenn das amerikanische ‚Butter' : ‚Fliege' nennenswert poetischer wäre! Hoffentlich kommt der unreife Verfasser noch einmal so weit, daß er es sich abgewöhnt, gegen ganze Nationen in Bausch und Bogen zu polemisieren.

lange Hohlzunge heraus : „Ööhh . . .“). / Lautlos-große Falterschwingen. An den äußersten Spitzen einkrallige Haken (zum Einhängen an dünnen Ästen ? Nachts, zum Schlafen ?). Auch unterm Kinn noch zwei kurze Sitzfüßchen : so hatte's uns vorhin neugierig von seinem Zweig angesehen.

Ganz weich und elastisch dieser Globus : ich drückte ihn versuchsweise ein wenig mit den Fingerspitzen ein — und das federleichte Wesen hauchte wieder auf vor Unbehagen : „Ö.“

(Aber süße Gesichter ! : So einen Mund, von der raffinierten Länge, und die geile Nase dazu — hatte ich noch nicht gesehen ! (Wieso kam ich drauf, daß es ‚Eine‘ sein mußte ? Jedenfalls wußte ich's irgendwie.) Ich führte die italienisch=gelbe Maske entzückt an mich ; oben — natürlich nur ganz leicht, zärtlich — handhaben ; und das luftballonleichte Rund drückte sich gleich, flattersaugend, an mich : mmmmm !)

„Also : Thalja !“ : denn sie hatte, fauchend vor Eifersucht, mir das Gebilde weggerissen ; holte aus, und zerknallte es zwischen ihren Fäustchen wie Kinder eine Tüte : Peng ! / „Also Thalja ! ! !“ / Aber sie kniete schon *so* vor mir nieder — (man stelle sich vor : ein Reh liege vor Einem !) — und nahm mich süchtig flehend *so* in den himbeerigen Schlund ; würgte mit bettelnden Fäusten : *so* ! Wütete zart heulend : „Meine !“ (ergänze : Du bist) — daß Einem gar nichts übrig blieb, als ihr zu verzeihen (und oben währenddessen, um die Kakteenkronen, immer das süße eintönige Geblök : das lenkte maßlos ab !).

Immer noch Nähte der Wut auf ihrem Gesicht : weitere Erläuterungen zur Eifersucht : sie saugten angeblich Frauen die Milchen aus, die Fliegenden Köpfe ! Knaben den ersten Samen (während des Schlafs). / „Nein ; an der Zunge : die weiblichen haben handlange rosa Röhren“ (eben die gefürchteten Saugerinnen !). Die männlichen einen gleichgroßen, wie aufgepusteten, Penis (setzten sich manchmal lüstern hinten an Zentaurenmädchen an, der Sage nach — : was diese ländlichen Schönen sich so für Alibis zu verschaffen wissen ! (Dabei war's handgreiflicher Blödsinn ; die konnten ja nie und nimmer !)). / Sie riß ungehalten ein großes Blütengesicht ab ; legte die Hand um dessen blaue Kehle, und drückte sadistisch zu : sperrte die Tüte das Maul weit auf : Luft ! (Und ich erwartete beinahe, auch hier ein ‚Mäh !‘ zu hören : „Thalja ! : Bitte !“).

„Ja freilich !“ : die Never=Nevers fingen sie liebend gern in ihren Netzen. Holten auch ihre ‚Andere Gestalt‘ aus Kakteeninneren (demnach insektenartige Metamorphose, wie ? Mit Larvenform ? — Aber sie konnte sich unter meinen hohen Ausdrücken nichts vorstellen). / „Die Prairieeulen jagen sie. Und unsre Jungens schießen gern mit ihren Kinderpfeilen drauf.“ : „Also Thalja !“ / Aber sie schüttelte nur ganz betrübt die Backen : „Da.“ — : Ein grauerer Streifen am Horizont : the World's End !

(Und schwerer Abschied in einem Gebüsch : sie riß mich halb in Stücke. Umfing mich mit weißen Armen ; Mit Vorderbeinen ; hinten : jetzt alle Sechse auf einmal ! (Sie wog mindestens 200 Pfund ! : „Oh Thalja !“)).

Ein letzter Kuß : ! : ! ! : ! ! !
(Dergleichen ich während meines Erdenwallens, during a long and misspent life, noch nicht geschmeckt hatte ! / „Uuuuu=uu=u : U !“ und heulte, daß es unter der Sonnenbrille hervorlief).
Dann das Winken : sie war schon ganz weit drüben. Hob noch einmal Arme : die sanken ihr zusammen. Ihr Hinterleib trabte mit ihr davon. (Und auch ich starrte ihr nach ; die Arme ratlos verschränkt. Es war ein bißchen viel auf einmal ; für'n einfachen Journalisten : Konditorkonditor : was ist der Mohr & was kann aus ihm werden !). —
Dann hin zur Großen Mauer (das heißt : zum ‚Ende der Welt‘ ; wie schnell man sich an der ihre Ausdrucksweise gewöhnen könnte ! (Schon spiegelte mir meine Fantasie ein Wildleben in solcher Steppenmitte vor ; mit Pfeil und Zentiebogen ; nachts auf Thalja beim Laubhüttenfest, über meiner Mütze nur die Sterne . . . Aber's war ja sinnlos ; ein Mensch reichte da einfach nicht aus. Latsch lieber weiter !). —).
Einen Stein ans Türmchen geschmissen ? : Da wachte oben der Posten auf, who was in love with his machine=gun [23]. Zeigte ein total beblüfftes schlafkrankes Antlitz (und meldete ; und dirigierte mich nordwärts, zur nächsten großen Wallstation). —
Die Große Wallstation (und erst durch einen hallenden halbfinsteren Steintunnel ; dann war ich außerhalb der Mauer) / : „Ach ; *Sie* sinds ? !“ (und sichtlich *so* unangenehm überrascht !). / .—. / „Ach, einen

[23] Zitat nach dem bekannten Drama von William O'Nail, ‚The Soldier's Progress‘.

Augenblick bitte: Woll'n Sie vielleicht erst'n Bad nehm'?". / Sicher; gern.

In der fichtennadelgrünen Emaille (und er noch wahrhaft unheimlich: hatte Thalja etwa doch heimlich die lebenslängliche Sorte genommen?!). / Aber Vorsicht jetzt; wahrscheinlich würde ich ja irgendwie beseitigt werden. Beziehungsweise zumindest wieder mal'n Eid ablegen müssen... / — Klopfen?? — : „Jaa'ch komm sofort!"

„So." (und der Herr Doktor=Direktor war sichtlich erleichtert): „Es ist Anweisung von Washington da, Sie vereidigen zu lassen: Heben Sie bitte die Hand..." (und rief ins Vorzimmer: „Ä=Flushing? : Komm' Sie ma'n Moment rein. Daß Sie nachher als Zeuge mit unterschreiben können." / Schon kam das lange Mädchen angelaatscht, mit ermüdetem Profil; horchte sichtlich nicht hin; unterschrieb dann aber anstandslos alles. (Und die verruchte Urtikation wirkte sofort wieder, selbst bei dieser Mauerblume; das kann ja heiter werden!).).

Aber nunmehr, nach erfolgter Vereidigung — (auf Interworld 187 nebenbei: Veröffentlichung nur in toten Sprachen; bemerkenswert milde!) — war er recht gemütlich. Man (=wir) rauchte und trank Bora=Bora.[24]

Gab nun auch ohne weiteres Auskunft, auf jede meiner Fragen. / : „Ja ganz recht. ‚Hexapodie' ist wohl das Wort. — Also einerseits mit Insekten; andererseits mit Huftieren: unter Beibehaltung — beziehungsweise entsprechender Transformierung —

[24] Das neue alkoholfreie Fruchtgetränk; geschmacklich am meisten noch dem alten Seven-Up ähnlich.

der Arme, ja.“ (Arm*lose* Rückschlagformen wurden „laufend ausgemerzt — ä=schmerzlos natürlich.“ : feiner Ausdruck!). (Und stellte mir's bedeutend verallgemeinert vor : Hirsche, Tapire, Elefantinnen. Nashörnerinnen, Nilpferde, Zwergböckchen. : Oder Giraffiges, ganz oben ein traurig=dummes Menschenhaupt. (Aber vielleicht war's auch gehörnt=überlegen; mit'm Klemmer dran; und fühlte sich sauwohl). / Im Norden zottigere Pony=Formen. Mit rauhen Haarbüscheln zwischen den Brüsten.)

„*Wölfe als Feinde?!“ : er lachte* nur : „Na, wissen Sie : ich möchte kein Wolf sein, und unter ein Zentaurenrudel geraten! Die würden mir den Kitzel aber vertreiben! Stellen S'ich ma vor : Hufschläge wie Schmiedehämmer, vorn & hinten. In den Händen Bogen, Pfeile, Sägeschwerter; Lanzen, Knüttel, Keulen. Auf dem Kopf das Einhorn? : merci beaucoup!!“

„*Nein, leider nicht! : Ganz im Süden* nomadisieren negroide Typen. — Es gab ja ursprünglich *drei* Rassen : Derivate von Weißen, Negern, Indianern. Davon sind Weiße und Indianer so gut wie verschmolzen. / — ? : Ja; ganz recht : es ergab sich — erst zufällig, dann gelenkt — mit Grant=Gazellen : *sehr* glückliche Kombination!“ / Und beugte sich aus gelbem Schreibtischsessel vor: „Was?: Sie haben einen zebroiden Mischling gesehen? : Aber der muß doch sofort weg!“. (Notierte mit fliegender Hand : Menschsollichdennda... : am Tod des Prachtstückes schuld werden?! Er merkte es sogleich, und beruhigte emsig) / : „Ach das *müssen*

Sie einsehen! Wir überwachen sämtliche Trupps ärztlich: brutal Mißratene; bösartige Männchen; allzugroß Gehörnte — was bei der Geburt Schwierigkeiten machen könnte — werden *rück=sichts=los* abgeschossen!" (Vermittelst Blaserohr: ein winziger Glaspfeil, mit Gift gefüllt): „Wir wollen sie ja doch möglichst uns, dem Menschentum erhalten! — Schon dieses schwere Einhorn — das eventuell eine Gehirnrückbildung zur Folge haben *kann* —; oder die — allerdings unvermeidliche — große Rupfzunge, die die Sprache erschwert und bereits leicht verändert hat: bereiten uns *große* Sorgen!" / : „Das müssen Sie verstehen."

Jaja; verstehen schon, aber.

Weitere Einzelheiten: die Tragezeit?: „Im Durchschnitt 174 Tage. Mit ungefähr 3 Jahren werden sie fortpflanzungsfähig." / Durchschnittliche Lebensdauer?: „12 bis 20. Die ganz Alten werden dann ausgesprochen ‚weise' — wirklich im sokratischen Sinne, dochdoch — und lernen dann zuweilen, aber rechtrecht selten, auch Lesen und Schreiben." / Wieviel?: „Na; unsere Förster kennen fast jedes Stück, und schätzen ihre Gesamtzahl auf=ä — 6.000. Davon 700 Schwarze." (Schärfste Rassentrennung. Zählung und Überwachung teils unauffällig aus der Luft, wie erlebt; teils Bodenarbeit: „Ach, Sie kennen's ja." Ja.).

„*Ach das noch, Herr Direktor, wie ist denn das?:* wird das eigentlich als Sodomie betrachtet? — Ich meine: falls ein Förster sich mal in eine Zentaurin=ä verlieben *sollte*?" / Er zog nachdenklich an seinem Kinn (drückte auch mit demselben Zeigefinger die mittelgroße Nase nach unten) : „Tjaaaa." / : „Tja Sie haben da natürlich ein Problem aufgeworfen : es *ist s*chon eine Lücke in unserer Legislation. — Und wird durch Folgendes noch erschwert : *Menschen*männchen & Zentauren*weibchen* : sind zusammen unfruchtbar ; das ist ausreichend erprobt. *Aaaber* ! : Zentauren*männchen* & Menschen*weibchen* : da kann durchaus was passieren ! Wieviel ältlich= geile Millionärinnen haben sich nicht schon — durch Bestechung des ein und anderen Postens — heimlich in den Hominidenstreifen schmuggeln und von Zentauren decken lassen ! : Sie wissen ja nun selbst, *wie* die gebaut sind !"

„*Neineinalso ; das fragliche Problem* ist ja lediglich erst bei uns, bei den Wachmannschaften hier, akut geworden. Und da gilt die — gewohnheitsrechtliche ; allerdings noch nicht kodifizierte — Regel : es ist *keine* Sodomie. Also *nicht* strafbar." (Und mir war doch wesentlich leichter. Obwohl ich nur gelassen „M=hm" äußerte).

„*Sehr richtig : die Brust* der weiblichen wird kleiner. Durch Zuchtwahl : sie hindert dann weniger beim Galoppieren. Die Epidermis darüber zudem fester : sehr richtig." / „Die Anrede untereinander ist ‚Schwager' — vorsichtshalber wohl : die geschlechtlichen Verbindungen sind nämlich relativ unstabil."

Und trockenes Gelach, in lauter kleinen Stücken : „Ja= ja! — Na ; Ihnen kann ich's ja verraten ; Sie sind ja jetzt vereidigt. " (Und trotzdem noch die gehemmte Raucherpause) : „Najaalso ‚Fórmindalls' : da gab's mal vor 50 Jahren einen Außenminister, der entscheidend zur Weiterführung der Atomversuche geraten hat . . ." / Und ich unterbrach schon erleuchtet: „Achsooo?!: ‚For=Min' — das steht reduktiv für ‚foreign' und ‚minister'?! —: Achsoooo. Ja jetzt wird mir manches klar." (Aber das war natürlich ein dolles Faktum; wat et all jiebt!). / ‚Gow' wußte er auch nicht. ‚Chromm' war das keltische ‚krumm' — wieso grade das vom Gälischen her, war unbekannt: „Zufall wohl. Scheinbar ein Förster irischer Provenienz dazwischen geraten."

„*Ja die Volkskundler* haben natürlich ein reiches Arbeitsfeld. Die freuen sich ja diebisch, wenn sie wieder einen neuen Brauch registrieren können: *ist* ja auch intressant! / Zum Beispiel, wußten Sie *das*: daß sich alte und kranke Stücke zum Sterben an ganz bestimmte Stellen zurückziehen? In Welwitschientäler, wo schon veritable Knochenfelder entstanden sind?: ‚Zentiefriedhöfe' sagen unsre Leute immer. / Oder Wasser. Ist ihnen begreiflicherweise hochwichtig: wo Bäche nach verschiedenen Richtungen abfließen, an Bifurkationen oder Wasserscheiden, da setzen sie Cairns, und da darf nie gelagert werden. / Neinein; im Winter wandern sie nach Süden ab: Arizona, Kalifornien, Sonora. Was meinen Sie?: wir haben ja — *hier, an dieser Stelle!*" (er stach mit dem Zeigefinger auf seine Schreibunterlage; sehr überzeugend): „Januartemperaturen bis zu 38 Grad Minus!" (Im Sommer war dafür schon Plus 42 gemessen worden). / „Dochdoch: im Notfall stellen wir auch mal Tränken auf. Aber das ist praktisch erst einmal vorgekommen, als sich ein fürwitziger Trupp auf der Suche nach neuen Weidegründen zu weit in die Ralston Desert vorgewagt hatte. Ansonsten sind die ja derart ortsbeweglich — und =kundig — daß sie jederzeit wieder zur nächsten Quelle gelangen : 150 Meilen in 24 Stunden, das schafft ein gesunder Zentie schon, wenn er will."

Er neigte bestätigend den Kopf : „Schlangen und stechende Insekten haben wir zerstört; vermittelst Kontaktgiften; auch durch Bestrahlung: wir mußten ja erstmal günstige Entwicklungsbedingungen schaffen. Es ist ohnehin noch schwierig genug." / "Vor allem das Eine : sie tendieren — wie alle Heerden; Erbteil ihrer equiden Hälfte — zum Massenschrecken. Meist durch Töne, Explosionen, ausgelöst. Dann befällt sie Ungeheures : der ganze Stamm, alle Hundert, stürzen wie rasend dahin; lassen sich durch keine Bemühung mehr aufhalten; rennen gegen Felswände an, oder zerschellen in Abgründen — das ergibt dann, als Mindestes, die unangenehmsten Beinbrüche!" (und schüttelte mißbilligend das Gesicht, als hätte er persönlich an einem zu laborieren).

„Ja, tun wir auch! : Meinen Sie, wir wären umsonst ihre Pfleger und Hüter?!" / Und berichtete, herausgefordert (eben das hatte ich ja gewollt!) von ihren ‚Aufgaben' : „Zuerst; ganz im Anfang; haben wir versucht, 2 von uns als Zentie zu verkleiden. — Ja, lachen Sie nur, es *ist* so : genau wie 2 Arbeitslose 1 Zirkuspferd machen; oder im Fasching. Und der Vordere agierte dann : impfte; machte Gipsverbände; beseitigte Hautschmarotzer; spritze hier *das* Hormon ein; dort *jenes.* / Bis wir

sie dann an unsere Gestalt gewöhnt hatten. Jetzt nennen sie uns ‚Förster' — obwohl ich persönlich den läppischen Ausdruck *gar* nicht schätze! — nehmen die Geräte als godsends entgegen...: Wie bitte?" / „Was dem Menschen vom Tisch fällt, hat für die Katze ‚Gott gesandt' " hatte ich gemurmelt. Er machte die Anwendung auf sich, der Herr Oberförster; und nickte lustig die Nase, einmal.

Die ‚Religion der Zentauren'? : er formte erst eine Trichterspitze aus seinem Mund, und bewegte dieselbe dann abweisend: „Sie haben keine. Außer dem, in der historischen Entwicklung unvermeidlich auftretenden Animismus. Durchaus sublimiert allerdings: unsre Anwesenheit trägt ja zur Bildung einer Götterlehre enorm bei. Also *ganz* zwanglos verläuft die Entwicklung nicht: *kann* es nicht!" / Wuchtig. Setzte beide Hände auf die Glasplatte vor sich, und wollte sich hochdrücken. Blieb aber doch noch unten sitzen, und horchte, ausgespannten Gesichts: ...?...? : „*Das* ist allerdings — — *sehr* wichtig: Herr Winer!"

(Ich hatte nämlich von der Spinnenschlacht erzählt; und wie ich den gebissenen Kleinen wieder kurierte : er lauschte intensiv geneigten Ohrgeringels; nickte zu Details; und bewegte manchmal lautlos die Lippen mit: „So? — Ach!"). / Und begann zu erklären: „Sie müssen nämlich wissen — wir kennen das natürlich! Haben schon genügend tote Stücke seziert; sind aber immer zu spät gekommen: ehe die Nachricht von einem Schnelläufer an die Mauer gebracht wird, und wir Jemand hinschießen, ist's längst vorbei, das Zeug wirkt ja innerhalb von Vier-

telstunden ! — Sagen Sie: *hätten* Sie etwa noch was davon da ?“ / Ich holte ihm gefällig die ganze Buddel aus meinem Gepäck. Er zog den Kork ; goß in ein Uhrschälchen, wollte schon die Zungenspitze hineintunken ... dann fiel ihm aber anscheinend etwas ein (und das sah *sehr* putzig aus : wie sein spitzbärtiges Gesicht da, mir gegenüber, so auf der Bartspitze über der Platte schwebte, die Zunge noch raus (vor Denken vergessen einzuziehen) ; die konzentrierten gräulichen Brauen ; die angestrengte Stirn ; die Augen, die irgendetwas in Tischmitte erblickten ...).

Langsam zog sich sein Zungenfleisch zurück. Klappte den Mund darüber zu. Das Gesicht stieg wieder zu normaler Höhe (und sah so unbefangen drein, daß es mit dem Habitus eines Direktors fast nicht mehr zu vereinbaren war) : „Ä=Flushing ! — Sie entschuldigen' Moment, Herr Winer — Dr. Fielding soll mal herkommen. — Jawohl : auf=der=Stelle ! — Losrasch !“ (Murmelte auch noch was von „Genau untersuchen lassen. Zusammensetzung. Äußerst bedeutsam.“)

„ *So ? Und das hat also* — soweit Sie beobachten konnten — geholfen ? — Hm. “, versuchte er die immer noch währende Pause zu überbrücken. (Dabei hatte ich's ihm nun bereits fünfmal, in immer neuen Wendungen, mitgeteilt ; *und* bestätigt ; *re*konfirmiert ; und *nochmal* Ja genickt ; und der Arztchemiker kam *immer* noch nicht — bis er sich endlich entschloß, eine wichtige Miene herstellte, und die längere Notiz über den Kasus anfing (hätte nicht sehen mögen, was er kritzelte ; bestimmt Stoßgebetchen. Oder, noch eher, unverständliche, schriftähnliche Krakeleien. — Na, ich tat ihm den Gefallen, und schaute diskret aus dem Fenster).

Dadaswarendoch — : „Zentauren ? !“ : sah ich falsch? — Aber er bestätigte mir, froh der Ablenkung, daß ich meinen eigenen Augen trauen dürfte : „ Wir gehen dann gleich ma runter. — Jabitte : bitte ? ! “

„ *Doktor Fielding — Mister Winer* vom ‚Kalamazoo Herald‘. — Sehn Sie ma hier Doc, diese Flasche : iss Gin drin. Könnten Sie mal genau — aber wirklich aufs Peinlichste, mit allen Schikanen ! — die einzelnen Bestandteile feststellen ? Es ist nämlich *das* : . . . . . ? “

Aber Doktor Fielding, lang bleich und dürr, hatte längst den Stöpsel gelüftet ; geschnuppert ; sich in die linke Handfläche gegossen, und die belegte Zunge hineingebettet (mit konzentriert geschlossenen Augen : sah also nicht die erregten Fingersignale seines Direktors ; sprach vielmehr, geübt lallender Pronunziation, über sein schimmliges Geschmacksorgan hinweg) : „ — C2 H5 OH=Derivat. “ — Er schmeckte und sann ; all seine Züge vereinigten sich um den Mund ; die Stirn wurde drohendübergroß und glatt : „ Aconitumdigitalisbelladonna “ sagte er sehr schnell ; öffnete die Augen bedeutend : „ Und sonst noch allerlei — ich schreite zur Analyse : wann müssen Herr Direktor das Ergebnis haben ? “. Aber der winkte nur in mühsam unterdrücktem Zorn : „Dankedanke ! — Ä=morgen Früh: bitte !“. (Der Kopf der weißen Röhre dienerte einmal ruckartig, unten schritt es lang aus, ‚zur Analyse‘ ; und während die Tür hinter dem Automat wieder zufiel, machte ich den armseligen Spaß, mir halblaut einzuprägen: „Venuswagen; Fingerhut: Tollkirsche.“. Aber auch er hatte sich wieder gefangen: „Spurenelemente.“ sagte er knapp: „Bei Destillation wohl unvermeidlich. Außerdem leidet der Mann periodisch an Korsakow=Psychose. — Bitte, kommen Sie doch.“

Auf manchen Korridoren, weißen Treppen: „Ja davon wissen wir leider so gut wie nichts: wie weit die Russen sind! Die haben ja ganz Europa als Hominidenversuchsfeld, bis hinter zum Ural.“

„*Na, daß die Japaner* & *Deutschen* weg sind, ist ja für uns 1 Segen![25]“ sagte ich energisch: „Die, ohne deren Beteiligung einem jeden Weltkrieg ja gleichsam etwas gefehlt hätte!“. Und er wandte sich mir unter begeisterten Verbeugungen zu: „*Ganz* meine Ansicht! — Neinein: diese letzte, Ä=Vereinfachung=ä, war doch im letzten Grunde begrüßenswert: was *hat* die nicht zur Ausbreitung der Vernunft in der Restwelt beigetragen! — Also es *heißt* — ich weiß es nicht; ich referiere Gerüchte: was man als Wissenschaftler nicht tun sollte, gewiß — daß die Herren im Ssemipalatinsk sich auf *aquatile* Formen kapriziert hätten....“ hob die Finger-

[25] Ich stehe nicht an, auch diese Stelle wortgetreu zu übertragen: ganz abgesehen von meiner Pflicht als Vereidigter Übersetzer, und meinen persönlichen Gefühlen als Restdeutscher — 1 unter 124 noch! — ist es ja wohl historisch wichtig, daß auch dergleichen, in Nord und Ost gar nicht seltene oder unübliche, Einstellung durch den Druck zur Aufbewahrung gegeben wird. Spätere Jahrhunderte mögen richten zwischen Goethe und ‚Fórmindalls‘! Ich enthalte mich jeden Kommentars, der mir als persönliche Empfindlichkeit ausgelegt werden könnte.

büschel in Schulterhöhe, und ließ den Kopf hinunaher gaukeln. / „Jedenfalls ist alles noch drin! Alles ist im Fluß!: Wir werden noch *viel* erleben!“ schloß er leuchtenden Auges, und drückte erregt seinen Brillenbügel.

„Ach ganz simple Voliere!“ : Wir waren vor dem Drahtkäfig stehen geblieben: hoch und breit wie ein Großstadt=Wohnblock. 2 Yards davor das Eisengeländer; rundherum. Und ich lümmelte verdutzt die Ellbogen drauf (und den Kopf in die Handstütze: mir war wie im Zoo!)

Die Voliere: „Nein. Wir nennen sie ‚Fliegende Masken‘: es gibt nämlich da gewisse festbleibende Typenkreise.“ (Unterschieden nach Männchen und Weibchen; von den ersteren rund ein halbes Dutzend ‚Gesichtsausdrücke‘; von den letzteren wesentlich mehr: „Das werden wir sicher durch Züchtung noch nach unsern Wünschen variieren & fixieren können — hinsichtlich Haarschnitt, Schönheit der Weibchenunddergleichen: Stimme zumal!: manche Sorten geben, in kleinen Käfichten gehalten, bereits eine Art Gesang von sich; tjaaa.“ Und wir ließen die Blicke durch das weite Gitterwerk schweifen.

Bäume rein gepflanzt?: „Nein. Umbaut; das andere hätte ja viel zu lange gedauert.“ / Überwiegend riesige Säulenkakteen?: „Das hat alles seinen guten Grund: gehn wir gleich mal rüber, ins Labor, ja?“

Im Labor: Ach Du lieber Fórmindalls! — Jetzt bekam ich erst den richtigen Begriff von der Metamorphose!

Und die Kittelassistentin erklärte und demonstrierte fließend: Hier in der Sukkulente — („Sie müssen ganz genau gegen's Licht sehen! ") — erkannte ich kauernd einen stillen dunklen Kern. „ Ja ganz recht. " / Hier die Schirmbildaufnahme. / „ Und so sehen sie in natura aus." (‚in natura' war gut ; sie meinte ‚in spiritus'; berufsbedingte partielle Seelenlosigkeit). — Länge und Dicke wie'ne gute Gurke. Totweiß : Folge des Lebens in Pflanzen — und was *das* wieder für eine Art ‚Innenleben' für das befallene Exemplar sein mochte, schlimmer wie'n Bandwurm! — Nur an den Tracheenmündungen dunkelgefleckt. Mit bleichem Embryonengesicht; eine durchscheinende Haut überzog die Augäpfel : übler Sauger! / „ So lebt diese Form 2 Jahre in Fettpflanzen — die einzigen, die ihnen ausreichende Herberge gewähren können. — Bitte? — : Nein; die Wirtspflanze stirbt *gar* nicht ab! Meist bildet sich an der betreffende Stelle eine Entasis. Oder auch eine Sackgeschwulst : nein. " / „ Die Eier? : werden, genau wie bei Insekten, durch die Paarung der Flugformen erzeugt. Und vermittelst eines rasch entstehenden und wieder vergehenden Legestachels mitten in den Pflanzenleib eingeführt. " (Wo dann eben die ‚entsprechende Entwicklung' begann).

„ Hier : hier können Sie's mehrfach sehen. " ; und führte mich zu einem anderen Kaktusstumpf : dem war ein dralles Glied aufgeplatzt (die Wunde allerdings schon fast wieder gelblich=trocken, geduldig, vernarbt : gut.) ; und im Winkel einer Gabelung hing reglos der hellgelbe, 2 Spannen lange, Kokon. / „ Man kann die Puppe durchaus durch Sieden abtöten, und das Gewebe textil verarbeiten ; jede ergibt über ein halbes Pfund dünnes, sehr festes

Garn : hier ; meine Träger sind draus " : sie schob unschuldig die Schulter des Wissenschaftlerkittels zur Seite ; und ich besah schaudernd das breite Band ihres Büstenhalters, mon Dieu (und haben nichts weiter drunter. Kunststück, bei der Hitze !). — : „ Achda : Ihre Hosen, Herr Direktor : sind ja auch aus dem Stoff. " (und er klopfte sich nickend mit der gleichmütigen Hand das Oberbein).

„ *Wie lange leben die* " (ich überwand mich ; und ergab mich ; und gebrauchte schließlich auch den verruchten Ausdruck, Landgraf werde hart) : „ die ‚Fliegenden Masken' eigentlich ? " / Das kam drauf an ; sie waren eifrig dabei, die Lebensdauer zu verlängern : „ Zur Zeit 2 bis 3 Monate. — Das heißt : bei *uns;* in Gefangenschaft. Draußen, in freier Wildbahn, haben sie zuviele Feinde : Eulen ; die paar übriggelassenen kleinen Raubvogelarten : und vor allem eben diese verfluchten Arachnen ! " / Die, die Spinnen, konnte man hier *gar* nicht leiden (und mit vollem Recht, soweit meine eigenen Erfahrungen gingen) : die fingen sowohl die Larvenformen, durch Anbohren der Kakteenstämme mit dem Rüssel — was sie ja ohnehin taten — und immer tiefer rein, wenn sie was witterten, bis in den Larvenleib, den sie dann begierig aussaugten. Fraßen selbst die Puppen. Der Flugform stellten sie mit ihren Netzen nach. : „ Und die sind ja auch *so* dumm — oder besser : lernunfähig & lüstern — daß sie, obwohl sie vorzüglich sehen, einfach auf das Männchen zu fliegen ; ob nun ein Arachnennetz dazwischen ist oder nicht. "

„*Also müssen diese Never=Nevers weg!*“. Und sie nickten grimmig die Köpfe: „Von Herzen gern: wenn wir nur das Zauberwort wüßten! — Aber das ist gar nicht so einfach; die sind zähe. Wir haben — gerade mit Hilfe der Zenties — schon sehr schöne Erfolge erzielt, und die Viecher weit nach Norden abdrängen können. Aber sie scheinen sich bereits wieder den kanadischen Kalturwäldern anzupassen: entwickeln rotbepelzte Formen, mit besonders harten Rüsseln, mit denen sie bis in die Wasserleitung der Bäume bohren können.....“ (Beide atmeten seufzend, im Team=Takt): „Da gibt's jedenfalls noch vielviel Arbeit für uns.“

Und zur andern Tür hinaus: da standen wir am weiten Rund des Stations=Sportplatzes. Und ich setzte sofort fasziniert die Hände auf die Hüften: Mensch, hatten die ein Tempo![26] (Und auch er nickte neben mir begeistert, strahlend über's ganze Direktorengesicht: „Da soll erst mal Einer mitkomm', was?!“)

Die Zenties machten nämlich Wettrennen!!: Viere-breit wogten sie eben über die letzte Hürde, in unsere Endgrade. Die Köpfe lang nach vorn; in der Rechten die kurze Peitsche (mit der sie anfingen, sich die eigenen Hintern zu hauen! Plötzlich gab es dem Riesenrotfuchs, Man of War, auf der Innenbahn einen Ruck, als schöbe ihn eine Gigantenhand von hinten: 10 Yards, 20, 30!! — : (und riß mit der Einhornspitze das Zielband durch!))!

[26] Die folgenden Szenen sind echt amerikanisch! Wir beanstandeten Deutschen hätten vermutlich dafür gesorgt, daß sie Griechisch gelernt hätten, und überhaupt natürlich geblieben wären.

Los, hin zum Mann mit der Stoppuhr! : Und auch der war angenehm erregt : „Eins Einunddreißig Vierzehn für die Meile! Und das im bloßen Training : was *mein'* Sie, was da beim Sportfest selbst für Zeiten rausgeholt werden!" / „Tja=a : das ist ein gar nicht leicht zu erwerbender Trick, das Zielband mit dem *Horn* zu nehmen, anstatt mit der Brust. Das ergibt mindestens Drei=Hundertstel Sekunde Zeitgewinn!" / Aber an Sulkies, zum Trabrennen, waren sie nicht zu gewöhnen : „Der Zentie trägt kein Joch!" hatte ein Häuptling verkündet : stolz lieb' ich den Zentie! — (Und reiten auf sich ließen sie auch bloß sehr geliebte oder geehrte Personen : that's me!)

Im Weitergehen : „Oh, die Wettbewerbe sind zahlreich und gut besetzt. — Im Laufen haben wir natürlich keinerlei Chancen; das wird getrennt absolviert. Ebenso Weitsprung." / Und was war gemeinsam? : „Nuu=ä : Kugelstoßen zum Beispiel; da ist völlig offen, wer gewinnt. Voraussetzung natürlich : nur aus dem Stand! Denn wenn der Zentie — und sei der Stoßkreis noch so klein gewählt — die Federkraft seiner 4 Beine einsetzen könnte : oh weh!" (Also allgemein sämtliche Wurfübungen; Speer, Diskus, Stein).

„Oder hier" : und diesmal mußte ich mein Gesicht doch mit *beiden* Händen stützen : die B=Mannschaften trainierten gegeneinander Fußball! / (Erst mal an die vielen Beine gewöhnen.....) / Eben stoppte ein assyrerbärtiger Zentaur den Ball mit der Brust : der fiel gehorsam an ihm runter. Blitzschnell setzte er den Huf drauf — ein Rundblick — : und spielte

ihn weit nach vorn (wo ihn sein Stümer sofort mit dem rechten *Hinterhuf* (sic !) übernahm — aber schon sprang der mindestens 7 Fuß große Menschenverteidiger durch die Flugbahn, köpfte zu seinem Tormann zurück (der den Ball in die Vaterarme schloß ; geschickt einem, fair ihn behindern wollenden, Schecken auswich ; und weit in die andere Spielhälfte kickte : !)).

„ *Ja, müßte man denn da aber nicht* dasselbe Moment berücksichtigen : daß die so viel schneller spurten ? “ Aber er wehrte schon mit der Hand ab : „ Das wird mehr als ausgeglichen dadurch : daß ihr Tormann unbehilflicher ist ! “ (und, nachdenklich) : „ 'ne Zentaurenmannschaft mit'm menschlichen Torhüter : die müßte — theoretisch — unschlagbar sein ! Die Kerls schießen Elfmeter ? ! : Neulich ist einem unserer Torhüter die Brusthaut davon aufgeplatzt ! “ / (Halt ; das noch : „ Aber beim Köpfen ? : der Vorteil des Hornes ! “ : „ Das geht natürlich arg über die Bälle. “).

„ *Wann ?* “ *(das Sportfest) :* „ Ach, da sind Sie längst weiter. In 14 Tagen erst. 'ne ganz interne Sache. “

„ *Preise ?* “ *— :* „ *Verschieden.* — Meist solche, von denen der ganze Stamm des Siegers was hat : n blanken Aluminiumeier ; 3 stählerne Speerspitzen : wir züchten dadurch ja gleichzeitig nicht nur gute körperliche Eigenschaften, sondern auch geistige : Reaktionsgeschwindigkeit ; Entschlußkraft ; Kampfgeist — der uns dann, beispielsweise gegen die Arachnen, wieder zugute kommt : Undsoweiterundsoweiter. “ (Der Mensch denkt, Fórmindalls lenkt).

Blaugläserner Abend mit Goldrand: die Zentauren schüttelten mit ihren Gegnern Biederhände (und wurden anschließend durchs Tor geschleust, wieder in ihr Gebiet hinein). / „Aber selbstverständlich: 8 im ganzen." (Nämlich Verkehrstunnel unter dem Hominidenstreifen hinweg; die die beiden Hälften der USA miteinander verbanden, von Mazatlan bis Fort Churchill. Überfliegen gab's nur in ganz großen Höhen, über 10 Meilen; eben wegen des Panischen Schreckens).

Und lauschte dem zackigen Jungsoldaten —: ? —: „Ah gut.: Ihr Gepäck ist eben mit der Postrakete eingetroffen. Ich laß'es auf Ihr Zimmer bringen." Und weiter, ganz großzügig dröhnender Gastgeber (es war ja ein peinlicher übler Eindruck gut zu machen; das kann man wohl sagen!): „Aber nein, Sie *müssen* sich ein paar Stunden hinlegen! Ausruhen. Die Maschine nach Eureka geht doch nicht vor drei dreißig, morgen Früh. Und erst mal anständig essen: Bitte!"

Bitte: die Gemeinschaftshalle: Er speiste, ganz patriarchalisch, inmitten seiner Assistenten und GI's. Winkte wohl auch leutselig zu einem ferneren Tisch hinüber. Oder lachte zu einem dienstfertig=zahmen Scherz: in meinen Landen soll Witz nicht unbelohnt bleiben! / (Was gibt's überhaupt? Hoffentlich nicht wieder Klapperschlange in Schierlingstunke; Schinken vom tollen Hund, mit Skorpionen gespickt. ....) / Aber nein: das Essen war wirklich gut. Einfach; kräftig; viel Fleisch: man piekte bloß mit der Gabel, und hatte schon wieder ne Boulette dran. (Und die WAC-Kellnerinnen, in den neuen milchglasfarbenen Schillerstoffen,[27] Arme wie aus dünnen Regenbogen, lächelten unermüdlich: Laßt uns lustig sein, über hundert Jahr kommen die Heiden!).

„*Und dies Ihr Zimmer!“:* er öffnete mir eigenhändig die (von außen weißlackierte) Tür; kam auch rüstig hinter mir mit hinein (als verantwortungsvoller Hotelier, der sich durch Autopsie zu überzeugen pflegt, daß seinen geehrten Gästen nichts abgeht. — „Right. —: Well.“).

„*Zu Ihrem Gepäck habe ich Ihnen* eine — ganz schmucklose — Decke aus ‚mask=linen‘[28] dazupacken lassen“ (und gleichzeitig aufs zwangloseste mein Eigentum kontrolliert, was?! Aber darauf mußte ich mich auf solcher Fahrt wohl noch mehrfach gefaßt machen). (Und grauen tat mir auch vor seinem Präsent; aber ich zwang mich, verbindlich die Zähne zu fletschen, bis er damit zufrieden schien). / „Der Wert liegt ja für den Kenner im Material, nicht in der Arbeit. — Und hier:“: er übergab mir mit beiden Händen, strahlend, den mächtigen Band Querfolio:! Stolz hob sich der rotgelbe Sporn seines Spitzbartes (und ich mußte mir widerwillig gestehen, daß das nicht unapart aussah, zu den gemischten zwirbligen Brauen, und dem Haarrest aus Eisendraht), als er erklärte: „Wir beschäftigen ja auch diverse Zeichner hier; Maler. Und da haben wir — in geringer Auflage; für die

[27] Was nichts mit unsrem teuren deutschen Toten zu schaffen hat; sondern im Sinne von ‚Irisieren‘ zu verstehen ist.

[28] ‚Masken-Leinen‘; dies demnach das stehend gewordene Fachwort für Textilien aus den Fäden der Puppe der ‚Fliegenden Masken‘.

ganz wenigen Interessenten : signierte und nummerierte Exemplare, ja, sicher — diese Farblithos herstellen lassen : sämtliche bisher einigermaßen konstanten Maskentypen ! Zusätzlich noch die Großfotos von einigen besonders intressanten, aber leider nicht stabil gebliebenen Züchtungen : ".

Höflich schlug ich da ein paar Blätter um — : — : und sie waren wirklich von Meisterhand. Sehr sauber und charakteristisch. Unverkennbar Porträtähnlichkeit. / „ Naja ; mit *der* Einschränkung : daß solches Porträt eben immer einigen Tausenden gleichsieht " berichtigte er ; die Arme behaglich ineinander geschlungen.

(*Und frappante Gesichter drunter,* zugegeben : die Maske eines finsteren Timon ; grämliche Falten auf der Stirn, ein bitter gekrümmter Mund, mittelgraues Haar. / Ich besah mir natürlich — ich denke nicht daran, mein Geschlecht zu verleugnen ! — weit mehr Weibchen !) :

„ *Nofretete ?!* " : „ *Ja.* Völlig absichtliche Züchtung. " bestätigte er : „ leider 'ne ombrophobe Form geworden[29] ; nicht im Zimmer zu halten. " / (Nicht ‚im Zimmer zu halten' ? : die haben aber tatsächlich Nerven ! Oder besser : völlig gefühllos. / Er sah mich an — ‚lauernd' hatte ich das Gefühl ; oder täuschte ich mich ? — : „ Welche davon gefiele *Ihnen* denn am besten ? ").

Mußte ich also die verruchte Schwarte noch einmal vor die Nase heben — (am besten einbilden : es wäre

[29] Schattenflüchter.

ne ‚Gallery of American Beauties'. Auch für später nützlich.)

„*Hmmmm.*" *:* eine Poofbackige, mit verkniffenem Lächelmund und widerlich runder Stirn („Unsere ‚Gioconda': ist doch ähnlich geraten, unbedingt, wie?!") — Ja; leider. Auf die hätte man mich schon als Junge binden können, und ich hätte nicht gemocht! (Hoffentlich haben die Kerls nicht noch mehr Gemälde imitiert: was für Einfälle zu sowas gehören!!).). / Oder doch *auch* wieder nicht: es handelt sich immerhin um das Schönheitsideal von 'ner ganzen Anzahl Leute; und danach veredelten die hier dann eben systematisch eine ganze Linie! Was ja auch für Nofretete galt. — Also hatte auch dieses Ding, wie jedes unter'm Mond, mindestens seine 2 Seiten. Obwohl mir keine davon gefiel!).

(*Ach ist ja auch egal; bloß Schluß* mit der Szene. Daß der Kerl abzieht, und ich mich hinhauen kann): „*Die* hier. Würde ich sagen." (Sie sah täuschend aus wie die sumerische Königin Schub=ad, an der ich mich als Schulkind eine zeitlang aufgeregt hatte. — Und sie war es auch: hoffentlich war er nun zufrieden!).

„*Aber gern!*" *: schritt elastisch* zum Nachttischchen und telefonierte: „Ä=Flushing? — Jahörnsiemich?: Nummer 18: Acht:Zehn. / Jawohl! / — Na desto besser!"; und, wieder zu mir gewandt, verbindlich lächelnden Mundes: „Ich werde mir erlauben, sie Ihnen über Nacht hier hinzustellen, ja?"

Ich muß wohl völlig verblüfft dreingeschaut haben; denn er rieb sich entzückt die Hände: „Tja, das hätten Sie *nicht* gedacht, daß das bei uns so schnell geht, was?! — Ich hab's wohl gemerkt, wie Sie sich Zeit ließen; und in aller Ruhe einen schwierigen Typ aussuchten ..... Ä=neineinein!" (ich hatte protestierend die Hände angehoben): „Nein, das ist mir ganz recht, daß Sie uns — völlig unbeeinflußt: das müssen Sie mir ja bescheinigen! — so auf die Probe gestellt haben. Die Öffentlichkeit kann getrost einmal erfahren, daß hier bei uns solide Arbeit geleistet wird! Es wird da so viel grausamster Unfug daher geschwätzt, in Laienzirkeln; so viel Greuelmärchen haben gewisse interessierte Kreise in Umlauf gesetzt: *ich* wollte lange schon, daß mal ein vernünftiger Mensch, mit offenen Sinnen" (das war also ich: da konnte man sich ja nur, die Hand auf dem Herzen gerührt verneigen. / Und bring nur Deinen Vogel: ich nehm ne Schlaftablette, daß ich nischt hör und seh!).

Miss Flushing: in der Hand einen winzigen Käficht (eben so groß, daß der Insasse ein Stängelchen hoch, ein Stängelchen runter hüpfen konnte. Auch Futternäpfchen mit parfümiertem, honigangereichertem Wasser).

„*Ich wünsche eine gesegnete Nachtruhe,* Mister Winer. — Und muß leider gleich Abschied nehmen —" (so herzhaft hatte ich lange nicht gepfotelt!) — „Geweckt *werden* Sie zur Zeit: Punkt 3 Uhr — das veranlassen Sie noch Ä=Flushing." (Und sie machte sich mit wichtiger Miene eine Notiz auf den Stenoblock, der von ihrem Gürtel hing).

Auf dem Bettrand sitzen. Die Königin Schub=ad angaffen. (Sogar die raffinierten doppelten Ohrreifen hatten sie ihr eingehängt. Allerdings aus irgend was Gelbem, Federleichtem ; zu behelligen schien sie das Anhängsel nicht.)

Dann kam mir doch der Humor der Lage zum Bewußtsein. Ich stützte mir das Kinn zur längeren Konversation in die Gabel aus Daumen und Zeigefinger. Und fragte : „Na ; Majestät ? Wie geht's ? ". / Keine Antwort. Nur begannen in dem starren sinnlichen Gesicht die Augen zu flackern — und da fiel mir erst ein, daß das arme Ding wahrscheinlich maßlos Angst haben würde ! (Aber daran denkt man ja zuerst bei einem so scharmanten Frauenzimmer nicht. (Als Mann !)).

Lächelte ich ihr also, so beruhigend ich irgend konnte, zu ; nickte so brav ich konnte. (Dann kitzelte mich Satan aber doch ; und ich steckte ihr vorsichtig den kleinen Finger durch die Stäbe : ?).

„Öhh !" : ganz hoch und aufgeschreckt. Sprang auch vorsichtshalber auf's obere Stängelchen, weiter weg. Wartete. Ihre Augen wurden ruhiger ; auch kühner ; der Mund voller (also haargenau wie diese sumerische Schickse !). / Kam wieder herunter. Roch dran (wobei sich ihre Nüstern verworfen blähten !). Öffnete vorsichtig den Mund, und ließ langsam die rosa Hohlzunge ein Stück hervor quellen : um meine Fingerspitze . . . (innen war sie leicht angerauht, und man spürte ein schwaches Saugen — ah, 's wurde stärker. Aber nicht unangenehm).

Fragte ich meine Uhr : „Wie spät ?" [30] : „Zwoundzwanzig : Sechzehn." murmelte die faule Altstim-

[30] Es handelt sich um eine, oben schon seit längerer Zeit gebräuchliche, bei uns allerdings wenig beliebte, ‚Sprechende

me, die ich mir hatte einbauen lassen (hätte vielleicht wirklich den Sopran nehmen sollen ; die hier klang doch verdammt sinnlich). / Und so spät schon ? Zog ich meiner Königin der Nacht also den Finger wieder raus — „ Ȯhhhh ! “ machte sie unwillig, gestört. — Und stand auf.

Hin zur Duschecke ; ausziehen ; die Kleider warf ich einfach über den Hocker (und die müden Knochen dehnen. Und die Fäuste hinter die Ohren setzen) . . . . .

: *Aber jetzt wurde die ganz wild,* als sie mich so sah ! ! Sprang hin und her ; klammerte sich ans Gitter an : „ Ȯöhhhh ! “ (und der Ton war kehliger geworden, tiefer : „ Ȯhhh ! “). Reckte, so lange es nur ging, ja noch länger, sich anbietend, die Zungenscheide heraus : „ Ȯhh : Hö:Hö:Hö ! “. / Da wurde ich, trotz meiner Ermüdung, wieder nachdenklicher. Während ich die Brause um mich herum führte ; die dünne Silberschlange auf der Haut spürte, und immer die Wassertemperatur veränderte : das wäre ja nun doch wohl ganz entschieden Sodomie gewesen ! (Oder ob die das etwa *auch* anders ansahen ? Und systematisch ausgebaut hatten : daß meinetwegen jeder Soldat ‚im Mannschaftsstande‘ seine ‚Fliegende Maske‘ im Zimmer hatte ? (Denn für Alle reichten die WACs ja nicht. Garantiert nicht.). („ Was'n Da=Sein ! “ [31] hätte

Uhr‘. Die neuesten Konstruktionen antworten bekanntlich nur noch, wenn ‚ihr Herr‘ sie fragt ; ebenso hat es sich eingebürgert, daß Männer Frauenstimmen bevorzugen. Und umgekehrt.

[31] Im Original ebenfalls Deutsch.

mein Urgroßonkel fraglos gemurmelt. Und jetzt fiel mir auch der verschollene deutsche Schriftsteller ein, der schon damals, 1790 war's wohl ungefähr, von ‚Fliegen Köpfen' gefantert [32] hatte : ‚Aristipp' hatte das Buch geheißen ; gar nicht taprig gemacht. Und — psychologisch *sehr* fein — der Alte (richtig : Wieland hieß er !) hatte ein *Weib*, ne Edelnutte, das betreffende längere Gedankenspiel entwickeln lassen.)).

So allerdings hatte er es sich nicht vorgestellt, damals, in den Happy Teeners [33] : der würde ooch ganz schöne Knopplöcher gemacht haben, jetzt ! —

Finster & *im Bett : sie* klagte immer noch (aber ruhiger geworden ; ganz schwermütig und leise (und meine Tablette wirkte schön. Schon fuhr ich wie nach hinten ab (wie wenn ein Wind sich müde lungert, beim Kartoffeljäten : ob sie rausgelassen sein will ? : ans Fenster halten, und in die Nacht rausfliegen ? (Aber dann sicher Schwierigkeiten. (Mi'm Direktor . . .)))).

— —

„Ja ? ! — : Achso — : ja. " : nämlich das diskrete ‚Charley ? : Hallou ! '=Rufen des Telefons. (Von mehreren lockenden Mädchenstimmen, auf Band : müssen's gestern Abend extra noch aufgenommen haben ; *sehr* aufmerksam ; ganz wie bei Muttern.) /

[32] Verbneubildung über ‚fancy' her, und verächtlicher als das gewohnte ‚fantasieren'.

[33] Gang und gäbe gewordener Sammelausdruck für die Jahrhunderte unter der 2.000 (= Zwanzig-Hundert !). Soll — halb geringschätzig ; halb neidisch und gerührt — auf die ‚Backfischjahre' unseres Planeten anspielen. Wobei ja noch sehr fraglich ist, ob — um im Bilde zu bleiben — das ‚Reife Alter' das glücklichere sein wird !

Und wieder, wie nett, die übliche mahnende Frauenstimme, ganz junge lieb=sorgende Gattin: Wir wollen doch vorwärts kommen.: „Drei Uhr, Charley. You'll have to rise. And breakfeast already=ready downstairs: Bitte, komm!". (Und dann das gleiche Geschwätz wieder; und wieder; jedesmal eine Spur lauter eingestellt; die Gattin drängend=energischer — ganz Resignierte ließen sich ja schon Flüche einbauen, xanthippoide).

Auch die Maske erwachte (zum Schlafen hatte sie die Flügel nach vorn gebogen gehabt; über die Augen, so daß nur noch Nase Mund & Kinn sichtbar blieben). Wischte sich unwirsch die Augen an den Schwingen aus (da wurden die Krallenhäkchen an den Spitzen als Putzpfötchen verwendet; zum Beispiel fürs Kämmen: wie weise Gott *das* wieder eingerichtet hat! (Beziehungsweise Fórmindalls: einer ‚schreckenfrohen Seele', nach dem markigen Generalswort, würde ich mich wohl nie rühmen können.)). / Und die Maske schob eine entzückend-unköniginnenhafte Schnute weit nach vorn; wie ein Filmstar beim überrascht=geübten „Ou!" — und schlug unversehens einen Morgentriller, von oben durch die ganze Oktave herunter, „Öörrr=llll!": auch *das* noch! —

Draußen ein langer Männerschritt. Ein soldatisches Klopfen: ?! / „Jawohl!: Ich kom=mä!"

Und war wieder einen halben Kopf größer als ich (sind ja alles ausgeklaubte Leute!): der Sergeant. / Ich warf noch einen letzten Blick zurück ins Zimmer: wieder eins mehr zu den vielen, deren Bilder ich mit mir herumschleppen mußte (und das hier garantiert unvergeßlich !) — Na, einmal ist Schluß auch damit : *ein* Trost !).

„Ja=ä. — Sagen Sie — —" (zögernd ; daß er's nicht falsch auslegt) : „Kann ich nicht irgendwas für sie tun ?" (und mit dem Kinn zur Königin Schub=ad hinüberzeigen) : „Sie hat sich viel Mühe gegeben — mich ausgezeichnet in Schlaf gesungen — wie ?". / Er lächelte unmerklich=wissend. Wurde aber sogleich wieder sachlich : „Kaum. — Cela ne sent rien : ces Papillons là. — : Gefüttert *werden* sie . . ." und zuckte die breit uniformierten Schultern. / (Also, Queen : Farewell. — Und sie sah uns von ihrem Stängelchen mißtrauisch nach.).

Durch die Gänge : „Ach, Sie sind Franzose ?" : „Kanadier : Raoul Mercier." (Aus Rivière du Loup ; am Saint Laurent. Und wir plapperten, zum Bekanntwerden, vergnügt französisch, bis in die Kantine).

Der Speiseraum von gestern : ein Tischchen war schon wieder gedeckt. / „Aber langen Sie doch mit zu. M'sieur Mercier !" (Und allmählich griff auch er in die knusprigen Brötchen, die leckeren Sandwiches. Ich war nicht ganz ohne Hintergedanken bei meiner Einladung gewesen : falls die mir wieder n Schuß Eisenhut in'Kaffee praktiziert hatten !) / Und eine Weißblonde lächelte schon strahlend am Schalterfenster. Kam auch heraus ; steuerte ihren Oberkörper durch Tischschollen. Übergab *so* ein Stullenpaket : „Als Ruaise=Prouviant !" — und zeigte ihr Gebiß nackter : immer abwechselnd ein Zahn Gold, einer weiß (im Unterkiefer genau umgekehrt[34]. Aber ich machte nur meine abwesendste Sitzverbeugung: No use, mein Kind; Thaljas Blond war wesentlich aparter!). —

Das Betonmeer war endlos in der Nachtarena. Um unsern Lichtkegel: zehn Yards breit, zwanzig hoch, so stand reglos die gelbe Nebeltüte. (Ganz weit hinten, nach links, eine gleiche zweite, aber schon sehr klein; um sie zu sehen, mußte man durch die Wand der unsrigen treten). / Mercier saß schon am Steuer; und ich gab erst mein Felleisen (das er nach hinten legte). Duckte dann moi=même in das niedrige Ogival aus Stäben und Plexiglas (und sofort Glieder ordnen: nach vorn, und zur Rechten; ihn nicht behindern; so.)

Nur wir Zwei allein? : und er nickte stolz: „Lediglich Geheimschreiben und Medikamente" (hinten im Gepäckfach lagen auch nur 2 mittelgroße Aktentaschen). / Der Sitz war federnd, rotes Leder und weißer Stahl — und wiegte schon nach hinten durch: so fuhr er an. / Und vibrierte ruhiger. / Und wir schossen leicht dahin.

„*Ach die paar Meilen bis Eureka? :* Da sind wir noch vor Sonnenaufgang!" Der Steuerkreis begann sich in seinen mächtigen Fäusten zu drehen; ruhig; und ebenso wuchtig=minutiös wieder zurück: da waren wir in einem Asfaltstrom (und er schoß wie rasend unter uns dahin; oben, links der halbe Mond immer mit: von schwarzen Ästen geknüttelt, rabigen

[34] Das ist oben also anscheinend endgültig in die Kosmetik aufgenommen; die Farben sind frei; Gold, Schwarz, Rot allerdings überwiegend bevorzugt.

Knicklanzen gespießt, er, der Unverletzbare : prallte an ebenhölzerne Säulen, riß Netze von Laubwerk, Lakritzenschlingen, Melanismen — : und war schon wieder auf gleicher Höhe mit uns : lief glänzende Zeit, der Krummbeinige !).

Und Mercier, obwohl nichts weniger als Plappermaul, hatte sichtlich etwas auf dem Sergeantenherzen : „Sie statten der ‚Gelehrtenrepublik' [35] einen Besuch ab, M'sieur ? — Ich hab's gestern zufällig von Miß Flushing gehört — " (war das ‚Seine' ? Na, der Geschmack ist bekanntlich arg verschieden ; vielleicht blühte ihr Gesicht ja außerhalb der Dienststunden auf) — : „Ich=ä : hab nämlich'n Bruder dort. Hat'n dreijähriges Stipendium für Malerei."

„Ach doch nicht etwa der Louis Sébastien Mercier ! ? : Der mit dem ‚Aufgang der Weißen Tafel' und der ‚Bugwelt' ?" / Er nickte stolz in die gerade Nacht : eben Der ! / „Ach, das's ja intressant ! — Ja selbstverständlich richt'ich ihm einen Gruß aus : was soll ich ihm denn Alles sagen ?". (Und war rührend einfach das übliche : es ginge ihm gut. Mutter lebte noch, kränkelnd wie immer — aber das hätte nichts zu sagen ; ihre Kinder waren ja gewohnt, daß sie seit 35 Jahren andeutete : sie werde das nächste Frühjahr wohl nicht mehr erleben.). / „Achja, wenn *das* ginge, M'sieur : das wäre lovely !" (Ich hatte mich erboten, das neuste Foto von ihm mitzunehmen. Wenn ich — wie vorauszusehen — beim Fil-

[35] Für das ‚IRAS' (= International Republic for Artists and Scientists) des Originals. Ich wählte das deutsche Wort, zum ehrenden Gedenken an das uns — zumindest einstens — geläufige Stück des großen Klopstock.

zen gefragt würde ? : ich würde doch wohl noch das Bild meines Bruders mit haben dürfen ? ! : „Nein-nein ; verlassen S'ich drauf : das krieg ich mit durch. *Und* geb's ab !"). / „Nee. *Das* allerdings nich !" (Der snapshot, wie er mit einem Zentauren boxte ; *und* unentschieden gemacht hatte : „Wenn der nicht immer den Vollbart gehabt hätte, der die Kinnhaken dämpft : ich hätt'ihn wohl umlegen können ! — Oh die haben schon Kraft ! Wenn ihnen auch die menschliche Wendigkeit fehlt : keine Beinarbeit. Aber wenn die ihre Schnellkraft in einen Geraden reinlegen, da muß man schon fest auf den Füßen stehen : unverächtliche Leute !").

Womit wir bei Themen waren : Haben Sie nicht, Sind Sie nicht, Wissen Sie etwa ? — Er hatte, Er war, Er wußte. / Was sich da so alles in den Wallstationen ereignete : „Früher, als man noch die Unvorsichtigkeit beging, und dachte, man könnte auch ganz grüne, zwölf- bis fünfzehnjährige Rekruten mit ins Wachpersonal einreihen." / Da waren Manche, nachts bei Mondschein, über die Mauer geklettert : „Kein Mensch hat mehr was von ihnen gehört !" / Manche hatten, vor Drill und Wüsteneinsamkeit, den Koller gekriegt ; und mit dem MG ganze Zentaurenrudel abgeschossen ! (Dann ist das allerdings kein Wunder mehr, wenn denen die Herren Förster leicht unheimlich sind. Und bei Knällen gern ‚Panischer Schrecken' ausbricht !). / „Ein Bürschchen hat sich mal in einen Papillon verliebt ! war wie wahnsinnig : brachte seine ganze Freizeit bei ihm zu ; unterhielt sich mit ihm ; schlief mit ihm nachts ; rannte in jeder Exerzierpause rauf, sogar beim rifle=drill — und es schien doch tat=säch=lich! : als zeigte der einige Anhänglichkeit an ihn! Was noch nie beobachtet worden war. Saß auf seinem Finger. Lernte scheinbar auf gewisse, groß und vokalisch unterschiedene, Anrufe zu reagieren : wenn es ‚Venez!' hieß — kam der weißgott angeflattert; wir haben manchmal oben auf seiner Stube gesessen und zugekuckt." (War also ein Landsmann von Raoul gewesen). / Aber die Anekdote verlief dann arg ins Schmalzige : wie nach 3 Monaten die geliebte Maske runzlig geworden war; innerhalb von 2 Tagen einschnurrte; noch einmal tonlos „Böhhh" machte — und dann in sich zusammensank, ein Lappen Gummi : Jünglingstränen; Verzweiflung; tentative de suicide; Abmagerung und andere interessante Symptome. (Zu welchem Zeitpunkt es gottlob unter sämtlichen WACs ein Ehrenpunkt geworden war : ob es denn keine ehrliche Nachrichtenhelferinnen mit einem bemalten Kinderluftballon aufnehmen könnte?! Mit dem nicht unfeinen Endergebnis, daß der schlaue Knabe, schnell erleuchtet, sämtlichen weiblichen Hilfskräften dieses, gefährlich infrage gestellte, Gefühl der Überlegenheit verschafft hatte. (Und von den aufgebrachten Vorgesetzten fürchterlich geschliffen wurde! Er war dann zur Läuterung auf eine *ganz* einsame Radarstation im Weltmeer versetzt worden; so eine Plattform ten=by=ten, auf 6 hohen Eisenstelzen. Und soll sich dort doch ganz verdammt verinnerlicht haben.) — Tja; so war das gewesen.)

„*Und das ist* der Phare von Eureka. — Ich setz' Sie beim Zoll ab. — Nein; ich muß sofort weiter nach Portland." Warf einen chauffeurenen Kreisblick; drückte angespannt die Gesichtszüge zusammen (und spielte an fast allen Knöpfen — : wupp, den auch noch!).

Shakehands an der Zollhausmauer; (über uns der dicke Kopf des Leuchtturms : der wurde grade abgestellt; denn eben brach die Sonne aus dem Dach des Riesensilo, als sei wiedermal ein Atomreaktor geplatzt (fehlte bloß noch die Tuba, die allwissend=gräßliche, solch lokal=jüngsten Gerichts!)). / : „Also : Gute Fahrt, Sergeant! Und daß die Sachen ausgerichtet sind, werden Sie aus dem nächsten Brief ihres Bruders schon ersehen. — Neinnein : *ich* habe zu danken : Au revoir!". —

Schon war seine Stelle leer. Ich nahm links die Aktentasche (mit dem Bildband: war der schwer, Potz Bütten & Pergament!), den match=bag rechts (und da war wiederum das Stück mask=linen drin; mit blauem Seidenbändchen umwunden, hatte ich gesehen! : ‚Geblüht im Sommerwinde, / gebleicht auf grüner Au', / ruht still es jetzt im Spinde, / als Stolz der Deutschen Frau!'[36] : so hatte einst mein Urgroßonkel grimmig über das Geplätte seiner Kindheit gespottet — und das war damals noch nicht mal Hominidentuch gewesen!).

In Ermanglung einer Hand mit dem Fuß anklopfen : sogleich öffneten ein graubekitteltes, ein weißbekit-

[36] Der alte hausmütterliche Wäschespruch; auch im Original deutsch.

teltes Männchen. Gaben auch ohne weiteres zu : „Wir haben Sie schon erwartet." (*Und* beobachtet ; glaub's gern). / Vermehrten sich auch unverzüglich um noch einige Weiße und Graue : „Wir müssen eilen ; das Schiff geht in'ner halben Stunde." : die Grauen bemächtigten sich meines Gepäcks ; die Weißen führten mich in eine gläserne Stube.

„Die Untersuchung sollte ursprünglich an Bord stattfinden . . ." (während er mir mit dem Spatel die Zunge niederhielt, daß ich nicht mucksen konnte. Und mir in den Mund spähte (mit einer Anstrengung, als sei das Loch dreißig Yards tief : schon tastete die Rechte nach irgendeinem Mandelzwikker) . . .) : „ — aber wir haben dann doch . . . es ist ja auch noch — genügend — — : Zeit !" (und synchron mit dem letzten Wort der nachdrückliche Jodtupfen aufs Zäpfchen, daß ich gedemütigt hikken mußte : das wollen diese Fellflicker ja nur ! : daß das arme Luder von Patient aufs hilflos=vulgärste vor ihnen rülpsen muß ; fortzen ; idiotisch ‚Aaaaa' sagen ; die Beine lassen sie Einem nach Belieben schneppern : sie fesch gekleidet, man selbst wehrlos nackt !) / Auch der hier zog mir vorn Spatel und Pinsel heraus, akademisch erleuchteten Gesichts, als wäre ihm was Namhaft=Unnachahmliches gelungen, die Brauen naseweis hochgezogen (und Hämmerchen klopften überall an mir. Auf dem Rücken die Ringe vierer Stethoskope. Eine Assistentin reitelte mittelst Knebel das Band um meine Pulsader fester (daß die Fingerspitzen dick und rot wurden). Dann mußte ich mich natürlich auch noch hinlegen, auf die weißbelakte üblicheiskalte Leder-

couch. Und, während Eine(r?) mir die Genitalien würgte; ein Anderer gierig Zehen und Finger nachzählte; der Dritte mir überall Haarproben ausriß; ein Nächster aus Leibeskräften am Bein zog; fühlte ich mich auch schon, an mehr Stellen, als ich mit der Körperoberfläche zählen konnte, angestochen: Serum=Sera ergossen sich.) / Dann: „Aufrichten, bitte!' : schon trug eine ‚Schwester' — (irgendwie muß tiefe Ironie in dem Ausdruck liegen: aber wo?) — barbarischen Blicks eine Spezialkanüle von widerlicher Länge herbei: jetzt wollten sie, als Gegenleistung, auch Flüssigkeit von mir haben! (Gefühl? —: wie wenn man eine Spielkarte durchsticht. Als sie mir Spinalflüssigkeit zur Liquordiagnostik entnahmen: „Nur ganz wenig; Sie werden keine Schwindelerscheinungen spüren; der Lumbalsack bleibt gefüllt." / Sowas hab'ich also auch in mir: 'n Lumbalsack!).

Wieder angezogen; allein mit dem Arztchef: „Sagen Sie mal=ä — ansonsten ist alles in Ordnung; Kleinschäden haben wir weggespritzt; auch radioinaktiv: zum *Zahnarzt* würd' ich Ihnen mal empfehlen, zu gehen — ja, was haben Sie da eigentlich für einen Ausschlag an der Glans? Harmlose Bläschen, gewiß, wir haben ja den flüssigen Inhalt der einen geprüft, aber ..." und sah mich auskunftheischend an: ? / Da erzählte ich ihm denn die Affäre von mir, 1 losen Mädchen, und den übermütigen Schmitzern mit dem Brennesselrütchen. / „Aha!" machte er, befriedigt geschlossenen Mundes. Nickte auch, als habe er sich das längst gedacht. Runzelte aber doch noch mal vorsichtshalber die Stirn:

und ich mußte tatsächlich nochmal mit ins Behandlungszimmer kommen; auf eine lysolige Glasplatte legen... bis Chemiker und Mikroskopist meine Aussage bekräftigt hatten: „Sie entschuldigen; aber wir haben ja die Pflicht..." (Da haste wenigstens etwas! — Und am Schluß der Cärimonie sanierten sie mich doch noch unauffällig zum zweitenmal; für alle Fälle).

Wieder mal allein mit meinem — ebenfalls nach Krankenhaus duftenden — Gepäck. / (Wie spät?: „Mmmm: Fünf Fünfzehn..." schwulte die Altstimme: hätte *doch* den sachlichen Sopran nehmen sollen!).

Auf: und im Türrahmen, dunkelblau und goldgerändert, der Herr Kapitän. Mittelgroß, straff, aufs verläßlichste uniformiert (lebende Allegorie der Tüchtigkeit: bereits die Mannschaften der Verbindungsfahrzeuge waren ja — aus unzähligen Fernsehsendungen her bekannt — auf repräsentativste Fotogenik hin zusammengestellt: erste Stufe auf der Reise in die Vollkommenheit, ins Land des Geistes und sämtlicher Ideale, ‚Voyage de Zulma dans les pays des Fées' [37]). / Und ich wurde doch etwas kribbelig: das *war* schon 'ne Sache, daß ich als Reporter dort hin durfte! Seit rund einem Dutzend Jahren wieder der erste?: das konnte, entsprechend von mir ausgenützt, eine Hekatombe bedeuten: Goldehreruhm, gesundes langes Leben! —

[37] Eine Schrift dieses Titels ist mir nicht bekannt geworden. Auch die französischen Literaturgeschichten enthalten keinen Hinweis.

Ich beschloß, mich nach Kräften zusammen zu nehmen! [38]

Am Kai die Lagerhallen : „Das ist aber ein ganz schöner Komplex!“ (ich; gefällig staunend. Und Jener, knapp) : „Mehr als 10 Acres.“ / Auf meine kühl=fordernde Erkundigung hin (ich bin ja nunmehr geehrter Gast. Und man würde es als ausgesprochen ‚unnatürlich‘ empfinden — auch unhöflich — wenn ich nicht die unverfrorenste Wißbegier an den Tag legte; immer gerade um ein Haar über die Linie des Anstandes hinaus, daß man amüsierten Anstoß erregt; dazu jungenhaft zutraulich und offen, Frischer Wind aus Kanada. Durchaus nicht seicht — immer mal gewisse solide Kenntnisse durchblitzen lassen — aber ja nicht profunde : sonst fangen die Fachleute an (und die Inselbevölkerung bestand ja aus lauter ‚fachsten‘ Leuten!) spezialistenhaft=unverständlich zu werden. Und unter solcher Maske immer Material gesammelt, was der Notizblock hält, bon. (Obwohl ich mir nicht traute : ich war an sich zu impulsiv und harmlos für dergleichen Missionen! Hatte auch vielzuviel ehrerbietige Achtung vor Großen Männern; zuviel Gefühl für Kunstwerke [39] — aber jetzt erst mal das hier erledigen.)

Nämlich die Lagerräume : „Gewiß. Mister Fitzsimmons kann Sie herumführen; wir haben noch volle 8 Mi-

[38] Was jeder ernsthafte Leser dem (erblich belasteten? Ich denke dabei an seinen berufenen Urgroßonkel!) Verfasser wohl längst gewünscht haben wird.

[39] Man vergleiche später die betreffenden Passagen : zu *wünschen* wären dem Verfasser solche Eigenschaften freilich gewesen!

nuten Zeit : bitte." / Geleitete mich der quecksilbrige Ire also durch die nächstliegenden Großschuppen : Kisten („zinkgefüttert") mit Büchern aus unsrer Herren Länder (jeder Verlag muß ja von jeder Neuerscheinung 1 Exemplar einreichen. Stieß auch die Tür zur Packerei auf : Zeitungsbündel, bis zum kleinsten Kreisblatt hinunter, drehten sich in den Fäusten der Beschürzten!) / „Hier die dringende ‚Feinpost' : jawohl, die geht jetzt noch mit. — Na, so Arzneien eben. Bestellungen der Insulaner. Von Beltane bis Samhain auch Frischobst in Eistruhen ..." [40] : schon unterbrach's vom Eingang her : „Mister Winer? : !" — und ich schüttelte dem Rotkopf ruckzuck die Hand : die zeigten mir ja doch bloß, was sie wollten! / Und den Kai entlang, und über'n Laufsteg.

An Bord : mir wurde mein ‚Sachbearbeiter' vorgestellt (der mich also beschatten sollte. Vielleicht auch wirklich beschützen, daß ich nicht allzuoft durch Luken fiel : „Leutnant zur See Wilmington."). / Hiewten die Kräne diverse Stahlfässer an Bord : „Der flüssige Atombrennstoff · für den Antrieb unserer Inselhälfte." (Was die Reize der Überfahrt nicht erhöhte; ich verfolgte graugestrichenen Blicks die schwebenden Litfaßsäulen). / „Nein. Sämtliche Verbindungsfahrzeuge haben genau die gleiche Wasserverdrängung : Eintausend Tonnen. Größere könnten die Inselhäfen nicht anlaufen." : „‚... *häfen*'? : Plural?" : „Unverkennbar; zwei. — Nein : Ihnen eine Karte der Insel zu geben, bin ich nicht

[40] Gälisch : 1. Mai bis 31. Oktober.

befugt." (milderte das jedoch durch den Zusatz): „Es würde Ihnen auch nichts nützen; wir haben nur Seekarten, die die äußeren Umrisse zeigen. Aber die bekommen Sie unfehlbar dort ausgehändigt." (Und falls nicht, werd' ich eine verlangen; gleich mal notieren).

Ums Heck das weitgärende Wasser; in der Handhöhlung eine Warze aus Eisen (auf eine nächste konnte man noch die Fingerspitze setzen): „Wir haben sehr starke Maschinen, die maximal 35 Seemeilen ergeben; durchschnittliche Reisegeschwindigkeit rund 30." Und auf meine, organisch sich anschließende, Frage nach der Dauer der Überfahrt: „Ach nein gar nicht: in *höchstens* 12 Stunden sind wir da; die Position ist eben erst wieder durchgekommen." / Er war selbst noch nie drauf gewesen; nur mal von der Mastspitze aus über'n Rand gelinst. (Also nichts Nennenswertes hier zu erfahren. — : „Kann man sich etwa irgendwo ne Stunde hinlegen? Ich hab die letzten Nächte nicht viel Schlaf mitnehmen können." : *so* erleichtert habe ich selten ein Menschenantlitz gesehen, wie das hier von Leutnant zur See Wilmington! (Verständlich: erstmal hatte er sicher noch dienstlich zu tun; seine Arbeit machte ihm kein Anderer, die blieb ihm liegen. Und außerdem beseitigte sich ein lästiger Beobachter= Zivilist selbst: sehr gut!)).

Erst noch mal aufs Klo (und beim Ziehen vorsichtig zurücktreten: in Uruguay, in einem Landstadthotel, war mal eins nach oben losgegangen; ich bin nicht der Mann, dem dergleichen zweimal passiert!). / Und war auch wahrlich hochschlafbedürftig: so reckte es mir in den Knochen, und dehnte mein Kiefergelenk. Zu sehen gab's an Bord, auf dem kleinen Spirituskocher hier, praktisch nichts (die packende Schilderung der Überfahrt würde ich mühelos erfinden : so weit ist meine Einbildungskraft, unberufen, noch intakt, daß sie ohne Beschwer 'ne Fahrt auf'm Schlepperchen hergibt ! Und mußte doch wehmütig grienen, wenn ich mir den blauen Dunst vorstellte, den ich meinen Lesern da vormachen würde : wie ich da erregt die Planken auf und ab geschritten wäre — sollte ich nicht bald Unsterblichen von Angesicht zu Angesicht gegenüberstehen ? ! Den bedeutendsten Künstlern, die unsere Generation so gut war, zu ergeben ? Praktisch eine Fahrt in Richtung Elysium ; nischt wie Götter= und Heroengespräche ! — Und meine Aufzeichnungen würden unveränderlich ihre Wichtigkeit als historisches Dokument bewahren, ‚ewig' (unverrücktzusammenwandelnd) — und ich schüttelte wieder wehmütiger : wenn man bloß'n anständigen Beruf hätte !). [41] —. —. —. —

Und stemmte den Oberkörper ächzend hoch : meinen : ich will nicht mehr träumen ! ! / Stand auf, und putzte mir, fliegenden Gehänds, die Zähne (nein ; nicht ‚fliegenden', sonst fällt mir das ganze Zeugs wieder ein ! : Ich war im Traum in ein Landhaus

[41] Abgesehen einmal von dem Mißbrauch des Goethe-Wortes, läßt die ganze Stelle nicht unwichtige Schlüsse auf die Glaubwürdigkeit des Verfassers zu, hinsichtlich Minutien und Adiaphora : die von ihm ironisierten Gefühle der Ehrfurcht, etcetera, hätte er getrost empfinden dürfen, ohne sich etwas zu vergeben. Aber man muß — bei dem völligen Mangel anderweitiger Information — auch aus solchem Bericht das Beste zu machen suchen.

getreten. Anstatt der manchmal noch barbarisch= geläufigen Reh= und Hirschgeweihe gab's in dem hiesigen Korridor *Menschenköpfe* an den Wänden ! : den Hut setzte man ihnen auf ; Schals warf man um den Halsstummel ; für'n Mantel hing zwischen den Zähnen ein Ring, mit Haken und Bügel (und wehe, die ließen fallen ! : da gab's sofort Maulschellen, daß sie die Augen verdrehten und böhten !). / Eine Sophomorin kam angerannt und schnipste befehlend : da erschien der rote Zeiger einer Zunge im Männergesicht oben ; schlug langsam aus (bis zum Anschlag, im rechten Mundwinkel) — während die ihre Briefmarke drüber führte ; sie demnach anlecken ließ ; und dann auf ihr dreieckiges rosa Briefchen pappte : 't will make a holiday in hell, ich will nicht mehr schlafen ! !).

Brise überdeck ; mein (nicht ‚erlöstes', das gibt's nicht ; wohl aber abgelenktes) : „Ach." / Und doch wieder noch Gähnen . — Wie spät denn ? : „Oh, das stimmt nicht, Mister Winer ; Ihre Uhr geht falsch ! Sie haben vergessen, die Längendifferenz nachzustellen : welche haben Sie ? Central oder Eastern ?" (Eastern. / Und ‚Mountain' war ganz entfallen ; da ging der Hominidenstreifen durch ; die paar Grenzbezirke waren auf Central beziehungsweise Pacific Time umgenormt worden. / Ließ ich also meine Altistin rasch ein paarmal hintereinander plappern . . . : so. / „Und demnach ändert sich auch auf der Insel die Uhrzeit ständig ?". Er hob nur abweisende Brauen : „Wie bei jedem Schiff auf großer Fahrt, unverkennbar. Was sie ja letzten Endes ist.“ (sagte der demnach für ‚Ja‘ immer ‚unverkennbar‘ ; und ich probierte ihn ein paarmal aus.)

„Oh, wir sind längst im Sperrgebiet! Die ‚IRAS‘ müßte jeden Augenblick in Sicht kommen.“ / Das betrug 380 Seemeilen (oder 660 Werst [42]) im Durchmesser : um die Hälfte also durfte kein fremdes See= oder Luftfahrzeug dem Allerheiligsten zu nahe kommen ! / Eben das Signal vom ‚Mastkorb‘ — und *wie* mitleidig schmunzelte er ob des absichtlich=gefällig gebrauchten Landrattenausdrucks : immer fühl’ Du Deine Überlegenheit ! — : „Dann sehen wir sie in einer Viertelstunde auch von der Back aus.“

Auf der Back : ? — : ! ! : ? ? : !!! : und da sah denn auch ich das grauere Stück im Dunstband des Horizontes (und gleich tiefsinnig=ergriffen die Arme über dem wehenden Kleppermantel verschränkt ; und den Blick visionär dorthin : das Land der Griechen mit der Seele suchend. / Er ehrte mein Schweigen solange, daß es mir langweilig wurde.)

Immer näher : schon mußte ein Matrose ständig mit meinem Gepäck hinter mir herkommen (und sie grienten erfreut : Well, ist’ne andere Welt hier, was Reporterchen ; mit ‚eigenen Gesetzen‘ ? ! — Die würden sich dann auch über meinen Bericht wundern ! Falls sie das Original je zu sehen kriegen.)

Füllte jetzt dreißig Grad des Gesichtskreises und war eisenschwarz geworden ; mit meinem Taschenfernrohr erkannte ich schon — durch das Schwanken des Decks allerdings erschwert — Türme ; und

[42] Gleich 700 altdeutsche Kilometer.

Großbauten. / „Bäume auch ?“; und er nickte bestätigend : „Unverkennbar.“

„Was machen denn die da an der Außenseite ?“ : Menschengestaltchen klommen an der nun mauerähnlichen Wand ; einer rutschte langsam daran herunter (immer weiter ; in die graue Flut — in der er verschwand ? ! : „Taucher : Bodenbewachs entfernen ; Anstrich erneuern.“ Kreuzte hart die Arme, und preßte den Mund wunderlich herrisch : „Keine ganz einfache Arbeit : neulich haben wir einen Froschmann tot aufgefischt.“ / Wehrte aber noch den fragenden Blick weg : „Sie werden's ja selbst erfahren. Mehr als *wir* wissen.“).

Und haushoch jetzt die Eisenfront, an der unser winziges Schiffchen entlang glitt : nicht zu dicht ; denn die Wellen brachen sich mit tiefem Gemurmel am unerschütterlichen Metall ; glitten ein Stück nach oben ; und sanken, beschämt ob des nutzlosen Versuches, wieder zurück : iron=bound ! / Aus der Funkerkajüte morste es pausenlos und rasend ; aber obwohl ich, als Zeitungsmann, das Handwerk auch beherrschte, verstand ich doch kein Wort ; wahrscheinlich alles vercodet. —

„Jetzt !“ : denn unser Bug hier drehte sich unaufhaltsam ein, der Eisernen Front zu. / Da gewahrte ich eine Lücke : ein Spalt ! : eine Einfahrt war es, gut hundert Yards breit ! (Rechts fahlgrüne Großschrift — nachts wohl leuchtend) — :

IRAS

Steuerbordhafen

Hindurchgleiten; zwischen kanaligen Ufern: in ein weites winkliges Becken. / Das Wasser um uns begann zu brüsseln, so bremsten wir. *Noch* langsamer. Merklich legte sich das Deck schräg, als wir, mit Steuer und Schraube, an den Kai gedrückt wurden (wo schon genügend Hafenpersonal stand, uns an den Pollern zu vertäuen. / Kräne kamen herbei; drehten sich mit prahlerischsteifem Gewichtheberarm, und ließen ihr Betreffendes langsam fallen : !).

Warum hielt er mich noch mit der Handbewegung zurück? Das Gesicht jeden Ausdrucks baar; den Blick weit ins Gehimmel gerichtet? (Voll weißer Wolkenellipsoide, gewiß; aber . . . / : achso : der Winker auf der Brücke!)

Winker auf Brücke : ganz in Marineblau, mit weiten Zimmermannshosen. Den affigen Teller, an dem *noch* kindischere Bänder zappelten als anderswo, über sich. Die Arme steif nach beiden Seiten gestoßen; verlängert durch Fähnchen, rechts weißrot, links schwarzgelb. Neigte sich lauernder vor . . . ?

: und begann plötzlich partiell wahnsinnig zu werden (das heißt, seine Arme ! : Jeder machte sich selbständig; jeder klappte und schnepperte anders verrückt; ein Semafor wirkte ausgesprochen seelenvoll dagegen. Da! : gleich würden sie sich hektokotylisieren und davon fliegen; jeder an seinem Fähnchen, einer nach rechts oben ins Blaue, der andre links untenhin, wasserwärts. / Wilmington allerdings betrachtete das Unglückswesen mit so starrer

Befriedigung, als sähe er das Ziel der Menschheitsentwicklung klappbar vor Augen. Als die Arme, wider alle Erwartung, doch dran blieben, fragte ich ungehalten : „Was hat er ? Hängt's mit meinem Eintreffen zusammen ?" „Unverkennbar," murmelte er stirnrunzelnd, „er signalisiert, daß das Auto mit dem Empfangskomitee angefahren kommt ; und soeben am Kai hält." — Und dazu hatte der 5 geschlagene Minuten Hampelarme machen müssen ? Immer von meiner kostbaren Zeit weg ? ! Da konnte ich mir die Frage doch nicht verkneifen : „Hätte er das nicht einfacher — schneller ! — runter*rufen* können ?" / Er sah mich an, erst wie einen Landesverräter ; dann einen Feind ; einen Idioten ; zuletzt wie ein Kind : „Wir sind doch an Bord !". Mit Nachsicht, weil es sich um einen Inselgast handelte. (Und auch wieder so eine rätselhafte Begründung ; edle Einfalt, stille Größe. — Oder war sie wirklich sinnschwer, und *ich* begriff's bloß nicht ? — Da stieg ich ernüchtert ein sogenanntes Fallreep hinan : soll ich in meine Abschiedsworte gefällig sein ‚unverkennbar' einflechten ? Aber fast bestimmt war er ironiefest. / Höchstens könnte man ihn militärisch grüßen, mit beiden Händen gleichzeitig, (*und* mehrmals dazu dienern und albern=ängstlich lächeln : *die* Kombination würde ihn maßlos wurmen ! — ach laß'n laufen.))).

(Aber langsam ‚schreiten' ! Zeit gewinnen ; daß der Kopf würdig über der Kaikante erscheine. Und ich gemächlich sehe, *wo* sich das Empfangskomitee aufgebaut hat . . . ? . . . : ah da; sehr gut.)

Das Empfangskomitee: 5 Mann hoch!: Braun und zaundürr ein Araberscheich; braun & sanft (und weißhaarig) ein Inder. Im schwarzen Frack der Chinee: Immer nur lächeln. Straff und mittelgroß (nur; aber enorm breitschultrig, und entsprechend finsteren Gesichts): Genosse Uspenskij. — Alle überragte um anderthalb Köpfe mein Yankee; unbekümmert im Sommeranzug, die Hand in der Hosentasche.

Der Inder trat vor; sah mich an, würdig und gelassen=heiter; die Andern schoben sich zwanglos hinter ihm zu einem Familienbild zusammen. (Wir wurden auch, wie ich später erfuhr, vom nahen Leuchtturm aus gefernseht und beschrieben: wenn ich *das* gewußt hätte, hätt' ich den Mantel beim Gepäck gelassen. Das der Matrose mir ohnehin nachtragen mußte: so hing er mir blödsinnigerweise über'n Arm!)

„Mister Winer? —: Im Namen der ‚IRAS': Sie sind willkommen!". Und reichte mir mit einer seltsam weiten (aber freien und schönen) Bewegung die dünne Braunhand. (Der macht's kurz. Aber gut: verquatscht von meinen genehmigten 50 Stunden wenigstens nichts: *sehr* verständig!).

Dann der Reihe nach den Rest der bunten Hände: Jeder murmelte seinen Willkomm. Der Genosse sagte als Einziger mit normaler Lautstärke (was aber hier viel lauter klang): „Pogálowatj." Mein Landsmann grinste nur, gab mir einen Kentucky=Händedruck, und stakte schlacksig hinten nach, zum wartenden Klein=Autobus.

Während wir anfuhren (der Inder saß neben mir; ‚übernimmt' er mich also wohl?): „Zunächst zum Rathaus. Wo der Präsident der Insel Sie begrüßt: Sie müssen sich ja ins ‚Goldene Buch' eintragen!" (und lächelte ermutigend: netter Kerl). / „Dann haben wir 2 *ganz* kurze Referate vorgesehen, zu Ihrer ersten Information, der — wie Sie anschließend selbst sagen werden — notwendigen. Für den Rest des Tages, es ist ja noch früh, entwerfen wir gemeinsam, nach *Ihrem* Belieben das Programm: Sie haben ja sicher eine ganze Anzahl Wünsche & Fragen mitgebracht; weitere werden sich von selbst einstellen."

Ganz langsam die ‚Hafenstraße' hinunter: 30 Yards breit (jede Fahrbahn 13; in der Mitte ein gefälliger Grünstreifen, ein Läufer aus dickbackigen Blumen, Farben mit Gerüchen vermählt. / Und er spitzte amüsiert den kleinen Mund: „Nein. Die Autos ‚hierzulande' *können* nicht rascher fahren als 20 Meilen pro Stunde: die Motoren sind so gebaut. — Außer Krankenwagen natürlich; undsoweiter." / Dieses ‚Undsoweiter' mal zum späteren Fragen notieren.)

„*Zwei dieser Herren* — Mister Inglefield und Herr Uspenskij — werden Ihnen in den betreffenden=ä Gegenden als Führer dienen." (Zwei Radfahrerinnen flatterten drüben auf ihren Röcken vorbei. Sahen auch neugierig her. Und nochmal über die beblusten Schultern zurück.) / Rechts ein langes Wäldchen (aber sehr licht: an manchen Stellen konnte man durch die Stämme weiße jenseitige Luft sehen.) / Links Wiese und freies Feld (Faust & Mefisto auf schwarzen Pferden daher brausend) : in schätzungsweise — na, 'ne drittel Meile konnte's gut & gern sein — begann eine Ortschaft. Mein Kopf ging hin und her. Ich registrierte, und war, da ich fuhr, ganz Argus.

Halten? : Aussteigen: Wir waren nach kaum einer halben Meile nach rechts, auf einen kleinen friedlichen Parkplatz gebogen, ganz im Grünen (wie denn überhaupt mittelgroße aber untersetzte Bäume gern die Straßen und Plätze begleiteten). / „ Ja. Im ‚Streifen' wird nur zu Fuß gegangen. "

Zu Fuß Gehen: Wir traten durch die Baumkulisse —, —, und standen vor einer, nach links wie rechts unabsehbaren, Front mächtiger Bauten ! / : ? / „ Das hier vor uns die Klinik — wir sind sensibel, und oft und gern krank — " (lächelte gütig, altersweise — oder war's schalkhaft ? Kriegte ich jetzt nicht raus). — „ Daneben das Archiv für Inselgeschichte. " Wir gingen zwischen beiden hindurch, auf ein noch zentraleres Gebäude zu, überragt von einem schmalen aber sehr hohen Turm : „ Unser Rathaus. "

Die Kaskade der Freitreppe hinauf; hochgewölbt das Portal — mehr konnte ich im Augenblick nicht aufnehmen ; denn oben wartete schon, mit offiziellem Schultermäntelchen und breitschimmernder Amtskette, der heutige Präsident : Calistus Munbar. / (Und tief verneigen zum Händedruck : rote Schuhe trug der Mann ! Und die Ratsherren dahinter dito. — Wieder aufrichten, so frank & frei. Und den Blick leuchten lassen : endlich in der Heiligen Stätte der Menschheit : home at last !).

„*Whallerá, whallerá; whalleráaa!*" [43] *:* und öffnete den Mund grausam weit (das knödlige Gerolle der früheren Australier; ich mußte mich bloß zusammennehmen, daß ich ihn verstand?! — ? — (Andererseits: was würde er schon vorzubringen haben? ‚Grüß Gott' und ‚Sie werden's zu würdigen wissen', wie?). / Verneigte ich mich also nach dem letzen ‚Whallerá!' auf's Neue; und tat meinerseits, in sorgfältig akzentfreiem Angelsächsisch [44] alle verlangbare Ehr' und Freude kund. Noch einmal ein, zu nichts verpflichtender, Theaterhandschlag: da hast Du ihm: Whallerá! / Aber jetzt kann ich bald nicht mehr brav drein schauen; hoffentlich gehn wir demnächst weiter!)).

Unter dem hohen Tonnengewölbe hin, dem zugigen, ins Innere: da waren die Treppen mit schweren Läufern belegt. (Von oben, aus dem nächsten Stockwerk, wollte eben eine Angestellte herunterballerinen; bremste — indem sie die Schuhspitze ins Teppichmoos bohrte, und den Oberkörper zurückwarf — und verschwand sogleich wieder, lautlos, wie gehabt.) [45]

Im ‚Kleinen Saal': von einem Nebentischchen (was heißt hier ‚Tischchen'?: die massive Mosaikplatte mußte allein zehntausend Dollar Wert haben!)

[43] Wiederum die — für einen Europäer so befremdliche — Manifestation amerikanisch-journalistischen Leichtsinns. Auf eine briefliche Anfrage hin gab der Verfasser wörtlich folgende Auskunft: es sei ihm ‚von Natur aus' unmöglich, Amtliches ernst zu nehmen.

[44] ?

[45] Am Rande des Originals hatte der Verfasser hier ursprünglich noch ein — später gestrichenes — ‚Schade' eingeschaltet; wie auch die Beschreibung der betreffenden Figur.

aßen wir den ‚Willkommen' : aus einem Goldbecher ein Salzstäbchen (für Diätler auch welche ‚ohne') ; ein winziger Schluck Kapwein. (Das Gläschen — aus Silber ; mit dem Inselwappen : die frei gewordene Irische Harfe,[46] in einem Tierkreis aus den Anfangsbuchstaben aller restlich=beteiligten Erdstaaten — durfte ich mir einstecken). / (Der Russe, sah ich durch reinen Zufall, hatte sich das Stäbchen ungegessen in den Ärmel geschnipst ; die Flüssigkeit in den Mund, und sofort wieder heraus laufen lassen!!). / Alle, bis auf den Inder, empfahlen sich sogleich.

Um die riesige rechteckige Schreibtischplatte herum (bronzene Ganoven mit rutschenden Hosen trugen sie an den Ecken)[47] : da lag das ‚Goldene Buch' der Insel ; schon mehr ein Möbelstück ; in Folio. Auf seinem eigenen handgeschnitzten Schreibpultchen. / Während er mir das Tintenfaß aufklappte :

„*Sagen Sie, Mister Winer* — eine Frage? : Wie sind Sie eigentlich mit diesem alten deutschen Schriftsteller, der immerhin als Erster — wenn auch als bloßen Witz — das Projekt einer solchen Insel, wie wir sie jetzt haben, skizzierte : wie sind Sie mit dem verwandt?" / Also Flebben raus ; und ganz kurz den Stammbaum (er tat zwar, als lehne er die Pa-

[46] Die schmerzlich berührende Frivolität der Formulierung verliert sich bei strengeren historischen Überlegungen. Obwohl die saloppe Natur des Verfassers sich auch hier nicht verleugnet hat.

[47] Der Verfasser meint die berühmte, von Don Pedro de Zapoteca y Rincon eigens zu diesem Zweck geschaffene, Erzgruppe der ‚Vier Zimmerleute'.

piere entrüstet ab; sah sich aber trotzdem jedes Stück genau an!):

Ich, Charles Henry Winer, geboren 1978 zu Bangor im Staate Maine. / Mein Vater: David Michael, geboren 1955. / Dessen Mutter, Eve Kiesler, 1932. (Und er nickte gespannt beim Mitzählen). / : Deren Mutter nun, Lucy Schmidt, geboren 1911: „Von der war er der Bruder!“. (Gemeinsamer Vater Friedrich Otto, geboren 1883).

„*Ach=sooo.*“ murmelte er, befriedigt ob vieler behördlicher Stempel auf den Fotokopien der Originalurkunden (die ich ihm, wie vorgesehen, schenkte: es war ja schließlich nur eine mildere Form der Paßkontrolle). / „Der *war* also demnach Ihr=ä...: Urgroßonkel.“ Und ich nickte anerkennend: „Meine Großmutter hat ihn noch persönlich gekannt. Und mir manche Anekdote von ihm erzählt.“ (*Was* für Sorten verschwieg ich vorsichtshalber; die meisten hätten auf ‚fogging‘ geendet. War kein‚feiner’Mann gewesen, mein Urgroßonkel; wenn auch vielleicht ’n mittelgroßer.). / „Ach; das wird unseren Archivdirektor intressieren. Er arbeitet nämlich an einer Inselchronik; und da ist ja gerade die Vorgeschichte äußerst reizvoll.“ —

Aber hier dies ‚Goldene Buch‘: und er hüstelte beklommen, als ich — ganz sinnend=unbefangen — zu blättern begann. (‚Laßdassein, laßdassein, laßdassein!‘ trommelten seine Finger nervös; aber ich dachte nicht daran: was mir nicht direkt verboten wird — das wird ohnedies allerhand sein! — ist erlaubt). / Und, hei, da standen allerdings Sachen drin!: die hatten nämlich *die* Dummheit begangen, zu dekretieren, daß jeder Bewohner oder Besucher der Insel sich *zweimal* eintragen mußte: bei der Ankunft die obere Hälfte seines nummerierten Blattes; bei der Abreise die untere.

Und da hatte doch tatsächlich einer der abgehenden Künstler seinem Herzen freisamlich Luft gemacht (und der Widerspruch zwischen der ehrsam=oberen Eintragung, und dem verwilderten Untergeschmier, war zum Schreien! Oben feurige Bejahung: „Ich freue mich..... Ehre.... ganze Arbeitskraft ..... Wohl der Menschheit..... selbstlos einsetzen." Unten, versoffen hingeritzt: „Alles Tinneff: Deine Elli!".) / Oder hier, dasselbe ins geheimrätliche übertragen: Oben: „Hier muß gut wohnen sein.. ...". Unten: „Ehrlicher Mann: fliehe dieses Land!". / Er atmete so duldend neben mir auf, daß ich ihm den Gefallen tat, und wieder die für mich bestimmte Seite aufschlug. / „Jaja; Manche sind wie die kleinen Jungen." —

So! — Und er nickte erfreut, ob der reinlichen Schrift (ich hatte oben kurz und ehrsam Anlaß=Urgroßonkel und Zweck=Reportage meines Besuches angegeben). / „Ja, und übermorgen müssen Sie also — wieder fort, tja. — Ich schlage vor: Sie fahren jetzt als Nächstes mit unserm Stadtbaumeister im Lift auf den Turm, damit Sie eine erste große Übersicht gewinnen. Sie können jederzeit abbrechen, und zu mir ins Statistische Büro herunterkommen: wo es mir eine Freude sein wird, Ihnen jede gewünschte Angabe hinsichtlich unserer Bevölkerung und dergleichen zu machen. — Einverstanden?" (Drückte unter der Platte einen Knopf. Sofort erschien der

Stadtbaumeister (er mußte unmittelbar hinter der Tür gewartet haben); ein Mäppchen aus steifer Pappe unterm angewinkelten Arm.) —

Ganz dicht unter der Turmspitze lief die schmale Rundumgalerie: „Ahhh!“ / .—.:!! / Denn die ganze Insel lag wie eine Reliefkarte unter uns! Einmal ungeduldig rasch umkreisen (etwas wird sich schon eidetisch einprägen); dann zu ihm, der die Mappe aufschlug, und mir pikiert hinhielt: ein genauer Plan der Insel; 3 Zoll 1 Meile (also rund=ä Eins zu Zwanzigtausend, gut). / Und immer abwechselnd den Blick aufs Panorama. Er sprach in der üblichen aufgezogenen Fremdenführermanier:

„*Die IRAS mißt,* vom Bug- bis zum Hecksporn, genau 3 Meilen;[48] ihre Breite beträgt 1,7...“ Aber hier unterbrach ich schon (einmal aus Prinzip: ich *laß* mich nicht über'n Haufen leiern! / Und dann hatte ich wirklich Fragen, die mir im Augenblick wichtiger waren, als seine Dezimalen — die Klippe, an der solche Leute begierig scheitern: das kann ich alles mit'm Zirkel vom Plan selbst abgreifen!).

„*Man hat also nicht,* wie ursprünglich vorgesehen, die Maße den Erdachsen proportional halten können — um so bis ins Letzte das Bild einer ‚Welt im Kleinen‘ zu haben?“ —: „Nein; das wäre wegen des allzugroßen Wasserwiderstandes nicht möglich gewesen; es mußte eine schlankere Form gewählt werden: die numerische Exzentrizität des Ellipsoids

[48] 4827 Meter nach altdeutschem Maß. Ich übersetze künftig in allen Fällen, wo es tunlich erscheint — d. h. bei kompliziert gebauten, bzw. größeren Zahlen — ins metrische System. (Wodurch noch gleichzeitig die gewünschte Art der Verschlüsselung gefördert wird).

beträgt. . . . . " (und schnurrte noch eine zeitlang munter weiter, während ich mich intensiv umsah: auch Deine Exzentrizität kann ich später selbst ermitteln! (Falls sie mich intressieren sollte.)).

Nach vorn und hinten die Doppelreihe der Riesenbauten. (Er war, doch um eine Spur sensibler als ich gedacht hatte, meinen Blicken gefolgt; hoffentlich auch eingeschnappt; hoffentlich eingesehen, daß er mir *das* sagen sollte, was *ich* zu wissen begehrte: kein Referat, mein Freund, sondern knappe und gute Auskünfte!). / Also benannte er mir nunmehr verbissen die Gebäude, auf die ich zeigte — „Jeder hat seine eigene Art, sich zu orientieren." — schaltete ich einmal verbindlich ein; aber er kniff nur den Mund spöttlich fester (kneif Du man!).

Nach rückwärts: „Das erste die beiden Bibliotheken: jawohl; rechts wie links." / „Dahinter, ebenfalls einander gegenüber: die Reynolds-Galerie und das Puschkin-Museum." / Die Sicht abschließt?: „Das Theater." (Dahinter dann das Wohnviertel für die Verwaltungsangestellten —: „Wo ich kommende Nacht schlafen soll?". Da gab er mir's aber: „Ich weiß es nicht!": Klapp zu! — / Als letztes in Richtung Heck 2 Mastriesen; für Funk & Fernsehen.).

Nach vorn gewandt: rechts Krankenhaus, Bank, Postamt. Links (alles immer noch in Richtung der großen Achse) die sogenannte ‚rauchlose Industrie': die Inseldruckerei, Buchbinderei, Fotoateliers: „Undsoweiter" (Hol der Teufel die Wendung!). / Dann folgte ein ansehnliches Waldstück, bis zu beiden — ja, sagen wir getrost ‚Küsten'. Und ganz vorn, an der äußersten — jetzt wieder ‚Bugspitze : es gehen Einem ständig die Begriffe ‚Schiff‘ und ‚Insel‘ durcheinander ! — : „ Observatorium ; Radar ; Wetterstation “ : klapp zu !

„*Ach, das ist die Straße,* auf der ich gekommen bin : vom Hafen her ?“ : „Von *welchem* Hafen ? !“ / Da sah ich mich doch verdutzter um : tatsächlich ; das Ding hatte ja, (wie ich schon auf dem Zubringerdampfer gehört hatte) *zwei* Häfen ? Und endlich kam er mal von selbst auf die Grobeinteilung der Insel zu sprechen :

„*Zu beiden Seiten der Großen Achse also,* im ganzen 500 Meter breit, der sogenannte ‚Neutrale Streifen‘ ; mit den Verwaltungsgebäuden, den gemeinsamen Museen.“ (‚Undsoweiter‘ ; ja, ich weiß.) „Neutral sind fernerhin die ‚Waldeinsamkeit‘ ‚Vor den Toren‘. Sowie der Flugplatz und die Raketenfelder ; obgleich da schon . . . ganz recht : da drüben. Über meine Hand hinweg.“

„*Den Rest der Steuerbordseite* nimmt die Freie Welt ein . . .“ — Auf mein erstauntes Händespreizen : „Achso V’zeihung ; wir sagen unter uns so.“ : „Wer ‚Wir‘ ?“ (aber er vermied eine Antwort und erklärte, rascheren Munds, weiter) :

„*Auf der Backbordseite die Ostblockstaaten :* dort : der Komplex der=mnä : Hochbauten.“ / „Wie nennen wir das Riesendings mit der Kuppel drauf ?“ fragte ich (so gleichmütig und unbetont, daß er drauf reinfiel, und meckernd erwiderte : „Den ‚Kreml‘.“ Wurde aber, als er mich notieren sah, sofort grabesernst ; und verbesserte steif : „Das große Kaufhaus der Backbordhälfte.“).

Und jede Seite ihren eigenen Hafen? : Mit eigenen Lagerhallen, dienstlich aussehenden Häuschen, und einem eigenen Leuchtturm : rechts grünweißes; links — paßte : war ja Backbord! — rotes Licht. / War das so streng geschieden?!

Ja doch! : „Sehen Sie, dort, zu beiden Seiten des ‚Hecks', die Maschinenfelder? — Ja; 800 Meter lang, halb so breit. — Die Antriebsschrauben der Insel befinden sich links unter russischer, rechts unter usamerikanischer=ä : Betreuung."

Jeder sein großes Sportfeld; jeder seine Parks und Äcker. / Die Amerikaner hatten eine reizende kleine Stadt (allerdings mit dem verwünschten Schachbrettstraßenmuster!) für die Künstler aufgebaut : „Poet's Corner; ja." / Bei den Russen ungefähr ein Dutzend riesiger (vor allem breiter; die Fronten konnten glatt hundert Meter lang sein!) Hochhäuser.

Hm. — — —.

„Einige Fragen noch" sagte ich : „Die Insel besteht ja aus einzelnen Stahlkammern : wie groß; wie viel?" : Jede 16 Meter hoch; oben 10 × 10. Und rund 123.000 davon; innerhalb von 5 Jahren zusammengenietet. / „Der Bau finanziell bestritten wovon?" : Ursprünglich durch 1/100 des Rüstungshaushalts der beteiligten Länder : eben diese 5 Jahre lang." / „Das war — soweit ich mich erinnere — 1980 der Fall?". : „Ja; da war die Insel fertig gewesen. 2030 wird eine neue gebaut werden : genau nach dem Modell dieser alten hier — bestenfalls der Antrieb zeitgemäß verbessert." (Ein volles Jahr lang hatten

Kleinfrachter allein Erde gefahren. Und Humus; ehe alles schicklich bedeckt war.)

Der Kurs?: wurde für einen Monat im Voraus öffentlich bekannt gemacht. „Wir meiden nach Kräften Sturmgebiete, und bevorzugen die Roßbreiten: Sargassomeere & Kalmen. Eben jetzt steuern wir wieder auf unser nordpazifisches hier zu." (Im Mittelatlantik war das bekannte. Aber auch südöstlich von Neuseeland noch ein kleineres: überall still und gelbgrün; Wasserpflanzen, Tange, weder Strömungen noch Windhosen; scharmant.)

„Und angelaufen werden doch meines Wissens nur ganz bestimmte Freihäfen; zwecks Ergänzung des Proviants, undsoweiter?" / Jawohl: in Eureka war ich selbst zugestiegen. Für Südamerika Valparaiso; in Afrika Kapstadt. Für Rußland, China, Indien und die umliegenden Ortschaften, der indische Hafen Perth (weiland Australien). In diesen 4 Depots hinterlegten alle Länder die angefallenen Kunstschätze, die Konservenbüchsen; überhaupt alles Bestellte. —

(Und 17 Uhr schon!): „Danke! Das genügt mir zunächst." (ausgesucht herablassend: weil einem Beamten gegenüber. [49]). / Er bezwang sich. Und stürzte mich mit nichten von der Plattform. Führte mich vielmehr zum Fahrstuhl. / Öffnete mir im zweiten Stock sogar die Tür des Lifts: „Das Statistische Amt ist rechts; um die Ecke. — Nein!: Mich rufen dienstliche Obliegenheiten ab!". (Und versank in den Boden).

[49] sic!

Auf roten Kokosläufern (immer härter werdenden : je weiter man sich von den Empfangsräumen entfernte). (Aber anerkennenswert, wie man mich so seelenruhig allein ließ : da konnte ich wenigstens ungeniert die Bilder an den Wänden betrachten. (D. h. vielleicht wurde ich doch durch irgendwelche Löchelchen überwacht : wo kann man das heutzutage schon verhindern ? !). / Natürlich alles Originale : Kunststück, wo die besten Maler hier en masse rumsaßen ! / Hier ein Medaillon, aus dem mir ein Vollbärtiger erheitert zusah : ‚Jules Verne' ? — Nie gehört ! — (Aber irgend was Namhaftes mußte er schon erfunden haben, denn es stand was drunter von ‚whose creative spirit'; ein MDCCC (und dann noch der Schwanz der Zahlenreihe genau so lang, XXVIII, wehe : wie schön glatt liest sich ‚1828' ; und wie muß man hier doktern !)). / Ab & zu ne Kleinplastik. (Vielleicht der Erfinder der Schreibmaschine ? : 1800=soundsoviel könnte stimmen.) [50] / Dann & wann, elastischen Schrittes, eine Stenotypistin ; indisch glattgescheitelt ; oder auch kohlschwarz und mit einem Gesicht, das gebaut schien, Meteore aufzufangen, nicht Küsse irdischer Männer : ich fragte jede, aber auch jede, nach dem Statistischen Amt, wenn sie züchtig an mir vorüber wollten (und jede zeigte mir dieselben, immer näher kommenden, eichendunklen Türpfosten : die Dinger waren ja *zu* lecker !).

[50] Natürlich der seinerzeit recht bekannte französische Populärschriftsteller ; nach dessen ‚Reise zum Mittelpunkt der Erde' unser deutscher Storm dann seine ‚Regentrude' entwarf. (Vgl. mein Gymnasialprogramm, Bonn 1966).

Nummer Zwo, Fünf : Acht! : Zwofünfacht, stimmt; also hier: ? / „Herein!" — (Oh, ich störte? : er hatte die große Unterschriftenmappe vor sich liegen; las und unterzeichnete. Hob aber schon, immer weiter lesend, die Hand : „Durchaus nicht! Ich bin —" (hier schlug er um; das Bleistiftende skandierte schneller) —" bereits. —. —. : Fertig." Gab die Mappe an eine harrende, ebenfalls subtropische, Schöne. Schob den Stuhl zurück. Führte mich in die lederbesesselte Ecke. — (Und Beine übereinander; und Block raus!).).

„Fragen Sie nach Belieben. — Sie kannten die Topografie der Insel noch gar nicht, nein?" : „Nu, wer kennt die schon?" gab ich zurück : „Bestenfalls doch die idiotischen Aschenbecher in Inselgestalt, ‚Gruß aus IRAS'; und die Friese von Aguirre: nischt wie Claude Lorrain plus William Turner! — Der Rest sind Zimmereinrichtungen mit lesenden oder geistvoll debattierenden Dichtern; Schnellmaler in ihren Ateliers : was man uns eben im Fernsehen zu zeigen für angemessen findet. — Darf ich als erstes nach der Einwohnerzahl fragen?". / (Unterm Tisch stand schon vorsorglich das Karteikästchen. Er hob achtsam den dunkelgrünen Stahlziegel; eindrucksvoll aufschließen (als würde mir itzund Vertraulichstes kund werden : so ein Theater!) : da sah ich viele ernste Zettel, die sämtlich begierig schienen, mir zu antworten) :

„Die Einwohnerzahl der IRAS beträgt zur Zeit — : Fünftausend und Sechsundneunzig." / Aufschlüsselung : „Eigentliche Künstler & Wissenschaftler 811." — „Also auf rund 5 Menschenmillionen 1

Genie“ sagte ich schwer : „eigentlich verdammt bedrückend, was ? — Naja. — Die Übrigen . . . ?“. / Die Übrigen alles Verwaltungspersonal ; kaufmännische, gewerbliche, technische Kräfte. — „Was verstehen Sie unter ‚gewerblichen‘ ?“ (Kaufmännisch und technisch leuchtete mir ein : für Maschinen und Büros,) — „Je nun,“ sagte er gleichmütig, „Geschäftsinhaber ; Briefträger ; Zahnärzte. Reinmachefrauen vor allem : Köchinnen. Undsoweiter.“ (Und ich nickte fatalistisch : die Erde, der Planet des Undsoweiter.). / Achja, *das* war wichtig : „Darf ich die Aufschlüsselung erfahren : Männer/Frauen/Kinder ?“. Er atmete schon schwerer ; nahm aber den zweiten Zettel zur Hand und las : „Kinder — davon haben wir natürlich am wenigsten — 26 Stück. Meist die von höheren Behördenangehörigen. Männer ? : 2007. / Der Rest Frauen.“ (Diplomatisch ; aber ich konnte ja rechnen : also über 3.000 Frauen).

Aber jetzt mußte ich wohl schon piano gehen : „Kann ich erfahren, wieviel Genien an Steuerbord leben ?“ — Er sah mich nicht an, während er zu seinem Zettel sagte : „392 lebende Genies rechts.“ / Scherzfrage (zur Entspannung der Situation) : „Und wieviel Tote ?“ (und lächeln : ich muß ihn ja bei guter Laune erhalten). Er zerrte gleichfalls den Mund breit ; nickte ; würdigte meine Schelmerei erstaunlich lange ; und erwiderte endlich : „Jaja wir machen hier manche Unterschiede.“ / Sollte sich die ‚Spaltung‘ denn tatsächlich bis auf die *Friedhöfe* erstrecken ; und ich hatte unbewußt an eine nächste wunde Stelle gerührt ? Denn er litt sichtlich unter dem Thema. — Also rasch etwas anderes, hoffentlich unanstößiges ! :

„Die Amtssprachen ?" : Indisch, Chinesisch ; Amerikanisch, Russisch ; Arabisch, Spanisch. / Die neu=toten Sprachen ? : 1 Franzose aus Abidjan war da ; 1 Exilpole : „Von direkten Deutschen ist ja Keiner übrig geblieben ; höchstens was sich gerade auf Auslandsreisen befand : bis vor einigen Jahren beschäftigten wir 1 aus der kleinen, immer mehr zusammenschmelzenden, argentinischen Kolonie als Übersetzer in der Bibliothek. — Es sind aber ausreichend Bandaufnahmen von allen ehemaligen europäischen Kleinsprachen vorhanden. / Ja, ganz recht : den Kern bildeten die Lehrkräfte der rechtzeitig nach Chubut übergesiedelten ‚Hochschule für Gestaltung', tja."

Über den IRAS=Preis : „Also die Erlaubnis zum Stipendien= bzw. Daueraufenthalt auf der Insel erteilt eine Jury ?" Er massierte nachdenklich sein buddhistisch=dickes Ohrläppchen ; „Tja," sagte er zögernd : „Das ist=ä — ein heikler Punkt. Mit vielen Schwierigkeiten verbunden. *Und* Komplikationen. Das Verfahren ist im Einzelnen folgendes :". / Jedes Land bekam erstmal, gemäß der augenblicklichen Quote von 1:5.000.000, die Freiplätze zugeteilt. Und schlug nun seinerseits Leute vor. — *„Aber !"* (und selbst er, der Konziliant=Neutrale hob streng die Brauen) : „rund Dreiviertel davon werden erfahrungsgemäß von der hiesigen Aufnahmekommission abgelehnt ! Es ist ja *zu* traurig : im Heimatlande verhindern zuweilen sogar politische Parteien rachsüchtig die Förderung ihnen unbequemer Genies. Oder wenn der Held eines Romanes zufällig den Namen eines persönlichen Feindes des Chefkritikers führt — kann der ihn deswegen ablehnen! Das muß man alles wissen; und neutralisieren: was *sehr* schwer ist." (Einmal allerdings hatte ein Land — „Ich will keinen Namen nennen" — für seine ganze Quote von 53 Freiplätzen sämtliche Oppositionsschriftsteller, bis zu den unterdurchschnittlichen hinab, angemeldet. Mit dem nicht unlistigen Hintergedanken: da sind sie a) weg (worüber sich noch zusätzlich das Volk aufregt: „Ja die bringen sich in Sicherheit!"); und b) schon nach 2 Jahren nicht mehr zuständig für die Beschreibung von Feinentwicklungen: haben nicht mehr ‚den Finger am Puls der Nation': dies nebenbei auch der Grund, den alle abgelehnten Bewerber der Presse gegenüber gern angaben: ein verantwortungsvoller Künstler teile doch Leid & Freud mit ‚seinem' Volk!).

„*Also haben Sie, als letzte Instanz,* noch die hiesige ‚Aufnahmekommission' dazwischengeschaltet?". Ja. / Und die waren, alles Fachleute und selbst Great Old Men, *sehr* vorsichtig; man konnte sich da ja zu leicht auf ewig blamieren! Alle waren sie gewarnt genug, seitdem der fanatische Amerikaner damals den russischen Roman ‚Sspihtschki'[51] abgelehnt hatte, und von der ganzen zivilisierten Welt ausgelacht worden war. / Die Inselkommission konnte ihrerseits Vorschläge machen, für die sie die volle Verantwortung übernahm: wichtig für große Ver-

[51] Die bekannten ‚Streichhölzer' des Alexej Konstantinowitsch Tschubinow (1939—2002).

kannte; und falls unläugbarer Genieüberschuß in einem Lande auftrat: „Also ist letztlich der Zweck der Insel *doch* erreicht: objektive Auswahl; und entscheidende Förderung großer Künstler! Von der Sicherung bedeutender Kunstwerke mal ganz abgesehen." / Es dauerte eine ganze Weile, ehe er „Naja." sagte.

„*Alternde oder ausgeschriebene Genien?" :* die Russen hatten die Bestimmung durchgedrückt, daß, wer in 2 Jahren kein nennenswertes Kunstwerk (bzw. den hoffnungsvollen Ansatz zu einem solchen) vorzeigte, wieder ausgewiesen werden konnte. / Ja, und dann dies noch: „Kommt es vor, daß ein Künstler die Insel freiwillig wieder verläßt?" : „Ja also: alternde, oder nicht mehr produktionsfähige, bzw. =lustige, Genien können theoretisch bevorzugt in die Verwaltung übernommen werden. In die Jury. Auch eine Einstellung als Lehrer, Bibliothekar" (‚undsoweiter'? : nein: diesmal kam): „und dergleichen, ist in der Charta der Insel für Solche vorgesehen."

„*Kommt das oft vor?:* ich meine das Übergehen in die Verwaltung; beziehungsweise das freiwillige Verlassen der Insel?" — Er schluckte; er drehte den Kopf, peinlich anzusehen; nahm in der Verlegenheit irgendeinen Zettel heraus (blank: natürlich!). Murmelte: „Ich habe die genauen Zahlen — im Moment nicht — —: ä=Zwei!". (Ich wollte dem guten Alten keine Schwierigkeiten machen, und notierte mir gutmütig das Zählchen (obwohl ich jetzt nicht wußte, wofür es galt: für die Freiwilligen Abgänge — hatte ich da, pur aus Zufall, im Goldenen Buch etwa die beiden Schwarzen Peter erwischt ? ! Glückliche Hand, was ? : *Muß'n* Journalist haben ! — oder die in die Verwaltung Übernommenen ? Na, vielleicht ergibt sich's später nochmal. Irgendwie.)).

Sechs täglich wechselnde Inselpräsidenten (mich hatte man aus Courtoisie von dem amerikanischen empfangen lassen), entsprechend den jetzigen Großreichen : 1 Russe, 1 Chinese, 1 Inder ; 1 Araber (für ganz l'Afrique Noire), 1 Spanier (Südamerika) ; und eben mein Calistus Munbar. (Für alle Entschlüsse war mindestens Zweidrittelmehrheit erforderlich : die Amerikaner sahen sich, zu ihrem ungekünstelten Erstaunen, fast immer überstimmt !).

Die Betreuung der sogenannten ‚Hälften' hatten die beiden Reichst=Größten übernommen : Steuerbord die Usamerikaner ; links die Russen (die auch für die Antriebsmaschinen etc. verantwortlich zeichneten : die ‚Insel' war ja eine Art ‚Doppelschraubendampfer', mit 2 voneinander unabhängigen, ziemlich weit seitlich sitzenden, Bewegungsmechanismen.)

Streitigkeiten ? : Oh weh ! : und er holte gleich die Akte vom Schreibtisch : „ Das Neueste in dieser Art : die Backbordseite hat das Glockenläuten der 2 winzigen westlichen Kapellen als ‚ruhestörenden Lärm' bezeichnet, der ihre Leute an ernsthafter Arbeit hindere — ‚Gedankenmörder' wird der unschuldig beiernde Küster genannt ; ‚Ideenknüppler', ‚Meuchler entscheidender Einfälle' — und sofortige Abstellung gefordert : ‚ob 25 % der Erdbevölkerung — gemeint sind die Christen — die restlichen 75 denn immer noch tyrannisieren dürften ? ! “. / „ Ja, und was wird da geschehen ? “. Er spitzte unverbindlich den Mund: „Ich möchte annehmen," entschied er, „daß man das Geläute künftig von Tonband aus in die Wohnungen der Interessenten übertragen läßt: in den Kapellen können ebenfalls Lautsprecher angebracht werden, so daß nach Außen praktisch kein Laut mehr dringt. — Es ist ja manchmal *tatsächlich* störend gewesen." vertraute er mir noch an. (Naja, er war Inder.)

Besucher?: er las mir den einschlägigen Paragrafen der Inselcharta vor: / Als gelegentliche Besucher — die Erlaubnis zu solchen Visiten erteilt von Fall zu Fall das Präsidium — sind für je 50 Stunden auch andere, vor allem geistig Schaffende, zugelassen. Nie jedoch Politiker; Berufssoldaten, Filmstars, Boxchampions (aller Gewichtsklassen); Verleger, Rezensenten; Personen, die die Priesterweihe irgendeiner Religion erhalten haben..... / Dann Unterhaltung über die nachträglich erfolgten, genauen Begriffsbestimmungen. Zum Beispiel hatte man zu ‚Berufssoldaten' noch den Zusatz gemacht: „oder Hilfsorganisationen; gleichviel ob aktiv oder a. D." — und dann hatte erst der richtige Streit um den Begriff ‚Hilfsorganisationen' begonnen! / Zu den Boxern war an den Rand noch ‚und Catcher' geschrieben worden. / Reiche Gaffer, *sehr* reiche, mußten manchmal leider zugelassen werden; hatten jedoch vorher unheimliche Beträge aufs ‚Fördererkonto' einzuzahlen; (und bekamen auch nur Einzelnes zu sehen.)

„*Was meinen Sie?!: In Zeiten drohender Kriegsgefahr;* wenn Multimilliardäre verzweifelte Versuche machen, sich in diese unsere, von allen Parteien respektierte, geheiligte Freistätte einzuschmuggeln: als *Bildsäulen* getarnt sind schon Welche rübergekommen!". (Als man das Oberteil Coopers, zwecks bequemeren Transportes, abhob — eine Möglichkeit, die sich durch Zufall ergab; an sich war die Nahtstelle ungemein geschickt durch einen breiten Hüftgürtel verdeckt gewesen — fand man die eingeschläferte Witwe des amerikanischen Zeitungskönigs Horsemixer darin!). / Aber ihm war schon sichtlich unbehaglich geworden. Empfahl ich mich also): „Ich möchte mich heute — ganz systematisch — auf den Neutralen Streifen beschränken. Die Hälfte aufs Heck zu sehe ich später ja noch automatisch, wenn ich nach meinem Hotel gehe: *wäre* es da möglich, daß ich jetzt eine kleine Fahrt bugwärts, zum Observatorium, machen könnte?". — (Es *war* selbstverständlich möglich. Außer dem Chauffeur kam noch ein Inder mit, und der Araber von vorhin, vom Kai: er war immer noch nicht dicker geworden.)[52]

Im offenen Wagen: „Und bitte, recht langsam, ja?". (Es war sonst nur in ganz großen Ausnahmefällen,

[52] Welchen Zweck verfolgt eine solche Bemerkung? Soll der Leser lachen gemacht werden? Oder will der Verfasser seine Überlegenheit dokumentieren? Oder gehört er zu jener unglücklichen Menschenklasse, die sich Objektivität und Freiheit des Urteils durch beständige Schnoddrigkeiten mühsam erringen muß (weil sie sonst jedem Einfluß erliegen würde)? Oder gibt es tatsächlich, wie Winer sie in einem seiner früheren Bücher charakterisiert, „Menschen, die von Natur aus unehrerbietig sind"?: Wenn dem Verfasser obige Bemerkung wirklich damals im Moment einfiel, sie also spontan erfolgte, — dann scheint der Tatbestand, so unbegreiflich es auch anmuten mag, allerdings gesichert. Es sei denn: der Betreffende wäre wirklich überraschend, ungewöhnlich und auffällig mager gewesen!

ausgesprochenen emergencies, erlaubt, im Neutralen Streifen zu *fahren :* Alle, selbst die größten Genien, hatten zu Fuß zu gehen. „ Bewegung nützt Denen nur. “ sagte der Scheich finster, und zog den Haik fester um sich. („ Fette Stubenhocker “ noch ? : Hatte ich mich verhört ? !)

Wie eine enorm breite Allee. / : „ Nein ; das ist die IRAS=Bank. “ (Ein solides Haus : die Einnahmen der Verwaltung waren bekanntlich — von den staatlichen Zuschüssen einmal ganz abgesehen — enorm ! : Das Monopol für Rundfunk= und Fernsehsendungen mit allen Prominenten ! Die Dotationen titelsüchtiger Zechenbarone. Die Briefmarken ; die Erzeugnisse der Inseldruckerei : „ Da drüben, ja. “). / Ein paar Geschäfte : Papierhändler ; Tischler (Bücherregalmacher ?) ; ‚Reparatur von Schreib= und Rechenmaschinen‘. Miederwaren ; Bekleidung ; Miederwaren (klar : 3.000 Frauen !). / Eine kleine Halle ? : „ Die Feuerwehr. Mehr zu tun, als man denkt, “ erwiderte die Mumie kalt und wild : „ Die Kerls sind ja *zu* gedankenlos ! “

Menschwardasnicht — : Bense ? : Klar ! : Die Reiterstatue dort : „Könnten wir nich mal'n Augenblick halten ? ! “. / (Im Sockel die Titel seiner Werke eingegraben. (Name und Daten verstehen sich von selbst). Hinten die von ihm entscheidend geförderten ‚Jungen Talente‘. Rechts, leuchtenden Antlitzes, seine Mäzene und Entdecker, freudig hinaufzeigend, a la ‚Na, was hab ich gesagt ! ?‘. Im linken Seitenfeld, dekorativ gefesselt, böswillige Rezensenten, über jedem seine asymmetrisch geknebelte Neidfratze : sehr fein ! / „Aber wieso als *Reiter* ? !“ Der Inder erklärte :

In der Denkmalsfrage ergaben sich sehr bald Schwierigkeiten. Daß Denkmäler her mußten, darüber war sich männiglich einig. Nach langwierigen und zähgeführten Diskussionen verfiel man schließlich auf eine Werteskala : das mindeste wäre 'ne Gedenktafel. Dann, als nächsthöhere Stufe, das Relief : Rundmedaillon mit Kopf. Folgte eine Büste (als Herme aufgestellt). Dann das Standbild in Lebensgröße. Dann der, auf höherem Sockel, im Sessel Sitzende. („ Wie hier dieser — wieheißter ? : ‚Gerhart Hauptmann‘ ? “ : „ Ganz recht. “ / Und was ne Finesse : der konnte sich räkeln, während Alfred Döblin, daneben, zu Fuß gehen mußte : „ Das hätten Sie umgekehrt machen sollen ! “ / Sie überhörten meine fürwitzige Äußerung ; wir waren anscheinend in die ‚Deutsche Ecke‘ geraten). / Als Gipfel eben das Reiterdenkmal.

„ *Da die Zustimmung beider Inselhälften* zur Aufstellung eines Denkmals erforderlich ist, erfolgt das meist ‚Zug um Zug‘. — Das heißt : wir Neutralen warten solange, bis von jeder Seite einer fällig ist, und bringen dann diskret *beide* Vorschläge ein. Wobei auch verrechnet werden kann : 2 Gedenktafeln auf 1 Relief : der Tarif ist festgelegt.“ / „ Und wenn sich einmal herausstellt, daß ein Denkmal allzu voreilig gesetzt ist ? Oder der Betreffende früher überbewertet wurde, und sich dann, nach Jahrzehnten, ergibt, daß er ‚des Rosses nicht würdig‘ war ? “ : „ Die Köpfe aller Figuren sind abnehmbar ; das kann jederzeit wieder geändert werden. “ (Ich sah lange und stumpf zur Seite : ‚abnehmbare Köpfe' : *die* Erinnerung hat mir grade noch in meine Sammlung gefehlt ! : Kopfdepots ; Kopfkeller ; Beinhaus, Fliegende Köpfe, mask=linen . . . . .). / „ Was geschieht eigentlich : wenn man nicht weiß, wie der betreffende Große ausgesehen hat ? Homer oder Schnabel ? ". Die Lösung war überraschend einfach : „ Ich weiß es nicht. " / Und ab jetzt mußten auch wir zu Fuß gehen.

Durchs Friedhofstor : der Genius mit der gesenkten Fackel hielt mahnend den Zeigefinger auf den Mund. Der Kies knirschte unter unseren Sohlen. (Wichtig das : es war auf der ganzen Insel — und nicht nur aus technischen Gründen (Erzeugung von Schwingungen) — *verboten,* daß mehr als 10 Menschen auf einmal im Gleichschritt gingen !). / Stille : der Dreisprung eines Vogels. Über dem Rasensprenger stand, auf der Spitze, die mannshohe Tüte aus Wasserpuder. Ein Gärtner maß mit grünem Stab in den Beeten (ob er auch n grünes Taschentuch benützt ?[53]). Über dem Grab von James Joyce saß klagend die Amsel : Eleu loro : soft be his pillow. / („ Für den hätten Sie ne ganze *Schwadron* aufstellen sollen ! " Und wir mußten doch lachen, wenn wir uns die Kavalkade vorstellten : Alle mit dem Profil von James Joyce. — Aber ist doch wahr ! !).

Im Krematorium : ein kleines intimes Bauwerklein. (Die Hitze atomar erzeugt : da zerstäubte die Leiche in 3 Minuten !). / Und der — inzwischen eingetrof-

[53] Es scheint tatsächlich im Kopf des Verfassers derart zuzugehen : auch dieser — ansonsten untadeligen — Stelle muß er ein Schwänzchen anhängen !

fene — Friedhofsinspektor erklärte behutsam: die Leichen der ‚Ungenialen' wurden abgeflogen. Die ‚Anderen' hier begraben; eingeäschert, mumifiziert, ganz nach Wunsch. „Oder ebenfalls in ihre Heimat befördert." / „Wieviel?" Er zog das schwarze Buch aus seiner schwarzen Aktentasche (halt: Nein!: die Innenseite war *weißes* Leder: für chinesische Beerdigungen); ich hatte nach der Zahl der Verbrennungen gefragt. — „Ä=m —: Künstler 0,4 %; Wissenschaftler 88.". (Merkwürdiges Verhältnis; ließ sich demnach von den eigentlichen Genies kaum eines verbrennen? Zu viel Fantasie wahrscheinlich; sind letzten Endes eben doch Alle noch irgendwie abergläubisch. Bis auf die besagten 0,4 %.). / Auf den Festländern hatte man ja indessen eingesehen, daß Urnenfriedhöfe viel weniger Platz wegnehmen: sonst würden ja allmählich die Toten die Lebenden verdrängen. Und dementsprechend Propaganda gemacht: auf dem einen Plakat flog der Seelige, lächelnd & total verfönixt, aus der Flamme nach oben. Auf dem anderen ein schändliches Gerippe, Blut & Schleim, aus dem gräßliche Würmer genial=widerliche Seitenblicke auf den Beschauer warfen. Aus der Bibel ließen sich auch dafür Argumente auftreiben — wofür schließlich nicht?!—: Elias & sein Feuerwagen![54]

[54] Es ist mir bekannt, daß wohlmeinende protestantische Theologen in jener Zeit der Umstellung mit diesem Beispiel ihre Gemeindemitglieder mit der Feuerbestattung auszusöhnen pflegten — gewiß ein unverächtliches Zeugnis irenischen Geistes. Im allgemeinen jedoch läßt sich die Kremation aus keinem der beiden Testamente rechtfertigen. (Viel weniger ‚Alles', wie der — atheistische? — Verfasser sich bemüßigt fühlt, hinzuzusetzen!).

Dann kamen wir — immer weiter zu Fuß; hier draußen hinter'm Friedhof, in der ‚Einsamkeit', durfte nur in Fällen, wo es wirklich um Tod und Leben ging, ein Gefährt benützt werden — in einen schönen Wald (von Parkcharakter freilich meist; auf einer Wiese spielte ein ältliches Pärchen schweigend Federball; ein schwarzer Pudel lag im Zittergras, und sah zu uns herüber: ja; 'n schönes gelbes Halsband hastu!).[55]

Plaudern: ich nahm es so im Wandern mit: eigenes Geld (aus Aluminiumbronze) wurde in der Münze geprägt; nicht nur, damit die Herren nicht *ganz* unmenschlich würden, und jegliche Fühlung mit der Menschheit Jammer verlören; sondern vor allem deswegen, weil *alles nun mit nichten* frei war. „Das hatte ich bisher gedacht!": „Dann haben Sie sich geirrt" versetzte mir die dürre Stimme. / Einzelheiten: Wohnung war frei. Essen, Wäsche. Alle 2 Jahre ne neue Schreibmaschine; Papier & Bleistifte nach Bedarf. (Wenn ein ganz Preziöser allerdings nur auf *Bütten* dichten konnte: *das* mußte er aus eigener Tasche bezahlen! / Sehr richtig: ich wollte, ich hätte Zeit meines Lebens immer holzfrei gehabt!). / Dann war noch etwas frei, falls er nicht verheiratet war, was ich mit ‚Sekretärin' umschreiben will (wozu freilich — man befand sich ja in einem der re-

[55] Sollte man statt derlei unnötiger Akribie nicht besser wichtigere Details gebracht haben? Auf diese meine Frage hin schrieb mir der Verfasser: „Abgesehen davon, daß die Atmosfärilien, das ‚Milieu', im Leben das wichtigste sind: ebenso wird jeder verantwortungsbewußte Autor seine eigene Individualität — sie sei nun gut oder schlecht — mitgeben: damit der Leser wisse, *welche Farbe das Glas habe, durch das er schauen muß.*" — Ich lasse das dahingestellt sein.

publiksten Gebilde aller Zeiten — diese Sekretärin ihr Placet geben mußte. (Was sie allerdings nahezu ausnahmslos taten : sie wurden automatisch mit berühmt ; und schrieben zum Schluß selbst — meist eine Biografie ihres Chefs, in der dann die nachdenklichsten Interieurs zur Sprache kamen, tja.) — Nachher noch einen Satz Inselgeld geben lassen : die Münzen waren ausgesprochene Kunstwerke. Konnte mir ja beim Abschied ausgehändigt werden, daß ich auf keinen Fall das Inselbudget in Unordnung brachte. Ich sprach dem Inder meine Bitte aus ; und der rief dann auch gleich gefällig vom Observatorium aus an.)

Das Observatorium (oder genauer : oben ; auf dessen Beobachtungsplattform. — Den einen der freundlichen Herren hatte ich erst für maßlos arrogant gehalten ; denn, was ich auch sagen mochte, fragen, höflich bitten — : er lächelte nur verbindlich, nickte obenhin, und machte versonnen „Mnjaja=a.“ / Bis ich dann das Knöpfchen in seinem Ohr entdeckte, und ihn von der richtigen Seite her andonnerte : „Wo sind wir im Augenblick ! ! “ (Um sein Herz zu gewinnen : obgleich ich mitschrieb, interessierte mich's blutwenig, daß wir uns auf 138° 16' 24,2 “ westlicher Länge befanden, dazu auf 40° 16' 58,4“ nördlicher Breite. : „Beidesmal 16 Minuten ? ! “ — Und er lächelte entzückt : „Mnjaja=a ! “ : Jetzt war er mein ! — Durchschnittsgeschwindigkeit übrigens 8 Seemeilen pro Stunde.) / Unter der Rotunde ein Schmidt=Spiegel von 20 Zoll Öffnung : diese Schmidt's !).

„Was gibt's für Wetter morgen?" : im meteorologischen Institut nebenan; und er las mir ernstlich das neueste Bulletin vor; es war noch ganz frisch, sie hatten eben erst, vor 5 Minuten, abgeschlossen. Also: „Morgen noch niederschlagsfrei. Gegen Abend Eintrübung; und Aufkommen von Wind. / Weitere Aussichten?: Wetterverschlechterung." : „Na, ich werde ja sehen, ob's stimmt." : „Das stimmt!". / Die Niederschlagsmenge deckte den Wasserverbrauch nicht entfernt; folglich gab es, in beiden Maschinenfeldern hinten, Großverdunster und =destillierer (mit Fluor angereichert, gegen Zahnfäule). / Die bugwärts gerichteten Wände sämtlicher Bauten waren stärker als die übrigen: Sturmschutz, wenn der Kopf der Insel gegen die Böen gerichtet werden mußte. Auch gab es, überall in den Boden eingelassen, hochschiebbare Stahlwände, die den Wind brachen: „Wir haben schon lange keinen Sturm mehr erlebt: können's uns ja aussuchen." (Glückliches Land, das!).

Stufen zum Meer hinab? : „Nur in den Häfen. Ansonsten zieht sich um die ganze Insel diese feste hohe Reeling." (Hier murmelte eine Knochenstimme etwas von „betrunkenen Giaurs"; aber der böse Wille war allzu unverkennbar: um Überdurchschnittliches zu schaffen, muß sich jeder Künstler in den dazu erforderlichen überdurchschnittlichen Geisteszustand versetzen; mit was für Anregungsmitteln, ist *seine* Sache! / Flüsternd zum Inder: „Was macht *Der* eigentlich hier?" : der meckernde Araber. Und er, ebenso: „Linguist: Stipendium für Koptisch.“ (Also Spezialist für Ägyptische Finsternis und ähnliche hochwichtige Gegenstände.) [56]

„Ist es jetzt noch möglich, die Bibliothek zu besichtigen?“. Es war immerhin schon 19 Uhr geworden, und die Sonne stand dicht überm Meer. (Aber sie hatten bis 20 Uhr geöffnet. „Jeden Tag?“: „Montag bis Freitag. Sonnabend nur am Vormittag. Sonntags auf Wunsch.“). / Zurück durch den Hain. Im Friedhof maß der Gärtner immer noch die Beete nach. Dann im offenen Kabriolett wieder heckwärts; mir wurde ganz ‚Unter den Linden‘ (waren auch vorschriftsmäßig viele ‚Schöne Kinder‘ da!). Rum ums Rathaus. / „Und *welche* Bibliothek?“: „Iss egal —: sagen wir in die linke hier!“ (Was eigentlich die ‚Rechte‘ war — nach Inselkoordinaten gerechnet.)

Türen & Treppen wie gehabt: Kommtkommt! (Man geht im Leben durch vielzuviel Türen.)

Und hinein, geräuschlos, in den Lesesaal — wahrscheinlich überfüllt: ich hatte keine Lust, mich den vorwurfsvoll=gestörten Blicken von 811 Genien auszusetzen. (Oder nein: durch 2: es gab ja 2 Bibliotheken. — Aber trotzdem: die kriegen's ja fertig, und lassen Einen im nächsten Buch als trampelnden Störenfried figurieren! Also immer schön auf den Zehenspitzen!)...

...: ?... (und die Hand ans Kinn):

der war leer!! Wie ausgekehrt!! — (Naja; 's war schon zu spät. Essensstunde vielleicht.) / Und ange-

[56] Koptisch: die Sprache des alten Abessinien, dem die Menschheit — zumal die Kirchengeschichte — schon manchen schönen Fund verdankt.

kündigt war ich garantiert auch: dennoch: ich werde Euch schon erproben!

Hin zur Ausleihe: „Könnten Sie mir ...“ (ältlich; aber mit machtvollsten Reizen, grauseiden überspannten, vinum pro sapientibus; gar keine kleine Portion, trotz ihrer 55. Und ich begann unwillkürlich kokett zu lächeln: ? — Lächelte sie unverzüglich zurück: ! : „Oh, *da* muß ich Herrn Bibliotheksrat selbst holen!“. (Ein Schenkelpaar: rechts Thusnelda, links Messalina. Und dann gar noch von hinten!!).).

Der Herr Bibliotheksrat; und war ehrlich ergriffen: „Daß ich *das* noch erlebe!: Daß sich Jemand Happel's ‚Insulanischen Mandorell‘ herauslegen läßt?! — : *Einen* Augenblick bitte ...“ / Auf's Uhrröllchen sehen: 20 Sekunden (das interessiert Zeitungsleser immer, wenn es heißt: „In 2 Minuten 20 Sekunden lag's vor mir!“. Und warum eigentlich auch nicht: sehen sie wenigstens, daß — zumindest ein Teil — ihrer Steuergelder nicht unnütz ausgegeben wird!). / Wunderbare Einrichtung der Lesesaal: polierte Pulte aus Schönholz; bequeme Sessel davor: 40 Sekunden. Um die Wände tausende von Nachschlagewerken; oben noch eine Galerie; also doppelt so viel, mindestens 20000!: 60. (Eben erschien der Herr Rat wieder durch eine Tür: „Sofort: Moment!“. / Inzwischen ebbes aushorchen: „Wird wohl enorm benützt? Sie haben gewiß viel Arbeit?“. Er erhob nur 2 abwehrende Hände: „Aber nicht doch!“ (Sehr höflich, der Mann; dabei wartet er bestimmt auch auf den Feierabend). Aber er stockte; er hatte noch etwas auf dem Herzen: „Sie sind seit Tagen der Erste, der ...“ / „Der Erste? Seit Tagen ?" fragte ich stirnrunzelnd. Und er sah verlegen herum: schon nickte ihm der Araberscheich kohlfinster zu: Los! Zieh ihm den Zahn!

„*Die Bibliothek wird=ä* '— relativ wenig benützt. — Von den Wissenschaftlern ja. Aber die Herren Dichter ... wir haben zur Zeit eigentlich nur 4 feste Benützer: 2 davon lassen sich ab und zu mittelalterliche Drucke herauslegen — mit Zauberzeichen und solchen Sachen — und starren dann eine halbe Stunde lang wie hypnotisiert darauf: zur Stärkung der Bildkraft vielleicht; ich weiß es nicht. / Der Dritte versucht=ä kleinformatige Elzevire zu stehlen. / Aber der Vierte — nein, also das muß man sagen! — der arbeitet wirklich sehr redlich! Das macht Spaaß, dem einen ‚Annuaire du Républicain' von 1793 rauszulegen; oder ihn zu beraten: hat eine schöne Lektur, der Herr!"

„*Ah, hier kommt der ‚Happel' :* Bitte sehr!" : 2 Minuten 20 Sekunden! / Nahm ich also das alte Pergamentbändchen in beide Hände ... (auf dem Vorsatzblatt stand: ‚Mister Richard Odoardo Grimer (1921—84) hat auf seine Kosten dies Exemplar antiquarisch erworben, und der IRAS zur Verfügung gestellt.': auch 'ne Inselart, Geld zu schneiden; geschickt. Oder zumindest nicht ungeschickt.) / Blätterte ich also in dem raren (?) Stück — („Dochdoch!: Es existieren, meines Wissens, nur noch fünf Exemplare davon. — Vielleicht in Privatbibliotheken noch einige." versicherte der Bibliothekar) — über das mein Ur=Nebenahn mal'ne einstündige Rundfunksendung verfaßt hatte: was der auch so für Brotarbeiten fabriziert hat! („Sie sprechen

Deutsch ?“ : „Ja“ ; ich nämlich.) / Cimelia von unschätzbarem Wert. / Und Kirchenbuchauszüge waren in zirka 10 Stunden da (tippende Funker ; rennende Pastorenfrauen : „Du, Mann : die IRAS hat angerufen : Schreibt, Herre, schreibt, damit Ihr bei der Pfarre bleibt !“).

Frage (und das war allerdings eine schwerwiegende ; es ging ja fast um den Sinn der Insel !) : „Demnach benützen die Dichter diese einmalige Chance : alle Bücher der Welt zur Verfügung zu haben ! — : nicht ? ?“

: *Nichts : Gar nichts ! :* „Die Kerls sind überhaupt keine ernsthafte Arbeit gewöhnt !“ / Ich, wieder stirnrunzelnd : „Die *Kerls* ? !“. (Aber schon griff Ali Muhammed Ben Jussuf, Bensoundso, Ben=Zin, Ben=zol, ein : „*Wir* nennen sie, im gewöhnlichen Sprachgebrauch, nur ‚Die Kerls‘.“)

„Die Dichter ?“ : „Die Dichter !“ — „Die Maler & Musiker ?“ : „Die Maler und Musiker !“ / Und — nach einem raschen Rundumblick im Lesesaal : nur wir waren noch anwesend ; dazu eine Tieck=Büste und die Sekretärin (also ein Chassis hatte die Frau : wie von den Römern erbaut !). — :

„Sie verlottern meist total ! Und sind am Ende ihrer ersten 2 Probejahre restlos fertig — nur mit einem Buch freilich nicht ! — Haben nichts gearbeitet ; nur genial gefaulenzt . . .“ (der Kopte zählte erbarmungslos das ganze Alfabet her : ge=a, =b, =c, =det : eff vor allem !) . . . „und dann gehen sie weg, und machen *uns* schlecht !“. / Benützen also die unvergleichlichen Hilfsmittel hier nicht ? : „Gar nicht ! : Wer einen Fuß zu uns hereinsetzt, gilt ihnen

nicht als ‚echter Dichter‘; wird wohl auch verleumdet: daß er nur abschreibe.: Wegen Denen würde unsre Buchhandlung bankrott machen!“ / Körperlich schlaff (hier nickte die Sekretärin walküren): „Saufen wie die Reichsunmittelbaren! Verludern ihr sämtliches Taschengeld in Alchozens...“ [57]) / „Nein: nur die sogeschmähten ‚Kalten Köpfe‘ fahren gut bei uns: lesen, produzieren die feinsten Sachen; sind fleißig; leben still für sich...“; er nickte, und war schon mit dem erwähnten Einen zufrieden. / „Aber das ist doch furchtbar?! Da wäre ja der Zweck der Insel...“. Pause. Bis der Wüstensohn, Secret of the Sahara, meinen Satz festen Mundes abschloß: „Völlig verfehlt.“ —

(*Dabei diese Geräte & Hilfsmittel!: Mikrofilme* mit Projektionsapparaten in Pultform: man las mühelos auf der DIN A 4 Milchglasscheibe den vergrößerten Text! Bücherbestellungen wurden per Funk innerhalb weniger Stunden getätigt. Alle Antiquare der Erde lieferten ihre Kataloge zuerst hierher, damit sich die Parnassiens nach Behagen aussuchen konnten: „Sinnlos: Niemand! (immer außer dem erwähnten Einen, und der Bibliotheksverwaltung) kauft je etwas!“

„*Wir werden immer mehr Depot.*“ — : „Na, das wäre ja auch schon äußerst wichtig.“ sagte ich trübe.: „Jazweifellos!“ bestätigte er freudig; und, vertraulicher, der Happel hatte gewirkt like magic): „Unter

[57] Arabisch für ‚Überzieher‘. Dabei ist ja — meines geringen Erachtens — nichts begreiflicher, als daß ein armer Künstler die Gelegenheit wahrnimmt, sich schicklich neu einzukleiden: wie tief muß Der gesunken sein, der dem genialen Mitbürger den schützenden Mantel neidet!

Uns: *ich* sehe darin seit *langem* unsere eigentliche Aufgabe!". / Das muß man sich mal überlegen: jedes Buch, was man sich nur ausdenken kann — darunter viele, auf der übrigen Erde überhaupt nicht mehr erreichbare! — ist binnen 2 Minuten 20 Sekunden da: *und die Kerls benützen die Gelegenheit nicht!* (ich sagte selbst schon ‚Die Kerls'!).

„*Wie ist das denn in den Galerieen?:* Kopieren die Maler denn da nicht fleißig? Studieren die Techniken der alten Meister?" — Es lächelte nur wehmütig; von links, von rechts, von vorn. Von hinten kam's wie knoblauchiger Samum: „Nur, falls Einer ein Motiv stehlen will." (So eine verfluchte Unke!).

„*Also Bücherdiebstähle kommen vor.":* er nickte sachlich: „Wie überall. Aber wir wissen ja, wer sie hat. Und Pakete müssen erst zollamtlich geprüft werden; unter Kontrolle gepackt: sonst hätten wir die Gutenbergbibel oder kleinformatige Rembrandts allerdings am längsten hier gehabt." / Und die unerläßliche Neo=Destur=Formulierung: „Die Kerls sind ja alle irgendwie ‚kriminell'."

„*Nein; die Handschriftenabteilung* hat leider schon geschlossen. — Übrigens: ‚Gottfried Bennet'!?: Meinen Sie *Gordon* Bennet; oder Gottfried *Benn?*" (Da war ich ja schön reingefallen!: Nee, Samuel Beckett auch nicht: „Lassen Sie nur, wenn schon zu ist. Ich komm' bei Gelegenheit nochmal vorbei.").

Hier, das mußte ich noch sehen!: „Das partiell — ä= zum größten Teil — ungedruckte Manuskript Ihres Vorfahren." / „Aber ohne jede Frage: wo es doch heute Abend, extra Ihnen zu Ehren, im Schauspielhaus uraufgeführt wird: Nanú!" (Also muß ich nachher weißgott noch ins Theater. Und die Keilschriftkrakeleien des Alten konnte ich auch nicht entziffern; den Titel allenfalls noch: ‚Massenbach kämpft um Europa'. — Ich hatte keine Ahnung gehabt, daß so etwas überhaupt existierte. — Aber denken können hätte ich mir's: daß mich um meiner *eigenen* schönen blauen Augen willen Niemand hierher geladen hätte!).

„Also aufrichtigsten Dank: Wirklich: You have given me much to think." (Das kann man wohl sagen: hier hätte *ich* mal ein Jahr sorglos arbeiten mögen! — Oder logen diese Bibliothekare nur? Übertrieben, und waren gekränkt, weil nicht Jeder jeden Tag nach einem alten bankerotten Schmäucher angekrochen kam? Also erst noch mal die andere Seite hören.). / Sie brachten mich, am Theater vorbei, hinein in die Verwaltungsstadt; zu meinem Hotel.

Und eine hübsche intime Pension, das: 2 Zimmer mit Bad! Mein Gepäck lag schon da. / Waschen nein; aber n neues Hemd muß ich mir anziehen. (Am besten alle meine paar Sachen breit legen, sonst such ich mich tälsch; ich konnte niemals etwas Verlorenes finden. / Jetzt hatte ich schon 2 Bücher geschenkt bekommen. Wenn man die Mappe mit der Inselkarte als eins gelten lassen will.)

Oh, sieh da!: In dem hübschen Mahagonikästchen lag, als ich es neugierig aufklappte, auf gelbem Samt ein kompletter Satz Inselgeld. Und ich wendete, trotz meiner Zeitnot, ein paar Sekunden dran: tolle Arbeit! Um das ganz zu würdigen, muß man ne Lupe zur Hand haben. (Das größte Stück volle 3 Zoll Durchmesser, ganz leicht und hart. Strohgelb angelassen.) / Aber ich mußte mich losreißen: Mensch würde ich mit den Souvenirs zu Hause angeben! (Wenn ich — wie zu erwarten — mit den Artikelserien und der späteren Buchfassung gut verdiente: die würden mir ja aus der Hand gerissen werden; bestimmt! Und dann ein kleines Haus; ne große Bibliothek rein; 2, 3 echte Bilder an die Wände...)

(Da gehörten ja dann solche Sachen rein: in so'n Haus!). —

Und bis jetzt noch nicht einen berühmten Mann gesehen! — Na, im Theater traf sich ja doch wohl der gesamte ‚Hohe Flug'.[58].

Den Block in die Tasche, und treppab: hurtig, Charleshenry!...

„Immer gradeaus die Mittelstraße lang? Keine 100 Färsäk weit, unverwechselbar?: Danke!" (Und erst mal schnell in der gezeigten Richtung vorwärts: hoffentlich sind dem seine ‚Färsäks' nicht allzulang![59]). / (Halblinks in der oberen Luft ein sehr heller Stern?? — : Achso; die neue Supernova im Luchs. Auch die jetzt allgemein angenommene Erklärung solcher Novae: daß die Bewohner zu viel Atomversuche angestellt hätten, und es sich also um ein ganz natürliches Stadium der Sternentwicklung dabei handele.)

Ach hier, und allerdings unverkennbar: das Theatron! / (In dem, durch die beiden Flügel gebildeten freien

[58] Unbeholfene Übersetzung von ‚Haute Volée'.

[59] Färsäk, ein persisches Längenmaß, schwankend zwischen 6,401 und 6,720 Kilometern: die alte ‚Parasange'. — In diesem Fall vom Auskunftgebenden wohl sprüchwörtlich-scherzhaft verwendet für ‚ganz nahe'.

Platz hinten, das Reiterstandbild Shakespeares : ein Königreich für ein Pferd !). (Dann aber flott außen rum, nach vorn, zum Hauptportal !).

Gut hundert Meter Säulenhag (und die entsprechenden unbequemen Stufen hinauf ; bei jedem zweiten Schritt die Gangart ändern : der Teufel hole alle Paläste !). / Schon löste sich aus einer der Gruppen mein Yankee von heute früh : „Hallo, Mister Inglefield“ : „Hallou : Uainer !“ — Und erklärte mir kaugummig das Bauwerk. / In den Seitenflügeln befanden sich 2 Kinos. Außerdem rechts ein Saal für Kammermusik, links für Tanz. (Schon spielten sich uns einige Grüppchen unauffällig näher ; und er kaute mir — unbekümmert laut — die Namen ins Ohr : / Namen ! ! : Jetzt sah ich sie Alle mit Leibesaugen ! Versuchte auch, mir methodisch Einzelheiten einzuprägen : des Aussehens, der interessanten Gebärdung, wie er sich räuspert und wie er ault : ein wallendes Grauhaar ; der sinnende Blondkopf einer prominenten Siebzigerin ; dort schob Einer dramatisch das Kinn vor ; neben ihm an der Säule der Nächste, düster die Arme verschränkt : waren die denn tatsächlich immer noch so eitel ? ! Wollten immer noch beschrieben, gelobt, gefilmt, angehimmelt sein ? (Bei Einem, der sich erst noch durchsetzen muß, ist's verständlich : das kaufkräftige Publikum will ja bekanntlich, daß kein Künstler wie'n Mensch aussehen darf. Aber die hier waren doch, finanziell wie ideell, absolut gesichert : die hätten doch mir, dem spitznäsigen Journalisten, eher'n Tritt geben müssen !). / Mein, was ‚Gestalten' ? ! : Der Eine hatte sich'n fuchsroten barbe à collier stehen lassen, und sah jetzt, mit 25 Jahren schon, wie ein reifer Idiot aus! („He's going off next spring", bestätigte mein Führer.) / Eine baumlange Bildhauerin mit glatter schwarzer Ponyfrisur und endlos dürrem Hals (um den sie unten einen anliegenden daumesdicken Elfenbeinreif trug) kam schrittlings auf uns zu; war die Freundin Inglefields; und half erklären. — „Wir müssen aber allmählich auch rein."

Durchs Foyer; splendide Wandelgänge; ein Büfett kalter Platten, das ich im Augenblick jedem Theaterstück unseres Globen vorgezogen hätte: rechts davon hob ein Weingott schwelgerisch den Schlauch über'n Mund. Links, als Gegenstück, die ‚Göttin des Guten Essens', griff sinnlich in ihre marmorne Schwedenplatte: man sah, daß es bei ihr ‚anschlug'.

Innenausstattung: Sessel mit rotem Samt beschlagen im Parkett; nur eine Balkonreihe. / Mich führten meine beiden riesigen Beschützer auf den üblichen verwickelten Wegen in die ehrende Proszeniumsloge (zogen sich allerdings sogleich diskret zurück: „Damit Niemand verärgert wird." — Eine Handschuhnummer hatte die Bildhauerin! —).

Bong! — : Und gaffte verständnislos in all den Aufwand von Stulpenstiefeln, den mein Urgroßonkel für angemessen erachtet hatte, um seinen ‚Massenbach' begreiflich zu machen [60]: von der ersten Szene an (wo der Autor sich in den Helden verwandelt);

[60] Eine tendenziöse Verherrlichung des vergessenen Landesverräters von 1806; dessen Selbstbiografie, 1809 bei Brockhaus erschienen, dem — überflüssig ausführlich erzählten, gottlob nie vollständig im Druck erschienenen — Stück zugrunde gelegt ist.

bis zur letzten, bei Blitz & Donner, im Walde von Bialokosch. / Immerhin : manche Bilder nicht uneindrucksvoll : das der nächtlichen Kutsche (mit den riesigen, nach verschiedenen Richtungen rotierenden Rädern : die Bürgermeister der Städte, die sie solchermaßen ‚durchfuhr', erschienen immer nur mit halbem Leibe dienernd aus dem Boden, wie eben flüchtig ‚von oben' gesehen : nicht ungeschickt gemacht !). / Auch manche profetisch=gesalzene Äußerung des ‚kleinen dicken Mannes' (so stand's für Massenbach auf dem Programm vorgeschrieben) wirkte frappant genug. Wenn der *tatsächlich* schon vor 1800 gesagt hatte : „Europa wird eine Wüste und Amerika tritt an dessen Stelle." : „Deutschland wird geteilt, wie Polen geteilt worden ist." (nämlich zwischen dem Westen und Rußland : wenn der das tatsächlich damals schon gesagt haben *sollte* . . . ? !). / Auch die moskowitisierenden Stimmen dazwischen : „Bei mir kann Jeder sagen was ich will !" : „Bei uns fehlt Keinem etwas, was dem Andern nicht gleichfalls mangelte : so sind wir alle Brüder !". / Aber trotzdem : zu viel verschollene Namen. Zu viel verworrene 16 Bilder ; man fand sich da nicht mehr durch. (Höchstens beim Lesen vielleicht ; mal zusehen, ob man mir ne Fotokopie gestattet. — Falls's nich zu teuer wird.)

Und endlich am Büfett : die Dichter griffen geschlossen an ! Nie sah ich Leute mit solcher Energie essen und trinken ; ihre Kinnbacken gingen wie Kastagnetten : wohlgefällig schaute aus dem Wandrelief das Löwenhaupt eines sicheren Theodor Däubler zu. / Auch mir gelang es, flankiert von meinen beiden Riesen, bis zur Theke durchzustoßen. Dann, mühsam, beladen, wieder zurück, in die Kalmen neben der Göttin der Nasenröte :

„Hat es Ihnen gefallen ?" : und ich wiegte unentschlossen den kauenden Kopf — nee ; eigentlich nich. : „Ihnen ?" ; auch er bewegte abweisend das Gesicht : „Too much old=fashioned brass." / „Ihnen ?" / : „Mir ja", sagte die Bildhauerin unerwarteterweise : „ich habe einige gute Ideen dabei gehabt — zu einer ‚Geteilten Europa' : jede Hälfte reitet in anderer Richtung davon : auf der Hälfte eines stilisierten Stiers ! : ! !" — sie verschluckte sich ; sie drückte mir ihre Platte in die Hand ; krampfte die nunmehr freie Rechte in den Elfenbeinreif ; und flüsterte hastig — immer noch von nervös-leichtem Rülpsen unterbrochen — Wortstücke : —, —, —, — ! : „Zum Atelier !" — / Und haushoch stakte die Eumenide davon, schwarz durch die Menge, die Denkerhand noch immer an ihren Ring gehängt. „Ou ; sie ist *sou* impulsiv" vertraute er mir kauend an ; dann noch, den Mund voller Kaviar : „and really full of genius : what a woman !". / „Nein. Einzelne Dichter möchte ich, wenn möglich, morgen — in ihrer betreffenden häuslichen Umgebung — kennen lernen. So vom bloßen Sehen her sind sie ja allgemein geläufig." / Aber bis zum Hotel brachte er mich noch : „Morgen Früh hol' ich Sie ab : Byebye." —

Allein im neutralen Hotelzimmer : 23 Uhr rund (die Centimes weggelassen) : jetzt wäre es an der Zeit, den Trick zu versuchen, den mein alter Freund mir empfohlen hatte. Per Telefon . . . / : „Ja, Verwaltung bitte ?" — ; — : „Hier Winer : Ich bin heute . . . ach, Sie wissen ? — Ja : wäre es möglich, daß ich, so spät noch, für ein paar Minuten — eine Stenotypistin bekommen könnte ? Ich hätte noch rasch einiges anzusagen . . ." / Wen ? ! Ja mein — wen denn jetzt schnell ? Etwa die Dicke aus der Bibliothek ? (Etwas schwere Kost). Oder . . . neinein ; lieber ganz sachlich=erstaunt : „Oh, wer gerade frei ist : ganz wie es *Ihnen* am wenigsten Schwierigkeiten macht. — Ja, im Hotel hier ; im Verwaltungsviertel : Zimmer 33." / (Und erwartungsvoll. / (Währenddessen kurze Unterhaltung mit meinem Gewissen : „War's unverschämt ?" : „Unverschämt war's." Mhm. — „Ist es aber nicht ‚natürlich' ?" : „‚Natürlich' ist's." Wenigstens etwas. — „Aber *konnte* sie Einem nicht die Sinne verwirren, diese leathern jerkin, crystal button, nott=pated, agate=ring, puke=stocking, caddis=garter, smooth=tongue . . . . ." : „Um Gott, Herr : wen meint Ihr ? !" — Jetzt hatte ich mein Gewissen völlig verwirrt ; es schwieg bestürzt ; und ich konnte behaglich weiter die Münzen betrachten.)).

Ah ! : Ganz leise 1 Klopf ? — : Da ging ich hin, und machte die Tür selbst auf : in strohgelber Seide eine Inderin ! (Klein und zierlich, gelbbraun ; und mit Schreibmaschine). Die nahm ich ihr galant ab ; und baute sie in der Sitzecke, auf dem Rundtischchen, auf. / Erst mal pro forma sachlich :

„Ja ; Briefmarken auch." bestätigte sie ; zog den ganzen Bogen mit 100 Stück heraus : das geschmackvolle Albümchen mit einem kompletten Satz (alles Inselbaulichkeiten) schenkte sie mir : „Im Auf-

trage.“ (Geheimnisvolle Art, sich auszudrücken. Und geschickt : man wird neugierig wie die Pest ! In wessen Auftrag konnte so ein Lotosmädchen wohl schenken ? Brahma oder das Hauptpostamt ?). / Die stechende Leere eines Blicks. Und neigte den glühschwarzen Scheitel wieder über die Tasten. („Na, wertes Gewissen ? !“ — Aber das machte auch nur große Augen, und schwieg verdutzt.). / Also rasch die Adressen der werten Verwandten und Bekannten ; als Text immer das gleiche stereotype ‚Gruß : Charleshenry. / Gruß : Charleshenry.‘ / Zwei Bündel Fingerreisig, geschält ; an der Spitze jedes Stöckchens hing ein breiter roter Tropfen. Als erfahrenen Übergang diktierte ich dem siebenseltsamen Geschöpf auf den neuen Bogen : „Die blasse Lilie bedeutet Furcht ; der Zitronenbaum Unmöglichkeit ; das Veilchen vergebliches Hoffen — : die Rose bistú !“ [61] — : ? — Sie hob den Kopf ; taxierte noch einmal ; m ; und lächelte (obwohl müde) ; und überlegte. Und nickte : Ja.

Am Büstenhalter (Innenseite des oberen Randes) ein Täschchen zur Aufnahme wohlriechend=welker Kräuter : bis an die Knöchel stand sie in der weinroten Lache des Teppichs. / Ich lag schon. / Es zischte grasleise um ihre zarten schmutzigen Füße, als sie auf mich zu lief : aus meinen Armen einen Gürtel für sie. Aus meinen Mund eine Brosche, die ich ihr mehrfach an die Brust steckte.

[61] Provenienz des Zitates nicht zu ermitteln. (Vielleicht aus einer der tollgewordenen Realencyclopädieen jenes ewigen ‚Urgroßonkels‘ ?).

Über mir: ihre Stirn hatte jetzt die Ausdehnung einer Wolke. / (Über ihrer Schulter: bockte der Mond rotfleckigen Takts.) —

Pause. / Ein zartes helles Kollern entstand unter ihrem Brustbein: sie hatte zu viel sattapadavitihárena gegessen: das klang fremd und gandharamäßig, wie dunkelgrüne weiche Stengel, monsunige Salate, indusabwärts, Stromfahrt Iskanders, ‚sattapadavitihárena': sehr gut![62] / Mit vom Nachttau heiser gewordener Stimme; verworren lagen hier zwanzig Lieblichkeiten durcheinander. / (Aber ob diese Thalja sich nicht doch vergriffen hatte? Mich mit einer verfänglicheren Sorte frottiert?: Das war ja eine Behauptung schon der Kirchenväter, daß den Oberleib des Menschen Gott verfertigt habe, Satan die untere Hälfte: Team=work; Junctim. / Also Satan noch eine kleine Libation bringen.)

Sie spülte meinen Schweiß von den Läppchen ihrer Brust: hatte eine künftige Leiche als Deckblatt gehabt (wie gut, daß wir nicht genau wissen, wie sehr wir die Frauen ennuyieren und anekeln.[63] / Ich küßte sie schweigend; und sie ging, Schreibmaschine im Handhaken, hinaus.

Nackt vorm Spiegel: Wem hatte ich zu verdanken, daß ich hier und demnächst so einen Mordsreibach als

[62] Pali: Quark.

[63] Man beachte als deutscher Leser, wie nach solchen Auftritten — denen man im neuen Amerika, weil angeblich ‚natürlich', unbefangen breitesten Raum einzuräumen sich gewöhnt hat — der unvermeidliche Rückschlag einsetzt: ‚Perser nennen's Bidamag buden ...'

Journalist machen konnte ?[64] : Einem praktisch absolut Fremden ! : Wenn ich dem Kerl auf der Straße begegnet wär', ich hätt' ihn nicht erkannt ! (Mein Vater ebenfalls nicht). / Am schon schlafenden Körper heruntersehen : er geht herum, mir zur Pein. (Abbrechen und Ähnliches denken).

So hell schien mir der Mond auf die Füße, daß ich sie faltete. / Eine mir hineingeflogene Mücke mit dem Auge töten : durch Lidschlag. Tu ich oft. (Ich hab die Welt nicht geschaffen ! Und sollte mich dereinst Einer ‚zur Verantwortung ziehen' wollen, hau ich ihm eine rein ! (Wenn er natürlich ‚die Macht' hat, kann er's trotzdem ; aber I'll give him a piece of my mind !)). / An das ganz leichte Vibrieren des ‚Erdbodens' gewöhnte man sich sehr rasch ; zuerst hatte ich das Gefühl gehabt, als schliefen mir ständig die Beine ein. / Im Fenster unbeweglich der Mond ; der Rote Fleck fast schon an der Grenze des geschwärzten Teils : wenn ein junger Mann von den Mündern seiner Angebeteten träumt, wär's vor 50 Jahren, falls ‚Angebetete' Plural, unangreifbar gewesen ; falls Singular, ‚Pornografie' : wie gut, daß diese verlogen=prüden Europäer weg sind ! ‚Wiege der Kultur', wie sie sich immer schimpften ? : Na Prost ! (Und wenn man erwachsen ist, braucht man keine Wiege mehr : das hat erst heute Abend Napoleon gesagt : *auch'n* großer Mann ! / : Gutnacht.).

[64] Was inzwischen bekanntlich sattsam geschehen ist. Ich werde noch mehrfach Gelegenheit nehmen, auf die Divergenzen zwischen dem hier vorliegenden Original, und den allgeläufigen, wesentlich anders formulierten, Artikelserien hinzuweisen.

(*Und der bärtige Rundumkuß* der Kamelhaardecke: wenn jetzt bloß der nächste Krieg ausbräche!....[65]. —. —. —. —

(*Einmal hoch: im vollgeschnörkelten Raum* mit Händen umhertappen; die Füße halfen suchen; das Atemlot.... Sooooo. (Ich hatte schon geträumt, ich ginge aufs Klo, und würde jedesmal beim Abdrücken von Greifflingen[66] gestört: da ist es immer hohe Zeit.) Und wieder rinnindie Buntkarierten!.....).

Der Schleiertanz der Vorhänge; der Mondrest war kreideweiß geworden: jeden Morgen verwandelt man sich vermittelst Chemikalien, Wasser & Seife, aus einem spreizhaarigen fettigen Troll in ein glattköpfig=kühles Gedankenwesen. / Und gleich runter — ich hab keine Zeit zu verlieren — in den Frühstücksraum. —:

Dort saß schon mein Inglefield, mit Zahnstocher und Whiskysoda, um mich zu vereinnahmen.

Und er sprach / aus geräu / chertem Munde: Vom unvergleichlichen ‚Starboard Chronicle' — die Morgenausgabe hatte er mir mitgebracht: die, ebenfalls zweimal täglich erscheinende, ‚Linke Wahrheit', drüben, war überhaupt nicht damit zu vergleichen! / Während ich lukullisch fraß: Krabben in Gelee; Bücklingssalat; ich war immer ein Fischfreund (und da stock'ich schon wieder: ist man ein ‚Freund' des-

[65] Aus dieser Stelle ist in der, für den Publikumsgebrauch bestimmten, Artikelserie folgendes geworden: „Ach, könnte doch Allewelt solch Glück mit mir teilen!". — Wahrlich, der Egoismus des Verfassers ist abstoßend und grenzenlos!

[66] Sinn nicht zu ermitteln; einer entsprechenden Rückfrage wurde ausgewichen.

sen, was man auffrißt? Was ist unsre Sprache doch noch unscharf!). — Leberwurst mit Schweizerkäse drauf. Schwarzen Johannisbeersaft. 6 Eier mit hineingebratenen Scheiben Butterkäse. 1 Steak. (Und dann auch noch vom ‚Bauernfrühstück': Makkaroni & Bratkartoffeln durcheinander; kleine Stückchen gebratener Niere darin, Eifasern und geriebene Käsesorten). / Er sah mir gelassen zu: es gibt ja Menschen, die einen Rettich verzehren können, ohne an Andreas Hartknopf zu denken.[67]

„Inselpolizei?": er hatte den Ausdruck gebraucht, und ich erkundigte mich. / Schwierige Aufgabe, besoffene Dichter zu bändigen! „Wer nachts Scheiben einschlägt, und habituell randaliert, wird von der Insel entfernt." (Aber sehr heilsame Vorschriften: Ohrfeige wurde mit Ohrfeige vergolten. Und da die Polizisten meist 2 Meter groß waren, die Dichter durchschnittlich 1,65, war das *sehr* belehrend für die ungebärdigen Wortkünstler: die waren ja schließlich hier, um zu *arbeiten*, nicht, um den Großen Mann zu mimen: „*Sehr* richtig. Mister Inglefield.").

Aber Einer verleumdete offensichtlich den Andern: über die Backbordseite war mit Inglefield einfach nicht zu reden! (Als wenn es nicht genug wäre, daß draußen die Staaten einander befehden: muß das denn hier auch noch sein?!). / Unterbrach ich ihn also kaltblütig; und tat ihm meine Liste kund:

[67] ‚Andreas Hartknopf': alter deutscher Kurzroman aus dem 18. Jahrhundert; mir nicht erreichbar — *ich* war nicht auf der Insel.

„*Ich will noch* in die Werkstatt zum Maler Mercier.“ — Er nickte unterlippig; das ließ sich allenfalls machen. / „Dann zu Bob Singleton.“ (Dem berüchtigten Prosaisten & Freidenker. Und er erschrak sichtlich: da mußte er doch erstmal anrufen! „Ein grouße Mann, without doubt.“ Hatte aber seit Jahren Alles rausgeschmissen; immer mit derselben Begründung: Neuer Kurzroman. — „Well; I'll try.“). / Und schließlich noch Humphrey Seneca Groatsworth. Aber er schüttelte bedenklich den Kopf: „Ich glaube, der schläft noch. — Weiß es allerdings nicht hundertprozentig genau.“: „Schläft?“ (ich; verständnislos). (Was'n läppischer Grund!: Wenn er um 10 noch schläft, versuchen wir's eben um 11!): „Er wacht ja schließlich auch wieder mal auf!“. — „I hope so,“ sagte das unerschütterliche Geschöpf vor mir. („Vielleicht auch nicht“ murmelte er noch hintendrein? Davus sum, non Ödipus!).

Erheben. (Mein Gepäck wurde von einem sportlichen Halbwüchsigen gleich mitgenommen, und ins amerikanisch verwaltete Steuerbord=Hotel geschafft, wo ich zu Mittag speisen sollte.) / „Ich zeige Ihnen ganz kurz unser Maschinenviertel.“

Die weite nackte Fläche?: Schätzungsweise 1 Kilometer lang, halb so breit? — Und er nickte: „Right.“ / Nur ein einziges Gebäude ankerte auf dem Eisenmeer (denn hier lag der Inselboden unverdeckt und waffeleisern vor unsern Schuhen. Ich erschrak innerlich: so hatte's in der öden hallenden Vorstadt ausgesehen, zwischen deren schreckhafteinzelnen Häuserklippen ich groß geworden war!). / „Das Wasserwerk." (Wo Meer gesotten und destilliert wurde. Wir näherten uns einer fensterlosen Seite ; und stiegen durchs Mannloch nach unten).

Unten : zuerst sah ich nur ein Rad von entsetzlicher Höhe. / (Es stampfte in der geölten Dunkelheit : so regelmäßig !). / Ein Gesicht gesellte sich ; und besah mich verächtlich durch den Drahtverhau seiner Brauen. (Weil ich immer noch nicht recht sah : die Kanne mit Schmiermitteln mußte mir mitleidig aus dem Holzweg genommen werden.)

„*Atomfeuerung ?*" (ich hatte's ja schon auf dem Schiff gehört ; aber) : „ hieß es nicht ursprünglich, das sei auf der Insel absolut verboten ? Atome hinzubringen ? ". Der Obermaschinist runzelte nur die rechte Backe zu einem Nicht=Gelächter. : „ Denken Sie, die Bolshies [68] hielten sich dran ? — Einmàl fiel uns auf, daß eine mehrfach als Kurier hin- und herreisende Russin so absonderlich große Ohrringe trüge : wir sofort hinterher mit dem Zähler : ? : ! ! ". — Und auch der Obermaschinist nickte grimmig : Nur keine falsche Scham hinsichtlich der ‚Guten Atome' ! [69]

(*Und was die Russen* angeblich alles drüben so machten ! : Beschäftigten als verantwortliche Techniker nur ‚dichte' Leute. Ich, skeptisch : „ Gibt's denn das

[68] Salopp für ‚Bolschewiken'.

[69] Anspielung auf das bekannte Buch, ‚Die Guten Atome', von Thomas L. Fox, das, 1 Jahr vor Kriegsausbruch, in unwiderstehlichem technischem Optimismus jedem Menschen das Einfamilienhaus versprach, in wogenden Büschen, umtanzt von blühenden zweibeinigen Kindern. — Wie sich nach dem Kriege herausstellte, war der Verfasser von sämtlichen damaligen ‚Westmächten' gekauft (deren Einfluß es auch gelungen war, ihm ein Inselstipendium zu verschaffen, so daß er überlebte).

überhaupt ? ". Und er : „ Ohdoch ! : Die haben in Sibirien anscheinend eine Kolonie — weitab von jeder anderen Menschenseele — wo nur eine, eigens zu diesem Zweck erfundene Sprache gesprochen wird. Mit ganz kleinem Spezial=Wortvorrat, den der gewöhnliche Russe selbst nicht versteht. Heiraten nur untereinander. Plaudern nichts aus. Sind vollkommen spionagedrogensicher : wir haben's probiert ! Viele Dinge haben bei denen überhaupt keinen Namen : als wir nach dem Stand russischer Atomversuche fragten, erhob sich der Hypnotisierte, verschränkte die Arme über der Brust, und tanzte eine Art Krakowiak. „ Wieviel Atombomben habt Ihr hier auf der Insel ? " : erfolgte dasselbe ; aber es mußten nicht wenig sein, denn der schnepperte eine gute habe Minute lang ! / Jaja : da sieht's bei uns, in der Freien Welt, doch anders aus, was ? ! " — Ich sah mich um : hatte ich den Eindruck ? (Und was für überhirnische Finessen *das* wieder ! — Selbst wenn's *nicht* wahr sein sollte !).).

„ *Oh selbstverständlich fahren wir ! " :* er schwang sich ans Steuer des Klein=Cadillac ; und wir glitten wieder durchs Eiserne Tor hinaus. („ Kekulé ? " hatte der Posten gefragt ; und „ Uaierstraß " zur Antwort erhalten. Und noch was Geflüstertes). / „ Schöner Sportplatz ! ". Allerdings wenig benützt ; nur ein paar schlanke WACs hingen in den Freiluftringen, kippten, rotierten, und weiteten sich den Schritt : „ Und die Dichter ?". Aber er lehnte ruhig ab : „ A poet does'nt run. " ; und parkte bedächtig am Stadtrand.

Erst mal die ‚Serpentine‘ : „Schön !“ : Murmelnd glitt das Wasser vom Poulaphouca River her, um die Buschecke. („ Oparoke “, „ Oparoke “, machten ein paar veritable Frösche in der Morgenstille) ; vom Brückchen aus, über dem eine Trauerweide schrägte, wirkte die ‚Poet's Corner‘ wunderbar verschlafen : „ Reizend ! “. / Schachbrettförmig angelegt : etwa wie wenn die weißen Felder Grünanlagen wären ; die schwarzen an jeder Ecke mit 1 Einfamilienhäuschen besetzt ? : „ Exactly so. “ / Wieviel Häuser hatte der Ort zur Zeit ? : „ 67 “. — „ *Und* das Kaufhaus : dort. “ —

Durch die noch einsamen Straßen : freilich, es war erst halb Neun, und Künstler schlafen lange. Aber er schüttelte ungläubig den Kopf : „ *Faule* Künstler, yes. “ / Die Fleißigen standen vielmehr morgens um 4 auf, um die köstliche Stille für ihre Arbeit auszunützen ; und waren dann um 10, wenn die Andern sich gähnend hochringelten, zwar schon wieder das erstemal müde, hatten aber auch was geschafft. — „ Und das ist häufig ? “ : „ Die Faulen ? : Yes. “ (Ich hatte's zwar andersrum gemeint ; aber so genügte die Auskunft ja auch.)

Straßen nach — „ toten ! “ — Künstlern benannt : ‚Coleridge Road‘ ; ‚Keat's Drive‘ ; ‚Brontë's Square‘ (und da standen sie auch, die Sisters Three, lasen & schrieben : Charlotte hochaufgerichtet, die rechte Brust in der eigenen Hand (daß die, raffiniert, etwas zwischen den einzelnen Fingern durchschwoll : das Land der Liebe mit der Seele suchend. / Emily sitzend, mit gerunzelter Stirn, die bronzene Ferse tief in die Bronze des Sockels geschlagen. / (Dann noch Anne; ganz schüchtern und kindlich; einen Federhalter an die Lippen gedrückt). / : „Lovely!".)

Tierhaltung? : War erlaubt: Äffchen, Hunde, Katzen, Singvögel. Seewasseraquarien. (Natürlich vor Einfuhr genau untersucht, desinfiziert; andsoon.) / An ausgesetzten Wildtieren: Krähen, Hasen, Eidechsen; Maulwürfe. / An Haustieren, draußen, auf den ‚Äckern & Weiden': Pferde, Rinder; Schweine, Schafe; Ziegen, Hühner, Enten.

Schöne Pflanzen: Jungpappeln von hinreißender Figur! Ich blieb gern vor dem Gärtchen stehen: 2 buschkleine Bäumchen hielten sich schüchtern an den Blättern, eine Rotbuche, und ein zweiblättriger Ahorn: „Sieht gut aus!". Und er nickte filosofisch: „Die Gärtner sind auf Draht."

Außerdem — und er rührte kaltblütig mit der Hand in der Tasche — wohnte genau hier ‚mein Mercier'. (Im Nachbarhaus begann eben Einer, und wußte sein Klavier mit recht barbarischer Virtuosität zu bedienen). Inglefield hob bedenklich die Achseln; sagte dann aber, als ich nicht nachließ, pomadig: „Try him." / Und ich klingelte, trotz seiner Warnung vor dem Ungeselligen (entnahm auch unauffällig meiner Brieftasche etwas).

Auf flog die Tür: er hob die Palette zum Ohrfeigen parat! Riß sich jedoch, in für einen Künstler anerkennenswerter Beherrschung, mit der Rechten den Pinselstrauß aus dem Mund, und brüllte: „Ich habe keine Zeit, Bilder zu zeigen!!" / Brüllte ich also blitzschnell darwider: „Aber vielleicht zum Sehen?!" und reckte ihm synchron das Foto seines Bruders unter die Nase. / (Er mußte sich erst sammeln. Es war zu überraschend gekommen. Allmählich aber fing er an zu lächeln. — „Très bien.“ knurrte er wohlgefällig. Und: „Komm' Sie mit rein.“). / (Inglefield bat, diskret, das Telefon benützen zu dürfen: er wolle sich erkundigen, wieweit seine Flamme mit der halbierten Europa gediehen sei.)

„*Sie haben mon très cher frère gesehen?!*“: also ganz schnell und kurz berichten, die allerflüchtigste Bekanntschaft; aber er freute sich doch sehr: „Ich hab'ihn 2 Jahre nicht mehr gesehen: Sergeant ist er geworden?“: „Und wie!“ antwortete ich *(war* ja auch n Prachtexemplar gewesen, der lange Kanadier!). / Aber:

„*Nein!: Ich muß weiter:* Ich bin als Journalist für 50 Stunden zugelassen; von denen sind schon — ts, meingott! — 18 rum: *ich* könnte wirklich nichts weiter erzählen; und *Sie* sind mitten in der Arbeit; ich wollte ja nur mein Wort halten!“ Schüttelte ihm den farbfreiesten Ellenbogen. Und dann wieder hinter Inglefield ins Villenviertel.

„*Die Einrichtung war aber grandios!*“: „You may well say so: die haben hier alles, was ihr Herz begehrt, die Dichter!: Drei warme Mahlzeiten am Tag; kalte, soviel sie wollen. Jedes Jahr einen neuen Anzug; Hauskleidung nach Wunsch angefertigt. Wenn's der Arzt erlaubt, Nescafé frei: wenn's der Arzt verlangt, wird künstlicher Tiefdruck in ihrem Arbeitszimmer erzeugt, bitt' schön!“ / „Naja,“ sagte ich sinnend: „1 Anzug pro Jahr —: *so* viel ist das nun wieder auch nicht.....“. Aber er belehrte mich umgehend eines viel Besseren:! / Und, freilich: wenn man *das* wieder in Erwägung zog, hätten ‚die Kerls' selbst dieses Fixum nicht benötigt. Denn: „Was denken Sie, was die größten Firmen sich drum reißen, uns *gratis* beliefern zu dürfen! Nur damit sie anschließend inserieren können: ‚Was trägt man auf IRAS?: Eagle=Shoe!' —: Könnten *Sie* widerstehen, wenn in der Fernsehreklame Frederick Nelson die schneeige Mähne hebt, die Rechte wuchtig auf die Tastatur neben sich packt, und verkündet: ‚1 Drama mehr pro Jahr durch Remington!'?" / (Richtig; ich hatte ja auch mal monatelang Traubenzucker gekauft: bloß weil die Weißen Götter hier angeblich nichts — oder doch wenig — anderes genössen; es sei denn Bigtails Weizenkeimöl). / „Was meinen Sie, was die Meisten für Pakete nach Hause schicken: ganze *Ballen* Kleidung!"

Und auch die Möbel?: Ja; alles, alles frei! — Auch die riesige Fono=Vision=Truhe?: Auch die. / Betten von wahrhaft unchristlicher Elastizität. Sekretärinnen zu jeder Tages= und Nachtzeit, zum Ansagen: „Wer vorher noch nicht gedichtet hat, müßte hier damit anfangen — haben wir gedacht." —

Ab und zu bekamen die Dichter den bekannten Vogel vom ‚einfach leben': prompt wurde ihnen eine Blockhütte am Otsego=Lake zur Verfügung gestellt.: „Könnte ich *so was* nicht mal sehen?!" (Das würde ein Artikel für sich werden! So richtig was für die gehobenen Abderiten![70] — Da mußte er aber vor-

[70] Bemerkenswert die — ich wähle einen milden Ausdruck! — Unbefangenheit, mit welcher sich der Verfasser solchergestalt

her erst mal bei einem ‚Einsamen' anfonen; und fuhr mich deshalb zu seiner Freundin) — :

die war heute ganz weiß, wie gepudert!: sie öffnete uns mit abwesenden Gliedmaßen; und erkannte uns nicht; höchstens Inglefields Stimme; umarmte dann aus Versehen mich (und ihre Gipssorte schmeckte abscheulich!). Stolperte auch, uns voran, zwischen Negergeplastik und Sardinischem dahin (an dem die meisten modernen Künstler ‚die Augen stärken'); ins Atelier —

: ? : ! — — — : Aber, Teufel, : das war wirklich etwas geworden! / Der Stier büffelte geballt dahin, ganz Altamira und geiler roter Seitenblick (und einen Apparat, wie ein Soldat, der 22 Monate nicht auf Heimaturlaub war; ich hab's erlebt). Aus seinem Schatten — diesen geschickt nachahmend, fortsetzend, als eigenen Grundriß benützend — wuchs ein zweiter schwarzer Bulle: schlanker, giftig=geschmeidiger, listiger gekrümmten Gehörns. / : Und auf jedem ‚seine' Europa: steif und dünn und edelgrau vorn: gebogen, dünn, lakritzenstangig, hinten! (So also sah Miss Sutton nackt aus; hatte in der Geschwindigkeit ja kein anderes Modell gehabt. Oder auch nicht gewollt: armer Inglefield!). / (Aber jetzt bloß was Geistsprühendes äußern. — Und, bis mir was einfällt, immerfort ekstatisch murmeln; staunen & kreisen ...)

Ha; da: es kommt!: „Sie sind Manichäerinn!!" (Mit dem brausenden Tonfall hingerissenster Bewunde-

über den gutbürgerlichen Teil seines Publikums lustig macht: von dessen Gutgläubigkeit er andererseits seinen Unterhalt zu ziehen nicht verschmäht!

rung — und es *war* auch tatsächlich ein Mordseinfall von dem Mädchen!)

Sie stand da; grau am ganzen Leibe; das Steinmaul klappte ein paarmal — dann jauchzte sie auf, grillenfein, aber mit schneidender Kraft: „Oh really! That's me!". (Und wir erklärten im Verein dem erwartungsvollen Inglefield die notwendigen Begriffspaare: Ormuzd & Ahriman; Tag & Nacht; Steuerbord & Backbord. / Dann fiel mir die noch elegantere Wendung ‚Black & White' ein. Sie umarmte mich abermals, abermals spürte ich das Gatter ihrer Rippen. Und wir holten gemeinsam aus der genial=unaufgeräumten Küche die so glücklich zitierte Whiskymarke.) Inglefield nippte nur, und stieg dann besorgt ins Obergeschoß, zum Telefonieren.

Allein mit dem bleichen Gliedertier: sie war vollkommen durcheinander (‚er=schöpft' nach schwerer Arbeitsnacht; ausgelaugt; jetzt noch die 2 tumblers Alkohol!); strohmännisch gingen die Arme: wir sprangen wieder auf, und umkreisten die neue Gruppe: der Schwung der Schwarzpartner war grandios!: „Eine gefährliche Wippe: Black ist grade im Kommen: Cave!": „Quite so: es ist gelungen." sagte sie glücklich. Hing mir erneut von oben die Arme über die Schultern (der Instinkt des Ausgepumpten: Festhalten! Da kam meine Nase ungefähr in ihre Brusthöhe; und ich fühlte, aus rein wissenschaftlichem Intresse, doch einmal damit nach — ? — : nein : keine Spur. Hinten konnte man mühelos ihr Rückgrat in die Hand nehmen, wie einen Knotenstock. Taillenumfang? — na;

etwa 60 Zentimeter (bei 2 Meter 12 Höhe : armer Inglefield !). / Erschöpft fiel sie auf die breitlederne Bettcouch. Wollte noch einen trinken ; aber ich hielt energisch die Hand drüber, und sie bedankte sich im hohen C für die Fürsorge : „Sie haben Recht : ich müßte immer aufgepaßt werden."). / Inglefields Schritt treppab ; er schien erleichtert :

„*Allright. Wir können* zu Beiden hinkommen. — In einer Viertelstunde : da zeig' ich Ihnen vorher noch schnell unsern Hafen und den Flugplatz. — Bertie ? : Good bye ! Und leg Dich jetzt schlafen." / Er umhüllte sie noch sorgfältig mit 2 Decken (eine allein wäre zu kurz gewesen) — : da sah das bleichknochige Gesicht gar nußknackern aus den grellen Plaids. Noch stand der Mund offen und übte Flüster ; zu Augengaffs. (Dann legte sich's aber schon spinnwebig drüber ; alle Züge plätteten sich ein. Der erste tiefe Atemschluck. Wir standen behutsam ferner. Noch einmal. — Da sagte eine schrille Stimme, knochenpfeifende Energie : „Der Fuß ! — Der Fuß vom Schwarzweib : muß *kleiner* !" / Wohliges Verseufzen, wie sich entfernender Wind durch Staketen pfeift. Dann legte es sich um, regt 1000 Gelenke zugleich . . . Und wir zehenspitzten, einander bedeutsam annickend, durch diverse Türen : „What a woman !").

Die Hafenstraße hoch : „Dort, hinter den Bäumen, das Hotel : wo wir dann Mittagessen." / „Den Hafen bitte nicht zu sehr, " bat ich, „ den hab' ich schon bei der Ankunft ausreichend gewürdigt ; da gibts intressantere Sachen hier. " (Mußte aber doch mit, wenigstens in eine der Hallen, wo Verpflegung lagerte: „Darf ich mal'ne Dose aufmachen lassen?". / Er lächelte nur ob meines Mißtrauens; und ich durfte nach vollem Belieben wählen. — „Sagen wir=ä —, — : hier; die!". (‚Feine Kalbsleberwurst' : ich hatte nämlich plötzlich Hunger bekommen, und Hemmungen, schon wieder Atzung anzufordern!). / Kostete ich also, kritisch verzogener Stirn; immer wieder, und mit einem Eßlöffel: bis auf den würzigen Geleegrund, dreiviertelpfund ohne Knochen. (Und sie sahen zu: erst selbstgewiß. Dann, als ich tiefer ging, unsicher. Bei der Hälfte der Büchse amüsiert. Dann ratlos=fragend. Gedankenschwer=gekraust. Und nickten, als sie endlich den Löffel sorgfältig auskratzen hörten, einander betroffene Anerkennung zu: schont sich nicht, der Kerl!: Dem kann man nichts vormachen! (Und breiteten, als ich leberwurstig verkündete: „Untadelig!" (den fact auch sogleich mit wichtiger Miene schriftlich festhielt), stolz die Hände: Let the eagle scream!). / Gürtel unauffällig um 2 Loch weiter machen.)).

Dies der Flughafen: auf den Rollbahnen hantierte usamerikanisches Personal (galt aber als Neutrales Gelände!).: „Dafür mußten wir den Bolshies das Raketenfeld abtreten." / Richtig: da vorn schlichen schon welche rum. / Oder nein: immer korrekt!: Sie ‚schlichen' mit nichten; wohl aber *gingen* sie, untersetzt und selbstbewußt, in jeder Hand einen wohlgewachsenen Schraubenschlüssel. / Und weiter davon, die ‚Hafenstraße' wieder ein Stück zurück, in vielen verwirrenden Kurven (teils unnötigen? ·

Nach meinem Plan schien's fast so. / Das Gefühl auf einer Art Schiff zu sein, hatte man überhaupt nicht!). —

Besuch beim modernen Eremiten: „Ich will ein Einsamer werden." hatte er vor 8 Tagen die Inselverwaltung informiert, finster & einsilbig; und war auf's Land gezogen. / Ein rauher, kunstvoll langhaarig=ungepflegter, Anzug stand ihm sehr gut. (Telefon war da ; auf der Flurgarderobe. Sein WC probierte ich umgehend aus : schickes Klopapier ! : doppelt; die Außenseite fest und griffig ; innen seidenfasrig und weich : ‚Your familly will be impressed — your guests will rave about it' ‚von unerreichter Saugkraft. Und in 4 Wochen, wenn's inselapprobiert war, würden noch ganz andere Sachen drauf stehen ; nur nicht nachdenken drüber !). / Scharmant die bittere Unhöflichkeit, mit der er uns bewirtete. Auch hatte er die menschenfeindlichen Wendungen aufs entzückendste beisammen, und ersparte uns keine davon — eine, die ich, ihrer Länge wegen, nicht sogleich voll kapieren konnte, war er so freundlich, mir noch einmal, zwecks schriftlicher Fixierung, zu wiederholen. / (Aber enorm die Vitalität des Mannes ! : Er mußte doch schon hoch in die 80 sein — klar : war er nicht 1921 geboren ? — und hatte noch *kein* weißes Haar ; kein Zahn fehlte ihm ; für halb elf hatte er sich eine Sekretärin bestellt ? — Naja ; die hatten eben keine Sorgen hier. Und Künstler sowieso Keimdrüsen aus Gußeisen : war Tizian nicht 100 geworden, und hatte immer noch gemocht ? Und Fontenelle gar ‚Secretaire perpetuel'.). / Dennoch schien er unseres Besuches seltsam froh (obwohl er immer neue eremiteske Sottisen bezüglich der ,Störung' zum besten gab. Wir taten aber auch *so* schuldbewußt=ehrerbietig !). / War ja im Grunde n reizender alter Herr. Und seine Bücher — *wenn* er welche schrieb — gar nicht so schlecht. Obgleich not in my line ; aber das besagt nichts. / Genau zur Zeit erlöste uns die Sekretärin : er schob uns, hinreißend unwirsch, zur Tür ; nickte noch einmal gewitterwolkig — (und schloß dann demonstrativ ab : !).

„Yes ; exactly so." (Inglefield, flegmatisch) : „In spätestens 8 Tagen ist er wieder in der Stadt." / Es gab aber auch Solche, die beständig ,Vor den Toren' wohnten : „Die sind *sehr* geachtet." : Stille fleißige Leute. Kommen nur alle 4, 5 Tage rein, einkaufen ; benützen intensiv die Bücherschätze ; und legen regelmäßig ihren Band vor : „Wie eben Ihr Bob Singleton, zu dem wir jetzt fahren." / Und auf den war ich nun wirklich ehrlich gespannt, den berüchtigten Atheisten und Schreckensmann !

Halt ; vorher noch dies : „Der hat sich aber erstaunlich konserviert, der Herr Einsiedler eben : der hat doch seine 87, und gut gemessen, auf dem Buckel !" / Seine Augen hinter der Hornhaut begannen zu funkeln ; er kicherte erhaben durch die Nase ; er schien ein Geheimnisvoll=Anderer : „Ja. — Und nein." sagte er zum Steuerrade. (Bis ich betroffen wurde. Was aber doch wohl unangebracht und unnütz=tiefgründig war ? : ,Ja', das hieß, er war 87. ,Nein' : er hatte sich gut gehalten : aus ; was ?).

Durch ‚Äcker & Weiden‘ : [71] das nahrhafte Gewühl der Bauern während der Feldbestellung : sie scharren und wiehern, scharren und wiehern, scharren und wiehern : ein Uhrmacher hätte bessere anfertigen können ! / (Ein Rindergespann : der schwarze Ochse mit der weißen Kravatte hatte etwas Geistliches ; die athletische Megäre dahinter, einen Hader um den fetten Kopf geknotet, die nachlässige Plane ihres Kleides : da fehlen mir immer 99 Cent zum Dollar, wenn ich die Landbevölkerung als ‚Das Mark der Nation‘ rühmen höre ! Oder ähnliche Wortklingklänge.). / Erklärung : nicht nur zur Belebung der Landschaft waren sie da (Staffage) ; sondern auch zur Kartoffel- und Getreideerzeugung im äußersten Notfall. Bestrahlte und beregenbare Äcker ; Stallungen für's liebe Vieh : schon zweimal war der ‚Nährstand‘ so unverfroren gewesen, ‚seinen Anteil an der Inselregierung‘ zu verlangen. Sie waren zwar jedesmal sofort inselverwiesen worden ; das letztemal hatte jedoch der Rädelsführer — ein Russe, wie sich nachher bei der Sektion ergab — erschossen werden müssen : „Anstatt heilfroh zu sein, daß sie hier kriegssicher leben dürfen !“ / Wahrlich : der Unverschämtheit dieser Klütenpedder sind keine Grenzen gesetzt ! : Verhindern in aller Welt die Einfuhr billiger Lebensmittel : wenn sie nicht so billig erzeugen können, sollen sie doch'n anderen Beruf ergreifen ! / Wäh-

[71] Die folgende Apostrofe dokumentiert lediglich die Unverbundenheit des Asfaltliteraten mit dem Bauerntum ; und ist nur insofern aufschlußreich, als sie eine neue Begrenzung des Verfassers aufzeigt.

len grundsätzlich chauvinistisch rechts — womit innig zusammenhängt, daß sie natürlich allweil die ‚besten Soldaten' stellen : ‚das heißt *die* Ochsen, die sich den Fleischer zum König wählen !' [72] / Inglefield nickte zu solchen Betrachtungen ; schränkte sie jedoch gleich wieder durch 1 Achselzucken ein : „We need them." — Wogegen ich hitzig protestierte : „Haben Russen und Chinesen ihre nicht mit dem größten Erfolg in ‚Arbeiter des Feldes' umgewandelt ? Wo im Großen und rein fabrikmäßig Nahrung hergestellt wird ? : Das *ist* doch grade die Auffassung, die ermöglicht, daß Deren Produkte um ein gutes Drittel billiger sind als bei uns : warum entfernen wir denn nicht *auch* den verlogenen Heiligenschein von Stallmist um die Buben ; all das mystelnde Gelalle von ‚Blut & Boden' . . ." / Aber er unterbrach mich ; leise und eindringlich, wie ich ihn noch nicht hatte sprechen hören :

„*Mister Uainer : ein guter Rat : Hüten Sie sich,* die Russen zu bewundern : das könnte Ihnen furchtbar schaden ! — Ich habe — ich will nicht eben sagen ‚offiziell' ; aber doch annähernd so — Anweisung erhalten, Ihnen von einem allzulang ausgedehnten Besuch der Backbordseite abzuraten. Vor allem verbringen Sie auf keinen Fall — Sie hatten es wohl ursprünglich vorgesehen — ausgerechnet Ihren *letzten* Tag dort. Auch abreisen Sie nicht per So-

[72] Zitat nach dem gleichermaßen wehrunwilligen Urgroßonkel : Das freilich ist genugsam bekannt, daß die Intellektuellen stets die ‚schlechtesten Soldaten' gestellt haben. Sich leider auch auf größte Vorbilder zu berufen vermögen : selbst von unseren verehrten deutschen Klassikern waren ja 2 — Klopstock und Herder — eindeutige Wehrdienstverweigerer.

wrak." [73] (und, wieder gleichmütig-schmeichelnder): „Verbringen Sie doch Ihre morgigen letzten Stunden bei Uns: wir haben Ihnen noch viel zu zeigen. — Sie erhalten ein Senkrechtstartflugzeug; und sind abends wieder am heimatlichen Ufer des Kalamazoo." —

(*Aber jetzt hieß es vorsichtig sein!: Wenn der Bube* mir das im Auftrag von General Coffin übermitteln sollte — und an der Wahrheit seiner Andeutung zu zweifeln lag keinerlei Anlaß vor — dann mußte ich doch wohl. Umdisponieren. / Aber auch gleichzeitig meine Unabhängigkeit und Würde wahren [74] : wie beides vereinen? . . . / . . . / Ah, hier. So vielleicht, was? (Und er hatte, ganz Autosteuermann, meinen Kampf nicht=beobachtet): „Tjaaa, Mister Inglefield." (und, scheinbar besorgt, nochmal rechnen): „Man darf mir — auf keinen Fall! — östlicher= und vor allem auch neutralerseits Un=Objektivität vorwerfen können: was aber der Fall wäre, würde ich meine knappe Zeit nicht wirklich — zumindest sehr annähernd — dritteln! Also *müssen* der Backbordhälfte 17 Stunden gehören: sagen wir 16; ich *bin* nun einmal Amerikaner, und niemand kann mir verübeln, daß ich lieber dort bin, wo ich mich" (und eine ganz kleine Pause unterlief mir doch, ehe ich das „ungehindert" herausbrachte!) — „ä=verständigen kann. / Wenn Sie mich also morgen früh gegen 9 wieder von Backbord abholen . . .?")

[73] Abkürzung für ‚Sowjetischer Raketen Passagierdienst'.
[74] Sic! Das zu bedenken hätte wohl jeder Leser dem Verfasser hundert Seiten früher gewünscht.

Er sann geschäftsmäßig ; schien aber ansonsten mit meinen Gedankengängen einverstanden : das konnte man Coffin ausrichten, ja. / „Dann müßte ich aber gegen 15, spätesten 16, Uhr heute Nachmittag drüben sein : verbringe also den Nachmittag da, und die Nacht." (Obwohl man hier, rechts, garantiert ne Schönheitskönigin für mich zurechtgelegt hätte. — Na, die Sorte läuft, lackiert und mit Schamlippenstift, zu Haus dutzendweis rum. Während ich Russinnen nicht kannte.).

Er verarbeitete, am Gummi nagend, das Vorgetragene. Begann auch, nach erwartungsvollen Sekunden, billigend zu nicken : „Right. Well : objektiv müssen wir ja sein." / Und, gleich danach : „Good. — Versuche ich also, Sie morgen Früh von der ihrer ‚Krassnaja Gastinitza' abzuholen. Oder Sie kommen auch das kurze Stück zu Fuß rüber : good."

Da wohnte sein Haus (das Gras davor benützte Inglefield derart unverfroren als Schuhbürste, daß ich ihn gleich hätte ohrfeigen mögen — wozu ich ohnehin erkleckliche Lust bekommen hatte : Nimm's für geschehen !). / (Und wußte doch wieder wichtigste Details, der Lump : Bob Singleton, dieser Grausamste — höchstens noch Edgar Poe vergleichbar — war bekannt dafür, daß er manchmal täglich auf einen Sitz 1 Pfund Nougat zu essen vermochte ! *Sehr* merkwürdig !).

(Ich befühlte unauffällig mein Herz : was'n Moment ! ! : Jetzt sollte ich, Stirn gegen Stirn, dem Manne gegenüberstehen, der die ganz große Gottheit meiner Jugend gewesen war ! Abgesehen von seinen, mir wohl bekannten, literarisch=fixen

Ideen. Einen Augenblick stieg mir's kloßig die Kehle hoch: ihm wie Poe hätte ich — im Augenblick — meine gesamten Ersparnisse in der Great=Rapids=Bank zu Füßen gelegt — es ist was Verfluchtes, wenn Unsereins, aus dem Mustopp, der leibhaftigen Literaturgeschichte gegenüber treten soll! Der Titelwirrwarr seiner Bücher war groß in mir.)

Ich, zu jeder Anbetung bereit: ER?: Feuerfunken entstoben seiner Shagpfeife wie dem Heckelsberg! Breit war er, im hochkragigen dünnroten Pullover, stolz wie Luzifer: „Ach. — Sie sind der angekündigte Journalissimus?"

(Sammeln: Sammeln!: Das kommt nie wieder!!): Und ich wurde rundum Auge, rundum Ohr. / Rannte mein Blick verehrerisch=wild durch seine Handbibliothek?: Seltsamkeiten aller Art, wie man sie eben nur bei Autodidakten beisammen antrifft. Auf dem Schreibtisch, griffbereit, eben die Französische Revolution von 1789: „Lamartine!?"; und er nickte sachlich: „Nur plus Kropotkin zu verbrauchen." — „Carlyle?"; er nahm die Pfeife aus dem Mund, um energischer: *„Das* ist ein Schwätzer!" sagen zu können. (Aber immerhin ‚ist': das ist ja das Schöne bei diesen Angehörigen der Gelehrtenrepublik, daß die großen Toten behandelt werden, bestritten, befehdet, angegriffen, gerühmt, als zählten sie noch zu den Lebenden! — Was sie ja, in gewissem Sinne, denn auch tun. — Umgott, wenn mein Gehirn nur etwas schneller gearbeitet hätte!).

Dann saßen wir, grinsend befestigt, auf Stühlen. (An der Wand ein endloser Streifen Tieck: also konnte er Deutsch !). / „Der Einsamkeit in meiner Freunde Umgang überdrüssig... Hasenherzen mit Löwenmäulchen... die der Ansicht sind, Apoll könnte gut & gern auch eine Perücke und falsche Zähne tragen: Heilige Abendröte, welch ein Volk!...“ (Ich habe mir nur die Hälfte einprägen können; und davon noch 50 % falsch wahrscheinlich — ich tat, was ich konnte).

Fragmente (was er noch so sagte): „Tradition?: Das ist die Gesinnung der Faulen; die Pfützen stehen läßt, weil sie vielleicht noch von der Sintflut herrühren könnten.“ / „Wenn man's begehrt, will ich wohl auch im Vaterunser Ketzereien aufspüren!“. Und ergänzte entzückt mit dieser Anekdote:

„*Im Schweitzerland*, allwo die frömmsten Leute wenn's wohl gerät jährlich einmal, um die Osterzeit, in die Kirche kommen, schickte ein achtzigjähriger Vater seinen fünfundzwanzigjährigen Sohn das erstemal ins Tal. Und als er wieder nach Hause kam, examinierte er ihn, was Jener dort gehört und gesehen? Da erzählte denn der Sohn: es hätte ein Kerl, die lang die breit, von einem Andern daher gesagt: wie man den verraten & verkauft, gefangen & gebunden, geschleifet & geschlagen, und endlich gar gekreuziget hätte. „Ja, Vater,“ sagte er: „So übel ist man mit ihm umgangen, daß er mich derb daurete.“ / „Herrgott, Herrgott!“ sagte darauf der Alte: „Ist denn dieser Handel *immer* noch nicht ausgemacht?! Es ist wohl 20 Jahr, daß ich das letztemal in der Kirchen gewesen: da hatte man diese Sache auch schon unterhanden! Es wundert mich, was nur unsere Regierung tut, daß sie es nicht einmal vollends erörtern!" / (Und lachte recht von Herzen).

„*Sie haben also keinerlei* sogenanntes ‚Religiöses Gefühl'?": Keinerlei. Schon als Kind nicht! (Das gibt es also durchaus: Voltaire; Diderot; Reimarus; Lessing wohl auch; Kantschopenhauernietzsche; David Friedrich Strauß — gar keine unfeine Namensperlenschnur!: Goethe vor allem! / Und auch Bob hier nickte, in geheuchelter Frömmigkeit: „Schickt der Herr Syfilis, schickt er auch's Salvarsan!"). / Und die Muse hatte ihn unbestreitbar geküßt, mehrfach und intensiv. Vor allem — Heil Uns! — nicht nur weihemäßig auf die Stirn, sondern auch weiter südlich. In das Exemplar seiner ‚Tandemfahrten', das er mir schenkte, schrieb er, in eben dieser Beziehung, ein: ‚Fari quae sentias: Speak what You think'. [75]

Warnung: „Überlegen Sie sich's zwanzig Mal, ehe Sie irgend ‚Gesammelte Werke' kaufen! Sie werden von selbst vorsichtiger, wissen Sie erst, daß Sie sich jedesmal mit einem kompletten Fremdleben, einem Superschicksal, belasten: mehr, als Sie bewältigen können. — Wer mehr als 1 Dutzend ‚Gesamt-

[75] Was der Verfasser im vorliegenden Bericht ja denn auch ungescheut getan hat — aus welcher Beachtung solch herrlicher Maxime das verworrene und unzüchtige seiner Schreibart resultiert: ein anderes ist Denken, ein anderes Schreiben! / Und der hier so fêtierte Bob Singleton ist bekanntlich einer der übelsten sogenannten ‚Erotiker', dessen Bücher ein Christ höchstens mit der Feuerzange angreift: daß in seinem Inselheim höchstwahrscheinlich Zusammenkünfte mit volksdemokratischen Schriftstellern stattgefunden haben, verschweigt der Verfasser wohlweislich! Wie auch, daß seine Aufnahme überhaupt nur durch die Stimmen des Ostblocks möglich wurde — allerdings auch der Neutralen.

ausgaben' besitzt, ist ein Charlatan! — Oder aber: er hat sie nicht gelesen." / Auf die Kollegen war er nicht sonderlich zu sprechen: „Wenn Einem gar nischt Neues einfällt, dann sind seine Dichtungen eben von ‚Klassischer Strenge'. / Es ist immer besser, daß man — was mich anbelangt — fragt: ‚Warum fehlt er?', als ‚Was macht er hier?'!" / „Die Insel??!!: Wenn Sie 'n Zelt drüber spannten, wär's das größte Affentheater der Welt!". (Hierzu auch die spitzige Äußerung: „*Ich* drück' mich nicht um meine Zeit rum!"; und, als Inglefield unwillig mit der Hand wedelte: „Jaja'ch weeß: 'ch bin ‚vereidigt': Schweig stille, mein Herze!").

Vor der Haustür: er war mitgekommen (hatte zuvor angeläutet: daß er nicht dichte, und die Reinmachefrau anfangen könnte). / Drückte die Brauen und drohte hoch: „Na, durchlauchtigste Sonne?!" (Es schleierte sich auch schon etwas ein, ganz nach der Wettervorhersage. / ‚Nebelpulver': nur an Erwachsene abzugeben. Diverse Sorten; Länder, wo er am besten gedeiht: Lappland, Lüneburger Haide, Maine. Nebelversandhaus. Nebel*züchter* etwa gar?: sehr gut!). —

Mittagessen; im Hotel jenseits der Hafenstraße: 1 hellgraues Kostüm aß mit, mit blutroten Fäusten (und ebensolchen langen Schuhen; unverkennbar ‚Miß Alabama'; an jeder Hand 5 rosige Dolche). / Gab mir auch, immer über'n Muschelsalat weg, eine oeillade nach der anderen. Das Wurmpaar ihrer Lippen, fuchsrot, krümmte sich andauernd graziös über seinen weißen Platz. (‚I'll have three whores a day, to keep love out of my head.' Otway, wenn ich mich recht erinnre.)[76]

Die Tanzkapelle?: wurde jeden Monat gewechselt. / „Sind eigentlich viele Künstler Vegetarier?" — Ihre Münder verzogen sich unwillkürlich zu ebensovielen Lächeln: „Fast nie." / Und soziologisch erklären: Alle anfänglich so viel Hunger gelitten, daß sie grundsätzlich fressen, wie der Verlorene Sohn. (Wir fressen ja schließlich auch alles: den Pflanzen die Beeren: ab! Den Tieren das Fell: aus! An allen Zitzen lutschen wir: alle Röhren stecken wir uns in die Mäuler; rohe Muscheln der Seven Seas: nur, damit wir wieder 10 Stunden länger ächzen und fortzen können!). / „Mein Gepäck laß' ich also dann hier?". Er nickte sachlich.

Ein ätherischer junger Mensch trat zart und krumm ins Lokal; bestellte sich 40 Unzen rohes Gehacktes;[77] und besah dann stumpf die Gegenüberwand; im geistvollen Gesicht 2 rohe Augen. Da ihm weiter nichts einfiel, fing er an, das lange schöne Messer als Trommelschlägel zu benützen — gehorsam summte und federte die edle Klinge (und, während er mit eingelegten Trillern und Rouladen dazu die Internationale zu halblauten begann, konnte ich mir nicht helfen: ich erhob mich ehrerbietig, und verneigte mich tief hinüber, niedergeschlagenen Blicks, wie es dem ärmlich=Normalen ziemt, wenn er mit dem Absoluten in Berührung kommt. Er sah mich befremdet an; der Mund formte etwas unhör-

[76] Thomas Otway, ‚The Soldier's Fortune'; I. Akt, 3. Szene.
[77] Gleich 1134,52 Gramm.

bar Rüdes (man erkannte's am Ausdruck der gesamten Kinnpartie); und ich verneigte mich nochmals: auch *da*zu aufgefordert werden, von Großen Männern, ist schön. (Und von Großen Frauen müßt's noch schöner sein!)).

Denn es war Stephen Graham Gregson!: der Dichter der ‚Polizeischule', des ‚Papa Luna', und der unvergleichlichen ‚Falk=Werke AG' (nach deren Erscheinen von Textilunternehmern 23 Mordanschläge auf ihn veranstaltet worden waren; 485 Strafanträge gestellte: 11 Monate hatte er, verborgen bei einem mutigen Freund, in Wäldern leben müssen — bis endlich die IRAS hier eingriff! In einer (durch Fernsehen in alle Welt übertragenen) Sitzung im großen Theatersaal hatten sich alle damaligen rund 800 Genien geschlossen hinter Gregson gestellt. Gleichzeitig war eines der geheiligten schneeweißen Inselflugzeuge in die Sümpfe von Carolina gestartet, wo sich der Unselige eben, knirschend und wie rasend dichtend, verbarg — er hatte erst an einen neuen Trick seiner Verfolger geglaubt, und sich geweigert, an Bord zu steigen (immer unterstützt von seinen wenigen fanatischen Anhängern; es war furchtbar schwer gewesen, seiner im Guten habhaft zu werden!). / Und die öffentliche Entrüstung schlug höchste Wogen!: Hatte man ihn noch 1 Stunde vorher allgemein als Anarchisten und Gotteslästerer, als Pornograf und Tollhäusler gebrandmarkt — klingt toll, ‚Pornograf'; wie'n Beruf: Fotograf! — so wandte sich jetzt, nach dem feierlichen Manifest der Insel, das Publikum prompt gegen die Anstifter solch skandalöser

Blamage. Ein Boykott gegen Textilien wurde beschlossen (und auch tagelang durchgeführt) ; so daß die verstörten Fabrikanten nur alle Hände voll zu tun hatten, die Käufer durch Werbegeschenke wieder zu beruhigen. Das gelang zwar, zumal mit den Frauen, mühelos (durch Vorverlegung modischer Mätzchen) ; obwohl die Männer schwerer zu beschwichtigen gewesen waren : Literaturhistoriker (gutes Namensgedächtnis !) weigerten sich noch Jahre danach, den neuen Bratenrock bei ‚Falk' zu kaufen ! / Eine weitere Folge war gewesen, daß kein Industrieunternehmen mehr Lehrlinge mit höherer Schulbildung einstellte ; nur noch relativ einfältiges Volk (vorher sorgsam durch raffinierte Teste auf Tyrannisierfähigkeit, und unverdächtig geringen Wortschatz hin untersucht). Auch erschien — unauffällig im ganzen Land, von den Rechtsanwaltskammern aus= und eingearbeitet — in den Formularen der Lehrverträge eine Kleinklausel : daß der Betreffende nie, weder jetzt, noch später, über diese seine Lehrzeit in irgend einer Form berichten dürfe : ‚um Wirtschaftssabotage zu verhindern'. — Das heißt, plan herausgesagt : die Regierung ließ sich wieder einmal mehr kaufen, [78] um die weißen Sklavenhalter — Kinderarbeit, wie zu Charles= Dickens=Zeiten ! — zu decken !

[78] Die ganze Diatribe des Verfassers ist, ‚wieder einmal mehr' fehl am Platze. Herr Gregson ist — die Nachwelt mag richten — ein unleugbar schönes Talent, das jedoch im Sumpfe vermodert : im Sumpfe ungeregelter Begierden ! Sein zitierter Roman aus der amerikanischen Textilindustrie beweist weiter nichts, als daß er zu jenen Naturen gehört, die sich in eine geregelte bürgerliche Tätigkeit nicht finden können : Lehrzeit und Militär haben noch Keinem geschadet !

Inglefield zog mich Dienernden nieder ; setzte zum Sprechen an ; schüttelte den Kopf ; (und Miß Alabama verzog sich geschult aufs Töpfchen) ; er schien ganz nachdenklich, ja verdüstert geworden. / „ Merkwürdiger Fall : schreibt keine Zeile mehr ! — Als er zuerst auf die Insel kam, tauchte aus seiner Werkstatt Stück nach Stück auf, eins immer schöner und boshafter als das andere. Dann — “ (er bückte sich tiefer über unsere Teller ; er murmelte eindringlicher) : „— hörte jede Produktion schlagartig auf ! Und zwar, nachdem Folgendes vor sich gegangen war : “ (er schnob grimmig, und biß sich in den eigenen Mund (was ich nicht für viel Geld hätte tun mögen !)) : „ Gregson hatte sich bei einem Sportfest, ‚Backbord gegen Steuerbord‘, in eine Russin verschossen — so einen Geldschranktyp, der am Reck mit einer Hand Klimmzug und Aufschwung machen kann. “ (Ich sah hinüber : der hatte den Kopf dicht über dem unwahrscheinlichen Fleischberg, und zehrte mit Wolfesgier) : „ Vielleicht grade der Gegensatz ? “ riet ich : „ weil er so dünn ist ?. Klar : Versetzte Liebe ! : er frißt derartig, weil er ihr gleich werden will ! “. Aber Inglefield schüttelte ungläubig den Kopf) : „ Sie wissen noch nicht alles ; warten Sie mit Ihren Vermutungen. — Erst trafen sie sich ‚Vor den Toren‘. Immer weiter lockte ihn das patzig=finstere Geschöpf. Bis er zu ihr in die Linke Bibliothek kam, wo er natürlich mehr Russen traf. Zuguterletzt gab er an : er müsse sich, als Vorstudie zu einem neuen Kurzroman, 6 bis 8 Wochen drüben aufhalten — da kann man nichts machen; da sind wir offiziell machtlos.“ Pause; er kaute erbittert.

„*Und=ä: inoffiziell?*“ *wagte ich* zu fragen. „Ach inoffiziellinoffiziell!“ schnauzte er ärgerlich: „inoffiziell haben wir natürlich alles mögliche versucht: unauffällige Ratschläge der Bekannten. Ehrende Einladungen zu einer Vortragstournee durch die States — da redete er sich immer raus: die seien seiner nicht würdig! / Sämtliche WACs haben Anweisung erhalten, sich um ihn zu bemühen: der, der es gelänge, ihm die Russin zu vertreiben, würde das Gehalt verdoppelt, der Vertrag verlängert werden — Umsonst!: Und sind doch Mädchen darunter, von einer Apartheit.....!“ klappte mundzu (und dachte sichtlich an eine Bildhauerin, namens Berta Sutton, what a woman. Und da konnte ich Gregson ja nicht ganz Unrecht geben. (Oder doch; denn ‚apart‘ war Bertie in gewissem Sinne auch wieder. Sogar sehr. Obwohl ihr zu einer Frau so ziemlich alles fehlte. Außer einem vielleicht.)).

„*Er ging also rüber: 4 Wochen;* 6 Wochen: 8 Wochen! — Dann kam er wieder: so, wie Sie ihn jetzt sehen. — / Er schreibt nicht mehr; er arbeitet nicht. Wenn man ihn fragt, wiederholt er stereotyp das Diktum: die ganze westliche Literatur sei — Sie wissen schon, was.“

Er beugte sich an mein Ohr; er flüsterte mit bratensoßiger Stimme: „Wir haben ihn selbstverständlich unter Hypnose vorgenommen: *er ist nicht mehr derselbe!!* Sein Wortschatz hat sich auf unbegreifliche Weise verringert; und das weggefallene Amerikanisch ist mit nichten etwa durch hinzugelerntes

Russisch ersetzt; nein! Er hat die Mentalität etwa eines Farmerjungen!“

Er richtete sich, gesättigt, höher; er kreuzte die schlacksigen Arme über der Brust; er sah mich durchbohrend an:

„*Und deshalb, Mister Uainer:* ersuche ich Sie jetzt offiziell, drüben — so gut wie nur irgend möglich — die Augen offen zu halten: *hier ist etwas passiert!* / Und es ist nicht der einzige Fall solcher Art: Miß Jane Cappelman“ (er sah an meinem ehrerbietig geöffneten Gesicht, daß ich die Lyrikerin kannte, und sparte eine Erläuterung): „auch sie läuft, gleichermaßen ‚entgeistert‘, in Poet's Corner herum. Auch sie war auf einen unwiderstehlich kahlköpfigen Tularussen hereingefallen; auch sie mußte das Leben und Treiben in den Volksrepubliken studieren — auch sie ist verstummt: wir haben ihren Wortschatz nachgemessen; er beträgt zur Zeit 380!“. / Aufbruch. (Miß Alabama reichte mir näschenrümpfend die polierte Rechte: weil ich vor ihren Reizen nicht bedingungslos kapituliert hatte). —

Draußen: Himmel mit düsteren Wolkentrümmern angefüllt; die Fliegsamkeit des Laubes hatte zugenommen. / Wir standen nebeneinander, und warteten auf das russische Auto, das mich abholen sollte. / Der riesige sibirische Wolfshund des Wirtes gesellte sich spiellustig zu uns, schweifwedelnd. Inglefield nahm auch gleich einen Kiesel und schmiß: *aber nach dem Tier!* — „Nanu?! Warum denn das?!“ rief ich empört (jetzt konnte ich dem Buben Einiges heimzahlen: ‚Prevention of Cruelty to

Animals‘) ; und schmeichelnd : „ Nukomm — jaaa ; komm Du zu mir ! — Sooo. . . . .“ (und er kam auch vertrauensvoll an meine Seite ; ich warf im ein Stöckchen : er jauchzte lustig auf, und raste hinterher (mit einer Wucht, als sollte er einen widerspenstigen Bullen hetzen !). Brachte das Hölzchen auch, sehr stolz, an, und legte es vor meine Füße. Setzte sich neben mich, daß die Rückenhaare wie Dornen standen (so hoch war er, daß ich den Ellenbogen anwinkeln mußte, ihm die Hand auf den Kopf zu legen !). Ich kraulte ; und er sah altklug mit die Straße hinunter. / Inglefield hatte sich nervös entschuldigt : er könne die Sorte nicht mehr leiden. / Gab auch eine Art Begründung : ein ähnlicher Wolfshund — „ vielleicht *noch* größer “ — war Bertie Sutton zugelaufen ; und die, wie Bildhauer nun sind, war entzückt von dem Prachtmodell (und machte 4 Wochen lang nur noch Hunde ; eines der Ergebnisse, die bekannte ‚Vorlesung‘ — eine hagere Jungfrau hat den 1. Liebesbrief bekommen, und liest ihn, in rührender Seligkeit, ihrem früheren riesigen Gespielen vor : der hört so aufmerksam=mißmutig zu, als verstünde er eifersüchtig jedes Wort ! — so recht ein Schlager für Filister war's geworden ; und Springfield, die Stadt, hatte's auch sofort angekauft, und in den Stadtpark gestellt : die Jungfrauen gerieten dort ungefähr so !). / Sie hatte jedenfalls das Tier überall mit rumgeschleppt, „ Auch bei mir, und=ä — “ ich nickte nur ; er fuhr nervöser fort : „ Am nächsten Morgen vermißte ich ein paar — nicht allzuwichtige, aber immerhin=ä — Vertrauliche Anweisungen unserer Hälftenverwaltung. Habe sie auch nicht wiedergefunden." / „Bertie hatte sie selbstverständlich nicht; obwohl ich in ihre ‚Durchleuchtung' willigen mußte —" (unter Hypnose also); seine Augen schimmerten verklärt: „Es war zwar recht shocking, weil=ä: You know..." (und ich nickte wieder: I know): „aber sie gestand immerfort einzig und allein: Ou Senecy: I love You sou! — Lovely, is'nt it?". (Heißt er also ‚Seneka': das fehlte grade noch!). Er fuhr nüchterner fort: „Well. Am nächsten Morgen gaben 4 Bekannte, die vergangenen Abend im Theater gewesen waren, zu Protokoll: sie hätten, als sie bei hellem Mondschein an Galerie und Bibliothek vorbei in die Poulaphouca Street einbogen, eine riesige Hundsgestalt gesehen, die, mit etwas Weißem im Maul, dahergerannt kam; und, den Neutralen Streifen hindurch, die ‚Straße der Literatur' entlang, in den Ostsektor schnürte! — Freilich waren sie sämtlich ‚high' gewesen —" fügte er, seufzend, hinzu.....

Er sah, die röhrigen Gliedmaßen lose ineinandergesteckt, ins Weite; er begann zu sagen: „Es stirbt drüben kaum noch Einer. Höchstens durch Unfall. Die Zahl der ‚roten' Todesfälle in den letzten 10 Jahren betrug 4!" (Scheuchte alles, was ich plappern wollte weg, wie eine dumme Fliege; er hatte wichtigeres zu sagen): „Sie gehen also *nicht* völlig privat hinüber....." (eben bog unten, wo sich Rechte= und Hafenstraße kreuzen, eine geräumige schwarze Limousine ein. Aus der Brust des Hundes rang sich ein tiefer grollender Ton. Inglefield sprach leiser, auch schneller): „Falls man Ihnen — und sei es andeutungsweise — irgend ein Angebot machen *soll=te — : ‚Jawohl! : Wir hätten was zum Tauschen!!‘.* — Haben Sie mich verstanden ? ! “

„ *Ja=ä — sicher —* “ *stotterte ich* betäubt. Dann ermannte ich mich ; ich rief : „ Mister Inglefield : Wer sind Sie ? ! “ — Er antwortete gelassen : „ Der Chef der Vereinigten Westlichen Inselabwehr. “ / Dann hielt aber schon das fremde Auto vor uns.

Berührten eisig, wie man Degen anfaßt, die Krempen ihrer Hüte voreinander, Mister Inglefield und Genosse Uspenskij (der als erstes dem Hund einen Tritt gab, daß der heulend abrannte — was mir das Tier nur noch lieber machte). / Dann saß ich im Rücksitz zwischen 2 Gestalten, wie ich sie bisher nur aus Tendenzfilmen gekannt hatte (und in rasendem Tempo die Hafenstraße zurück, wupp ums Rathaus : über die Grenze der ‚Linken Straße‘ — und nun wurden sie langsamer ; atmeten tiefer ; und rückten die Hüte auf sicher). / „ Ja, bitte : recht langsam. “ (Ich war immer noch wie benommen : hatte mich der Kerl, der Inglefield, also ständig beschattet. Würde es morgen wieder tun. (Und zu grauen fing mir auch an : welchem Ungeheuer ich hier wieder auf den Schuppenschwanz getreten sein mochte ! Hatte gedacht, ’s wär’ne harmlose Eidechse, mit der man spielen, über die man entzückende Süße Nichtigkeiten berichten könnte. — : Was sollte ich gegebenenfalls sagen ? : Inglefield hätte was zum *Tauschen* ? !).). —

„ *Was ist das dort ?* “ *:* Ich hatte, während ich dachte, das mächtige Monument nicht übersehen, das hart an der ‚Straße der Literatur’ aufragte : „ Darf ich’s mal anschauen ? “. Und er lächelte, breit und schulterbreit : „ Abärr biettä ! “

‚Denkmale der Russen‘ ? : Ich umschritt den 3 Meter hohen Sockel : Krieger, Fahnen, Panzerreiter ; Reiter auf Panzern ? — : „ Es verherrlicht die militärischen Siege unserer Großen Sowjetunion. “

„ Könnten Sie mir mal ’n paar übersetzen ? “. (Denn die Inschriften waren Cyrillisch, und mein bißchen Griechisch half mir gar nichts. Ich zeigte wahllos auf eine ; und er las vor) :

„ Josef Wissarionowitsch Dschugaschwili hob sich auf einem schnaubenden Rotroß ; schwoll unter dem Schimmer eines hochgebuschten Helms ; wog in der Rechten eine ungeheure Speerlast — : nach 1200 Tagen hieß Deutschland DDR.“ / (War also wieder in eine ‚Deutsche Ecke‘ geraten, mein Kismet scheinbar ; hier, die mal) : „ Von Konrad bis Adenauer taten die Deutschen 10 Feldzüge nach Rußland : 4 gegen Hütten ; 2 zur Schau ; 2 geflüchtete ; 2 erobernde ; keinen siegenden ; den letzten ohne Wiederkehr. “ / (Ausgesprochen lapidar, wie ? Den dritten noch) : „ Stalingrad : Sie kamen ; sahn ; flohn.“ / (Und Elefantenwolken, Kaldaunen überall raus, schubsten sich über den Himmel : wenn’s noch Deutsche gegeben hätte, die würden ganz schön sparsam aus der Wäsche gekuckt haben !). [79] / Neben dem Auto stehen und umsehen. (Mein Hand-

[79] Wieder ein Beleg mehr für die fast krankhafte Abneigung des Verfassers gegen das ehemalige Deutschland. Leider kann er sich in speziell diesem Falle darauf berufen, daß es sich um das besondere ‚Hitlerdeutschland‘ gehandelt habe — ein Alibi, hinter dem sich ja auch bei uns ehemals brennend gern die vaterlandslosen Gesellen versteckten.

gelenk, am Ohr, geilte : „ Sechzehn Uhr. " : Also, gottlob, objektiv=pünktlich !). / Aber : „ Wer ist denn *das* dort ? " :

Im Gleichschritt : so kamen Gruppen anmarschiert ! Zu je Neun (richtig : von 10 an ist's ja auf der Insel — und nicht nur aus technischen Gründen — untersagt !) ; alle in Litewken ; trotzig ohne Kopfbedeckung ; manche hatten Kanonenstiefel ? . . .

Wehrte aber die Antwort schon wieder ab : der eine Flügelmann — — — : „ Das ist doch — : Busslajew ? ". Und Genosse Uspenskij nickte stolz : „ Da. " (Haben also *doch* ein Wort für ‚Ja' !). / Und die weitere Erklärung : „ Es sind unsere Dichter. Die jeden Morgen, und nach der Mittagsbettruhe geschlossen in die Bibliothek marschieren. " / (Tatsächlich : der erste Trupp war eben angelangt : Reihe links ! — und schon verschwanden sie straff durch die Flügeltür.) / (Und die westlichen Großbüchereien standen leer : war das hier komisch ; so war das unsere traurig !).

Die ‚Gewerkschaft Literatur' : 3 Riesenblocks ; hundert Meter Front, dreißig hoch : „ Darrf ich biettän ? ". —

Unten erst eine Druckerei ? Und er nickte gelassen : „ Für den Hausgebrauch : Inntärrnäss. " / Ansonsten war natürlich die Mammutdruckerei im Neutralen Streifen auch für die hier zuständig ; wo jedes Buch in Auflagen von 500.000 hergestellt, und von der begierig harrenden Außenwelt prompt aufgekauft wurde : eine der *ganz* großen Einnahmequellen der Insel. Kein Wunder, daß sie sich ‚finanziell selbst trug' — wahrscheinlich sogar mehr als das !).

„*Hier die Sekretariate — einen Augenblick : ich hole nur* die Ihnen für die Zeit Ihres Aufenthalts zugewiesene Dolmetscherin — die Sie jederzeit auch zum privaten Ansagen benutzen können : undsoweitärr. " / Und war sofort wieder da ; neben sich die betreffende Kamtschatkalilie : niedrigen Wuchses, aber mit Ringerarmen, und 5 Zoll mehr Schulterbreite als ich : „ Genossin Jelena Kowalewna : Herr Weinärr, der über uns berichten wird — " und lächelte über die ganze Weite seines Gesichtes : „ Bämühänn wir uns also, Genossin ! ". / Sie trat stumm an meine Seite (und da sah ich erst recht : mein, hatte die Frau eine Brust ! Wenn die echt war ? ! — Genosse Uspenskij war meinem Blick gefolgt, und nickte stolz : „ Gutt. ").

Und eine sehr saubere Büroeinrichtung ! Es fehlte nichts. (Die Rechenmaschine war sogar größer als unsere gebräuchlichen Typen ; ich zählte mit dem Kinn nach ; und jetzt sprach Genossin Jelena (oder sagt man Kowalewna ?) zum erstenmal : „ Fifteen Places. " [80] bestätigte sie. / Uspenskij verschwand fürs erste.

In hallenden Labyrinthen, aus Korridoren und geländerten Treppen. Sie bummelte verschlossen neben mir her ; Hände, deren bloßer Begrüßungsdruck mir viel zu denken gegeben hatte, auf dem Rücken. (Ob ich doch lieber drüben, bei unsern Leuten, übernachtete ? Nein ; ging nicht ; half nichts : ich würde auch bei der Schönen Helena hier den Freien Westen, seine Stärke, würdig vertreten müssen. Opfer selbstgewählter Objektivität.)

[80] ‚Fünfzehn Dezimalstellen'.

Hier Stimmengemurmel?: Sie nickte: „Kombinat 8 erfüllt sein Romansoll." Und, etwas leiser: „Sie sind im Rückstand. Neblagonadezhni." / Ich fragte nicht, was das kalte Geschalle bedeute;[81] wohl aber bat ich: „Könnten wir mal reinsehen?"

„*Ich frage.*" — *Sie verschwand.* (Da wurde es kurze Zeit still da drinnen. — Dann setzte aber wieder die Stimme ein, die Zwischenrufe erfolgten erneut; und Jelena winkte aus der geöffneten Tür):

Im Konferenzzimmer (so sah es nämlich ungefähr aus: ein langer hufeisenförmiger Tisch. Obenan, neben einer Geschwindschreiberin, ein spitzbärtiger kräftiger Herr. Auf jeder Außenseite 4 angespannt lauschende Dichter; also 8, davon 3 Frauen). / Wir blieben bescheiden an der Tür stehen; ich bückte Jelena mein Ohr hin, und sie flüsterte machtvoll, aus breiter Brust, die Übersetzung. (In solchen Fällen ist fast keine bewußte Täuschung möglich: *so* schnell lügen kann kaum Jemand aus dem Stegreif; zumal in einer fremden Sprache.) / Zwischendurch auch hastige Erklärungen auf Fragen: der Roman spielte in einem Kaufhaus: das fing soeben, gegen Ende, und symbolisch genug, an, zu brennen! — Der Spitzbart vorne ballte die Faust — (er war der eigentliche, für die Konstruktion verantwortliche Mann) — und las vor:

‚*Er taumelte zur Tür herein,* und bemerkte.....': „Halt! Njät! Nein! Irrsinn!" brandete es sofort von allen Seiten. Die junge Dame mit den schwarzen Ponies sprang auf, sie schrie: „Unmöglich!: Wenn er ‚taumelt', ist es Hundstagstollheit, von

[81] Unzuverlässig.

einer ‚Bemerkung' zu reden! Der *‚schreit'* allenfalls: ‚keucht', ‚brüllt', ä= ..." (ihre Finger taschenspielerten in der Luft nach weiteren Möglichkeiten.) / „Röchelt?" schlug Einer vor; und sein Nebenmann probierte es gedankenvoll: „Rö=chällt —". / „*Was* hat er denn zu bemerken?" fragte ein Besonnener; aber die Ponies schnellten schon wieder hoch: „Nicht! Ich kann das Wort nicht mehr hören!" „Abärr waruum?" fragte der Ruhige erstaunt dazwischen. — Da sagte sie es ihm denn anscheinend: daß sie nicht unbeobachtet wären. Und sei's nur von einem Stummen Hunde, der das Wort nicht hätte! (Dies letztere erriet ich natürlich nur, aus ihren Kleingebärden, und 1 wütenden Guck:!). / „Lassen Sie uns wieder gehen; ich möchte auf keinen Fall stören." / (Wieder im Corydon; drinnen wütete weiter die Verbschlacht. Und sämtliche Literaturkombinate versuchten sich zur Zeit an ‚Großhauswelten': „Dies die beiden schicksalhaften Haustypen der Menschheit: das Einfamilienhaus — und das ‚Großhaus': dies die Stätte gemeinschaftlicher Produktion — jenes, nach erfülltem Soll, der Ort für Individualismus." Sie beschrieben nach Kräften die Großhauswelt einer Bank; eines Zentralpostamtes; Kaufhaus, Kaserne, Schule; Fabriken aller Art; Funkhaus, Landratsamt, Rummelplatz. Einer hatte sogar ‚Parlament' mit auf's Programm gesetzt, was aber von der Gewerkschaftsleitung gestrichen worden war.)

„*Sie meinen also tatsächlich,* daß ein Kunstwerk kollektiv hergestellt werden könnte?" —: „Abärrjá!" erwiderte sie erstaunt. / Und wurde widerlegt, daß ich nur immer die Ohren steif halten mußte: Beaumont & Fletcher. ‚Xenien' von Goethe & Schiller! Claude Lorrain?: die Gestalten haben Andre reingemalt. / „Das Plagiat: was ist es im letzten Grunde andres als Selbsterkenntnis? Daß dem Betreffenden das fehlt, was er nimmt? Es *gibt* nun einmal — saggenwier — große Psychologen, die keinerlei Gefühl für Naturschönheit haben: soll die Landschaft ihres Buches deswegen unzulänglich bleiben müssen?: Wie närrisch!". / „Und unter dem fertigen Roman erscheint dann als Verfasser?": „Kombinat 8" bestätigte sie heiter. / „Fehlt dem so zusammengesetzten Kunstwerk denn aber nicht letztlich —: die Einheitlichkeit? Die Geschlossenheit der Gedankenwelt?": „Sie meinen ‚Die Beschränktheit des Individuums'?" formulierte sie es sofort andersherum: „Die Begränzung seiner Begabung? — Ein Einzelmensch ist nie vollkommen: wir versuchen seine Lücken zu ergänzen. Durch sorgfältige Auswahl und Kombination verwandter, aber anders begabter Geister: additiv!" / (Und gab noch manche intressante Einzelheit, hinsichtlich der Zusammenstellung solcher Künstlerkombinate: das wurde mit nichten par hasard vorgenommen! Sie mußten Alle das gleiche — meinethalben schwerblütige — Temperament haben; dieselbe Blutgruppe; ähnliche Kindheitseindrücke und Umwelterfahrungen. Unterschieden sich aber eben durch ihre Sonderbegabungen: der Eine vermochte starkgebärdige Handlung; der Andre Sentenzen von der erhabensten Tiefe. Der Dritte war Gedächtnisriese für farbigen Wortschatz. Die junge Ponydame ‚Spezialistin für Ärrottik' wie sie mir — sportlich errötend — anvertraute.)

Das war ein Ansatzpunkt für Galanteriewaren!: „Was heißt eigentlich auf Russisch ‚Ich liebe Dich'?" fragte ich versonnen. Sie runzelte die muskulöse Stirn; besann sich aber wohl auf ihre Pflicht, und erwiderte in finsterer Koketterie: „Ja tebjá lubljúh." (Und ich jatebjalubljuhte, bis ichs konnte).

„*Darf ich wissen,* was das hier heißt?": das Rähmchen an der Korridorwand sah prächtig geschmackvoll drein, mit dem schwach getönten Papier und der geschnörkelten Zierschrift. Sie übersetzte langsam, aber mühelos, das eckige Joringel:

‚Wenn ein russischer Dichter tötet,
so büßet er's, war der Erschlagene USA,
durch 10 Rubel / ein Südamerikaner,
durch 20 / ein Araber, Inder, Chinese,
durch 500 Rubel / — oder 3 Schreibmaschinen
mit Band, zween Radiergummi,
und tausend Blatt Saugpost DIN A 4.'

Mein Gesicht mochte Schrecken verraten; denn sie lachte kurz und athletisch, und gurrte gutmütig: „Ein Schärrz. —: *Sie* sind unser Gast; unser geehrter Gast." (Immerhin: niedliche Maxime! Aber sie): „Aus einem alten Roman — der Jahrhundertmitte — des Genossen Iwan Mikhailowitsch Afanasjew." (Aus ihrem Gebiß kamen die starken Namen ohne weiteres hervor.)

Oberstes Stockwerk; gleich gebot ein Schild Stille!: „Schach!" (Das Kandidatenturnier für die Weltmeisterschaft. Wir schlichen lautlos ein. Sie *schrieb* diesmal nur vor Ehrerbietung die Namen auf den Block, und zeigte dann mit der Bleistiftspitze auf den Betreffenden : !). / Und da saßen sie Alle : Galachow und Karejew ; Fortunatoff und Weljaninoff=Sernoff ; Spasowitsch und Slawatinski ; eine Perlenschnur erlauchtester Namen ! (Obwohl ich mir den Genossen Fortunatoff vielviel älter vorgestellt hätte : Der war nun bald hundert Jahre, und machte immer noch in jedem Turnier den Zweiten ! Tatsächlich noch urwüchsiges Volk, diese Russen : breit, mit silbergrauem Bart ; ich hätte ihn *höchstens* auf 60 geschätzt.) / Und hier der Stand : die ersten 34 Plätze belegten die Sowjetrussen. Dann 2 ehemalige Jugoslawen (die auch schon ganz hübsch bejahrt sein mußten ; die Gesichter konnte ich nicht erkennen, so stark beugten sie sich über's Brett.) Dann folgten 1 Tscheche und 4 Argentinier. / Der einzige Amerikanski lag an 42. Stelle (und verlor eben wieder ; er hatte schon 3 Bauern weniger. Ich schüttelte ihm stumm und mitleidig die Landsmannshand.) / (Er stand auf, und zog mich zum Fenster : „Wir werden betrogen ! " zischte er : „ Ich spiele mit einer Art Zwölfjährigen : das soll Stassjulewitsch sein ! Dabei kenne ich ihn doch von früher : er ist es nicht ! Spielt allerdings genau wie er : dieselbe Lieblingseröffnung, dieselben verfluchten Tricks. Erkannte mich auch sofort wieder ; und faselte etwas von einer ‚Verjüngungskur' ! "). / Jelena, beiläufig=stolz : „Wir haben eben wieder den Antrag auf Zulassung von 4 weiteren Großmeistern zur Insel gestellt : gutt. " / Dann aber, mit vollem todbringendem Blick : „ Obwohl unsere beiden Spitzenspieler fehlen! ...“ Und ich sah betroffen zum Mann am ersten Brett : ? : Tatsächlich! Weltzweiter Wowejkoj war es nicht. Und der Weltmeister selbst auch nirgends zu sehen : „Der braucht doch nicht mitzuspielen.“ — Sie wollte mich anschreien. Sie überlegte, wo wir waren; sie zischte : „Mußtu es zweimal hören ? ! : Der große Rylejew und Wowejkoj sind ...“. Sie fing sich; sie schloß verächtlich : „... niecht annwässänt.“ / Raus & runter. —

Im Freien : jetzt war die Wolkendecke schon ganz dicht geworden. / Und ich brachte meine Plänlein vor : „Den greisen A.F. Stupin hätte ich gerne persönlich kennen gelernt — zumindest einmal gesehen.“ (Dessen ‚Stillen Ob‘ hatte ich immer gerne gelesen.) / Und wahrhaft unwahrscheinliches Glück : dort kamen eben die anderen Kombinate wieder aus dem Lesesaal zurückmarschiert! — „Er ist dabei. Ich rufe.“

Und ein langes frisches Mädchen, die Blondfahne fröhlich am Kopf, sprang aus dem letzten Glied. Zu uns her. Worte wurden gerollt — dann schlug sie burschikos meine Schulter, und bot mir die Hand : ! (Ich war enttäuscht; verbeugte mich aber doch, und erwiderte höflich : „Sehr angenehm, Frau Stupin.“ (Hatte die Dolmetscherin mich doch falsch verstanden! — Na egal : kann ich immer noch ‚die elastisch blühende Gattin des greisen Titanen‘ [82] schreiben; oder sonst irgend'n Griesbrei. — Sie lachten immer noch; noch einmal musterte die flotte Roggen-

[82] ‚Die hochgewachsene blutjunge Gattin des sibirischen Titanen‘ heißt es in der Artikelserie für den Publikumsgebrauch.

muhme mich unternehmungslustig ; noch einmal der Abschiedsschlag an den linken Oberarm — dann schloß sie leichtfüßig auf, zu ihrem Kombinat.)). / „Frau Stupin schreibt also auch ?" ; aber Jelena gluckte nur amüsiert ; und schüttelte immer wieder das kurze dicke Haar (bis es mich ansteckte ; ich mitlachte ; den Zeigefinger hob, und bedeutsam repetierte : „Ja / tebjá / : lubljúh !". Und sie, aus breiter Kehle : „Gutt.").

Dort drüben die Rotchinesen ? — Ich zögerte : Wir hatten schließlich China immer noch nicht anerkannt. — (Andererseits muß ich Objektivität heucheln !). / Aber sie machte es mir leicht, mit überraschender Feinfühligkeit ; sie schlug vor : „Gehen wir in die Gewerkschaft Tanz : dort sind viele."

Und zwar mitten durch den ‚Kreml', das ungeheuerliche Kaufhaus mit Kuppel : Kristallene Wodkaflaschen. Schwarze Dünen von Kaviar. — Entzükkung : das Flatterhemdchen für Damen ! : ein ganz winziges Höschen zur Nacht ; darüberzutragen ein leichtes glockiges Kurzkittelchen. (‚Stoffersparnis' raunte mir ein skeptischer Westgeist ins Ohr ; auch gab es nur ein einziges Muster. Sie merkte, daß mir die Tracht sehr einleuchtete.) / „Darf ich ab und zu Einiges kaufen ?" : „Abärr wählänn Sie ! — : Was Sie wollen. Sie sind unser Gast !"

Nahm ich also hier einen barsch karierten Notizblock mit. Dort ein braun=rotes Farbband. / Hier : das war intressant ! (Und empfehlenswert ! Sie erklärte mir die Nachschlagewerke. — Sämtlich einbändig : da gab es das reine Rechtschreibebuch. Das

Volkslexikon. Das Hochlexikon (mit den Ergänzungen für die Intellektuellen: da sah der Artikel ‚Napoleon' freilich anders aus, als in dem ersteren! Während es dort von volkstümlichen Wendungen, vom ‚Joch des Korsen', wimmelte; waren hier, Schlag auf Schlag, Namen, Daten, Zahlen, zusammengestellt: *so* raffiniert durchgearbeitete Biogramme hatte ich bei uns noch nirgends gefunden!). (Allerdings hätte ein ‚Mann aus dem Volke' nichts damit anfangen können: aber das ist ja eben der Unterschied!: Den wir leider noch nicht machen. Beziehungsweise nicht akzeptieren. — Sie spürte mein unwilliges Lob, und hob stolz den Stiernacken: Mütterchen Rußland!)).

(Aber bescheiden wählen!: sonst denken die hier — was ihnen höchstwahrscheinlich ohnehin eingeredet wird! — bei uns gäb's keine Bleistifte.) / Einen Imbiß in der Speiseecke. — Die warme Wurst war — ?: jadoch; ganz ordentlich. / Das Fischfilet? — : knusprig und groß. / Chinesischer Tee & Mirabellen aus Turkestan?: das schmeckte dem Stummen Hunde, eh?! —

Gewerkschaft Tanz: erst war der Saal ganz schwarz; nur auf der Bühne kulisste allerlei. Wir setzten uns, nebeneinander, in die erste Reihe (ich probierte, so dicht, meinen einzigen russischen Satz; und sie nickte sachlich: wird schon gehen). / Hauswände standen durcheinander (eine Kopf: das sah allerdings bös aus). Ein greller Kunstbaum lag quer über seinem Findling: auf dem hätte ohne weiteres Fürst Igor sitzen können, wenn der Vorhang aufgeht. / Regisseure fluchten (einer davon unsichtbar); Arbeiter hingen in Seilschlaufen; ein Pudel machte intensiv schön; der Scheinwerfermann gab sich alle Mühe.

Mit geschlossenen Augen: so wehte die Chinesin auf die Bühne! Gelb wuchsen aus ihr Arme; die Beine rotierten dicht umeinander. Sie machte sich klein, und kicherte jungfräulich=sinnlos (dabei wirkte ihr langer Rücken ausgesprochen gegenteilig; sie wußte das wohl auch, und zeigte ihn möglichst selten): Nee! / Nach links?: ‚Pa=da=linn : Pa=da=linn' zupfte die Balalaika; und Gewichtheberinnen, als Komsomolzentöchter verkleidet, traten den Ringelreihn: mir zu finsteren Ehren. (Hatten Alle dieselbe Figur; und zwar die meiner Führerin: „Wunderbar"; ich stöhnte, so wohlig ich konnte; und sie nickte beruhigt.)

Es rappelte hinter uns: Genosse Uspenskij erschien wieder. Sah einen Augenblick mit zu; und lächelte nur über Amerikanerinnen: „Erfahren sind sie; aber nicht breit, wie die Weiber unserer Steppen." (Das allerdings: ein Kreuz hatte Jelena — da würde ich hinterher ganz schön caude gehen. Naegal: Vogue la Galère!). —

Was soll ich in der ihrem Maschinenraum? — Aber er schien so begierig, ihn vorzuführen (und ich erinnerte mich auch an Inglefields Andeutungen von heute früh), daß ich ihm den Gefallen tat. —

Durch den kleinen Park: die Bäume waren merklich höher, als bei uns drüben! (Hatten die hier bessere Methoden der Bestrahlung? Oder schon des Umpflanzens? Ich stieß mißmutig mit der Schuhspitze nach einem unverfroren=wohlgeratenen Kiesel.) /

Oder auch hier, das Sportfeld : „Wesentlich größer als das an Steuerbord." Und er erwiderte, mit aufreizender Selbstverständlichkeit : „Do=pällt." / Am Hafen sei, zum Roten Leuchtturm passend, rote Leuchtschrift. Im Gegensatz zum Weißgrün der Kapitalisten. (Wie sie denn überhaupt pausenlos unterschieden, zwischen naljäwo und naprawo.)[83]

Wieder dasselbe Maschinenviertel ; wieder das gleiche mammutige Rotieren. Kolbenstangen gingen gegen mich vor : ganz dicht ! Es zahnräderte mich schwarzundgelb ; Kühlschlangen zischten ; eine Lichttüte nach der andern wurde über mich gestülpt. (Und immer die Muskeln !) / Der Hundertwortigen : denn so erklärte mir Uspenskij, und ganz freimütig, die herkulischen Lemuren: galt ich denn tatsächlich als eine Art Zwischenträger ? Unterhändler, ohne Wissen und Wollen ? Go=between, Makler, Parlamentär, Mittelsmann, Ragnarök ? (Der Eine hatte im von hinten erleuchteten Stehhaar ein Sternbild von Öltröpfchen ; dafür aber noch nie das Tageslicht gesehen. Grubenpferde. (aber die waren ja wohl blind gewesen ; was der hier nicht sein durfte.).).

„Jelena: Ssluschai!" :[84] Sie kauderten eine kurze Weile : wenn die mal auf den Einfall kommen, die ganze Insel zu überwältigen ? ! (Aber dann fiel mir Inglefield ein, der Kaltblütige. Was hatte er gesagt ? : Er hätte was zum Tauschen ? — Hinter mir stand eine Macht ! (Und vor mir auch ! : Mir fing an zu grausen. Es war mit ausgesprochener Erleichterung,

[83] Russisch für ‚links' und ‚rechts'.
[84] ‚Hör mal !'

daß ich sie ein bekanntes Wort, ‚Stupin', nennen hörte; und schaltete mich sofort ein) : —) :

„Wir zeigen es ihm. — : Ä=kommen Sie. —"

Zurück. Die ‚Straße der Oktober=Revolution' entlang. Das dort war die MTS, die ‚Maschinen=Traktoren=Station', von der aus die linken ‚Äcker & Weiden' bestellt wurden. / „Oh, wir habbän auch !" : Nämlich im Grünen, ‚Vor den Toren', das ‚Kollektiv Einsamkeit' (wo der ihre Großen sich in ländlicher Luft erholten ; Krimwein tranken und Milchen aus Kasakstan. Spartische Eurotasbäder nahmen ; sich vorschriftsmäßig entspannten, und wieder jung wurden.)

„Junk wärrdänn." wiederholte er, froh des Stichworts (und eine *so* einladende Handgaukelei) :" Unsere Klinik." : / (Und rundherum ums Gebäude schon zarte Abendtrübe : Dämmerung lädt mich ein, Nebel fordert mich auf.)

An der Wand, gleich neben dem Eingang, das lebensgroße Relief eines riesigen sibirischen Wolfshundes (darunter 3 Kolonnen für Namen ; 2 davon waren schon voll — vielleicht in der Art jener einstigen St. Gotthards=Bernhardiner gedacht ? Die in den eisigen Tundren Menschenleben gerettet haben ?). —

In einem Laboratorium : Uspenskij sprach auf den kleinen weißgepanzerten Recken ein, der uns führen sollte (und anscheinend Einwände machte ; zäh immer wieder ; bis Uspenskij schließlich Schreibzeug aus der Brusttasche riß, und ihm derb eins bescheinigte. Der anwesende Laborant unterschrieb als Zeuge (wobei ich bemerkte, daß er in der Linken ein bleistiftdünnes braunes Teigstäbchen hatte :

war das nicht . . . : Mensch, klar ! : der ‚Willkommen' von gestern ! Untersuchten die den hier mißtrauisch und chemisch.) / (Aber so witzig es war, so bekümmert wurde ich : das also das Leben auf der ‚Heiligen Insel der Menschheit' ? ! Jetzt kann ich das Wort ‚heilig' — gegen das ich schon immer ein Mißtrauen hatte — gleich gar nicht mehr hören !).

„Professor Schukowski." : wir bückten uns voreinander, wie das Gesetz es befahl. Noch einmal fragte der mit einem stummen Seitenblick : noch einmal ließ Uspenskij seine Hände den bestätigenden Überschlag nach vorn machen. Da zuckte Jener endgültig die festen Achseln, und ging voran.

Ins Krankenzimmer : nur 2 Betten, in denen ein paar sehr blasse Leute lagen. Der Professor erklärte ; Jelena übersetzte (stockender ; weil viele Fachausdrücke vorkamen).

Also war es doch wahr, was man in der übrigen Welt raunte : die Russen setzten neue Organe ein ! Hier waren 2 alternden Verwaltungsangestellten die abgewetzten Herzen durch neue, frische, ersetzt worden ! / „Entnommen wem ?" (ich zwang mich zu männlicher Sachlichkeit. Und es waren angeblich stramme, durch Verkehrsunfälle tödlich verletzte Jugendliche gewesen, „und dergleichen." (Jaja, eben : ‚Und dergleichen' ! Fragte aber nicht weiter.)). / „Und Sie verlängern dadurch die Lebensdauer der Betreffenden um wieviel ?". 30 Jahre. — „Und die Operation gelingt ?" : in 90 % aller Fälle.

Draußen ergänzte Uspenskij behaglich : daß sie selbstverständlich auch systematisch Zuchtwahl betrieben : Dichter auf Dichtin ; Bildhauer auf Hauerin : „In 300 Jahren wird man auf uns herabsehen, wie wir zur Zeit auf Gorillen.“ / Mein Zweifel : „Ergibt denn Dichter plus Dichtin auch wirklich Dichter hoch zwei ?“. Aber Professor Schukowski fiel ein : „Das Sprachzentrum vergrößert sich jedesmal meßbar.“ (Da war ich wieder geschlagen. — „Aber wenn ihm nun die entsprechende günstige Umwelt fehlt, dem Wunderkinde ?“ — Sie lächelten nur : „Dafür sorgen wir.“).

Dann kriegte ich einen Kittel drüber, weiß wie der Schnee von Werchojansk ; eine steif desinfizierte Konditormütze oben drauf ; vor den Mund die Karbolbinde. Auch an Uspenskij lächelte nur noch die Stirnpartie ; Jelenas eines Auge blickte tief, das andre flach. (Unter Larven die einzig fühlende Brust.)

Im Operationssaal : das kannte ich, bis zur Abhärtung, von früheren Reporterfahrten her. / Aber hier ging's flott anders zu ! : auf dem zweischläfrigen Operationstisch die beiden Halbleichen — neben Denen lag, auf jeder Seite oben, die haarige Schädelkapsel. 2 weiße Teufel schnipselten wie rasend in den Höhlungen herum ; gaben unbegreifliche Einwortlaute aus ihren Mullmündern . . . : und dann hatte Jeder in roten Gummihandschuhen ein fettes graues Gehirn : sie tauschten die Plätze . . . : und wieder rin damit ! / (Und knoteten und schrieen nach frischen Adermuffen, nach mehr Blut und Cat — Uspenskij nahm mich bei einem Ellenbogen, der Professor am anderen ; Jelena schob von hinten) — — —

und dann standen wir wieder draußen : ich riß mir das sterilisierte Gelumpe herunter ; ich schrie : „Geht denn das ? !". (Diese Gehirntransplantation nämlich. Ich wußte wohl, was unsere Ärzte mit Leukotomie alles andrehen konnten ; aber ganze Gehirne . . . ?) : „Das ist doch unmöglich !" : „Für Sowjetmenschen gibt es kein ‚Uunmögglich'." korrigierte er streng. / Und es ging : wenn ein bedeutender russischer Dichter oder Wissenschaftler alterte, wurde, so um die 60, sein unschätzbares Gehirn einem jungen Athleten von 20 eingesetzt : „Was meinen Sie ? : er blüht auf ! Dichtet — O, von Liebä !". (Und wirkte erneut 40, 50 Jahre; erlebte mehr ; sein Wortschatz nahm immer zu. . . . . — : „Aber er sieht doch ganz anders aus ? ! ". (Obwohl das natürlich kein ernsthafter Einwand gegen das Verfahren als solches war ; er entkräftete ihn auch zusätzlich noch : „Wir nehmen möglichst ähnliche Burschen." (Sofort notieren : Kurzgeschichte : ‚Er war ihm zu ähnlich' !). — Dann gab Satan mir's ein : „Am ähnlichsten wären ja die Söhne ?" [85] Und er nickte tatsächlich, nachdenklich, schmallippig. Väter & Söhne !).

Und mußte mich gleich an die Wand lehnen : sie umringten mich im Halbkreis, erwartungsvoll ; und Jelena übersetzte, noch tüllenen Mundes : „Was hastu ? " / Ich schluckte mehrfach. Ich brachte es heraus : „Jelena ! — : Demnach war das vorhin . . .

[85] Dies der für den Verfasser und seinen Beruf typische Ton des modernen Desperado : Gedankengänge, auf die frühere Generationen nie gekommen wären, werden nicht nur gedacht, sondern ungescheut — ohne Rücksicht auf Folgen — ausgesprochen.

doch Stupin ? !". / Sie erklärte erst lachend den beiden Anderen die Anekdote, wie ich ‚Frau Stupin' gesagt hatte. Uspenskij schmunzelte „Gutt." ; und Fachmann Schukowski : „Ohne weiteres : man kann das Gehirn eines Mannes auch in den Leib eines Mädchens überführen. Genosse Stupin brauchte für seine neue Roman=Hexalogie viel ‚weibliche Empfindungen', und hat sich, nach reiflicher Überlegung, für einen Frauenkörper entschieden." / (*Daher* also die meisterhafte Schilderung jungfräulicher Gedankengänge ! Daher seine unerhörte Einfühlungskraft, sein Verständnis für eckig=graziöse Mädchenkaprizen : daher letztlich auch die hinreißende Schilderung der großen Deflorierung im 4. Bande, die selbst unsere Neidknirscher als unnachahmlich hatten bezeichnen müssen : Kunststück, wenn der Kerl persönlich beides gewesen war, Jüngling *und* Jungfrau !).

(*Teiresias : immer noch an der Wand :* Das Problem des Teiresias ! Der war ja auch schon angeblich beides gewesen (und hatte zu Protokoll gegeben : als Weib machte's *noch* mehr Spaaß !). / Oder Thorne Smith, mit seinem ‚Turnabout' !).

„Kommen Sie : zum Ässänn." : die hatten Nerven ! / — „Kann ich erst noch etwas an die frische Luft ?". — Sie breiteten gleichmütig die Hände : aber ja. (Der Professor verabschiedete sich : bis morgen Früh.)

Zwischen Klinik und MTS : Wehe ! : jetzt fiel mir auch *das* noch ein! (Und die weiten Wiesen lagen so friedlich im Nebelduft. Aus reifen Feldern erscholl die Schnarre des Vogelscheuchers: Keiner schlafe.) Es war aber dies:

„*Was machen Sie denn* — wenn ich fragen darf — mit den Brägen der ‚Jungen Leute'? Deren Körper Sie umgehirnt haben?". Und gab mir, schwer seufzend, selbst die Antwort: „Wegwerfen eben." „Oh niech' doch," beschwichtigte Uspenskij mich heiter: „Sie gehen nicht verloren: morgen Früh; ehe Sie gehen. Wir haben Ihnen noch *viel* zu zeigen." (Und wieder lachten die schwarzen Augenkirschen: es ist zu viel Asiatisches in den Buben; man sieht nicht durch.) / Aber schön der weite Blick über die Wiesen: der Waldsaum war fast 1 Meile entfernt. Brauchten's wohl, als Steppenersatz; bei uns standen überall Bäume dazwischen, parkmäßig, ‚Mir ist, wie nach dem Regen, der Stadtpark vor dem Haus'. (Das heißt: *mir* im Augenblick nicht!).

Die ‚Straße der Oktoberrevolution' zurück: „Demnach könnte man ja auch — theoretisch! — ein Supergehirn zusammenbasteln?: Das untrügliche Auge des Malers; das Sprachzentrum des Dichters; das Ohr des Komponisten?". (Oder, noch allgemeiner: kombiniert mit den Schultern des Boxers, dem Magen des Straußes, dem etcetera der Tigerin?). Er hob die hohen Schultern höher: „Es *ist* ein Problem. — Aber da müssen Sie morgen Genossen Schukowski fragen: ich weiß es nicht."

Am reservierten Ecktisch der ‚Krassnaja Gastinitza': „Die Genossin war Stachanowka in Kurzschrift und Amerikanisch." (Jelena nämlich; wir Drei nahmen beisammen Platz.) (Und lieber n anderes Thema; man konnte die Sache noch so tischredenhaft färben, es paßte nicht zu göttlich=rohem Roastbeef und dem gehirngroßen Batzen Rührkartoffeln.)

Tischgespräche: Vom ‚Russki Film‘, dem guten. / Vom faulen Westen: „Viele Ihrer Künstler melden sich ja freiwillig wieder nach Hause: es sei ‚zu wenig Betrieb‘ hier!“ (Und ich mußte's widerwillig zugeben; der Fall war vorgekommen.) / Wie sie, die Russen, durchgedrückt hatten, daß dem westlichen Gesetz über ‚Gotteslästerung‘ entweder ein Pendant wegen ‚Lästerung des Atheismus‘ gegenübergestellt, oder aber beide Delikte als läppisch aufgehoben werden sollten: „Sie *wurden* aufgehoben.“ (Die Inselkirchen und =tempel durften seitdem nur noch gewöhnlichen Häusern ähnlich sehen; die christlichen beispielsweise mit einem ganz unauffälligen, ‚das Auge nicht beleidigenden‘ Kreuzchen im Giebelfeld. — „Ja; von der Sache mit dem Glockenläuten hab'ich zufällig gehört.“ Und sie glucksten vergnügt: „Zuum Woll!“.) / Aber ich trank nur sehr vorsichtig vom guten Wodka; ich hatte heut noch anderes vor. / (Obwohl mir der Appetit arg vergangen war! Ich wandte mich zur schönen Helena; ich fragte eindringlich: „Bist Du Du?“ — Sie verstand mich sofort, nickte ernsthaft, und antwortete: „Ich bin noch ich.“ (Immerhin: ‚noch‘!). / „Zum Wohl, Mister Uspenskij!“ (Er duldete lächelnd den Fremdtitel. Strahlte schon breiter. ‚Und auch seine Frau Thusneld soff als wie ein Hausknecht‘, nämlich Jelena: „Zuum Woll!“. / Dann erneute Beschuldigungen des Wilden Westens: hatte nicht seinerzeit die alte NATO versucht, ihre

Sitzungen auf der Insel abzuhalten ? ! Weil angeblich ‚die Lokalitäten dort so vorbildlich vorhanden' wären ? : es wurde mit den Stimmen des Ostblocks und der Neutralen abgelehnt. (Und war, wenn das stimmte — und ich zweifelte nicht daran : die alte NATO besaß die Unverfrorenheit dazu ! — nur ein kümmerliches Beispiel mehr, wie der Westen sich nimmermehr genug blamieren konnte. In Ost & Mitte war man schlau genug, uns immer als Erste die Dummheiten machen zu lassen, bis die Neutralen bei unserem Namen das Kalte Kotzen kriegten — und dann ernteten die Roten. — Inglefield konnte sagen was er wollte : wir waren zwar mächtig, aber doof ! — Meinetwegen auch intelligent ; sportlich ; brilliante Techniker ; begabteste Bildhauer, wie Bertie Sutton : aber auch doof ! : „Zuum Woll, Graschdanihn Weinärr ! " — (Jetzt kriegte ich meinen ‚Mister' von vorhin wieder !)).

Aber immer vorsichtig ; denn Dschingiskhanische Wildheit schlug beständig durch. Im barschen Essig. In der geschärften baikalischen Seehundsleber. : „ Zukkärr ? : Sei gutt ! " warnte sie einmal, als der Würfel nicht gleich in die Tasse wollte. (Auf halb russisch : kommt bei Denen also von ‚Sacharin' her. Und ich erhob mich : Man reiche mir ein Bätt !). —

Zimmerflucht mit Bett : ihre breiten Lider. / Sie zeigte es mir erst vorsorglich : „Wánnaja : Ubórnaja. " [86] (nachdrücklich. Und ich, mühsam : „ Ja. Tebja. Lubljuh. ").

Kurzerundebunteküsse : die Brust war echt ! Das Flatterhemdchen der Ssekretarscha, auch Perewottschi-

[86] Badezimmer und WC.

tsa, über den Kopf gezogen (*und* noch zusätzlich ‚Verdiente Meisterin des Sports', ach wir Armen!). / Ihr Mund schmeckte nach rauchigem Wodka. Sie kniff mich mit gelben Fingern, und ich hörte sie murren. (Was von ‚karottki' und ‚tonnki'; durch ein Loch in ihrer Mongolenscheibe).

In den weißen Bergen ihrer Brust (Tale of the Ragged Mountains). / Die Tundra eines Bauches (ich sei ‚lenihwy' murrte sie: ‚sskarréje!'.[87] (Und mir kamen auch immer die Gehirne dazwischen; ein reiner Genuß war es nicht!)).

Brühheißen Rum mit Butter: so kredenzte sie mir das Konfortativ (zum afrodisiakisch=gebeizten Fußbad: siehe da: da capo!):

In den Kürbisgärten ihrer Brust (‚Nachthütte in den Kürbisgärten': woraus fiel mir das ein?).[88] Das honigfarbene Magdgesäß (wahrscheinlich ungewaschen; ich: Kraulschwimmer auf krabbelndem röchelndem transplantierbarem Fleisch: bei *dem* Einfall war natürlich sofort Schluß!). / Sie verließ mich kopfschüttelnd.

Nachts fällt schwarzer Regen. Bäume wedeln negrig (mit Negerblättern?): nachts bin ich ein schwarzer Mann!

[87] Es widerstrebt meinem moralischen Verantwortungsgefühl, die betreffenden russischen Ausdrücke zu übertragen; gottlob ist es in diesem Fall nicht erforderlich — das dem Verfasser so angelegene ‚Lokalkolorit' bleibt ja so besser erhalten.

[88] Jesaias I, 8. / Die — völlig überflüssig! — zitierte Lutherische Übersetzung irrt überdem an dieser Stelle; es heißt korrekt ‚Jagdhochstand im Gurkenfeld': wodurch die geilen Ideenverbindungen des Verfassers auch von der filologischen Seite her jeder Begründung verlustig gehen.

Und diese Nacht?!—: Es gibt eine Radierung meines besonderen Freundes Hogarth, wo in einer technoiden Hölle aus Operationssälen dem Bösen das Geschlinke rausgenommen wird (in ein Fäßchen füllt's, auf dem Fußboden hockend, ein gehörnt=flinker Kleinteufel): die Rippen treten ihm raus; das Gehirn wird ihm angebohrt: warum hastu Deine Mitmenschen so gezwiebelt?! / Und genau so war mir zumut: Kreaturen drangen auf mich ein, die ich nie wiedersehen will: Zottelzitzige Weiber, Dornen um die betreffenden Löcher; zweiköpfige Hundlinge. Seehunde die Motetten sangen (und *die* Gesichtertrauer hätte man fotografieren müssen!). / Bis mich endlich einer meiner rekurrierenden Träume leidlich erlöste: Wälder, in denen ichundlilli irrten. (Wohl auch ein Räuberhaus mit Messern; dem wir aber, wie immer, entkamen.) Schöner wurde die Landschaft; verkrauteter und einsamer. Wir hoben die Füße und schwebten über einen Seekessel: weg. Heißer und sonniger wurde die Waldung, jugendlicher, talsperrenhafter, blaue Boote und gelbes Wasser (dem sich wiederum Coopers ‚Glimmerglas' paarte: ich habe ihn immer für einen großen Mann gehalten). Blau & Gelb. / (Dann allerdings wieder noch die ‚Wand des Weltalls' — das muß ich später einmal beschreiben; es ist nicht für Jedermann. Obwohl nicht absolut unangenehm.) —

„*Dóbroje útro!*" [89] während ich erstaunt die Hand im Kleidergebüsch hielt, in der Schrankecke: hatten die gedacht, ich würde mir so eine Litewka mit-

[89] Guten Morgen.

nehmen? (Das heißt: warum eigentlich nicht? Kann man zu Hause zeigen! — Klar: immer rin in'n Rucksack!). / Und schon fast 9: ich verschlaf die nie wiederkehrende Gelegenheit zu sehr! —: „Regnet's sehr draußen, Jelena?"

Jelena — sie war an sich bereit. Aber ich nicht. Ich war aufgestanden mit dem öden Gefühl, daß mir heute nichts auf der Erde, in Luft, Wasser oder Feuer, gefallen würde.

„Chotschesch li ty menja prawaditz?: Das heißt?" / ‚Willstu mich begleiten?' angeblich: was blieb mir schließlich anderes übrig? / Unten, vor der Gastinitza, warteten in Regenmänteln bereits die beiden Anderen; wir grüßten uns unverstellt grimmig: !.

Hier: o Du graue Erde!: Sie nahmen keine Rücksicht mehr; es war Vormittag; das Geschäft drängte:

Die Wolfshunde: „Sie fragten gestern, was mit den Gehirnen der jungen Freiwilligen geschähe? —: Paswóltje!" [90] — —:

Die sibirischen Wolfshunde. Sie sprangen. Sie sahen so klug, so menschlich drein. / Waren es auch: wenn ich einen fragte: „Pythagoras?" — dann kritzelte der mit genagelter Pfote in den Sand: $a^2 + b^2 = c^2$! / „Manche können Russisch — *und* Amerikanisch!" und sah mich bedeutsam an: ich war ein wichtiger Mann geworden: die Nabelschnur, die 2 Welten zusammenhielt: oh, wär'ich geblieben auf meiner Haiden! / : *Das also die Diebe von Inglefields Geheimschreiben!!* — (Und ergriff mich doch schon tiefes Mitleid, mit des Wirts maß-

[90] Bitte.

losem Wolfshund, der sich an meine streichelnde Hand gedrückt hatte. Wir (d. h. der Westen) sind verloren! (,Wenn uns die Zentauren nicht retten' faselte es ganz hinten in einer meiner Untiefen.) / Hob nicht Uspenskij die Hand? — Was sagte er?: „Warten Sie noch." —

Eine Koppel: da weideten 2 Pferde. Und sein Mund faltete sich amtlicher. Im Uhrmacherladen des Regens. / 1 Stute: 1 Hengst: Hengist & Horsa. / Er faßte meinen Unterarm. Er sagte streng: „Rufen Sie selbst. — Nein: saggen wir = ä: einmal ,Dschäin'; einmal ,Stäffän': Rufen Sie."

Ich kreuzte die Arme über der Brust (um mich irgendwo festzuhalten: jetzt fing's langsam an, sich zu drehen!). — Er sah mich steinern an.: „Jelena?!" sie sah mich gleichgültig an, dolmetschern, großpietzig. (Ich spürte plötzlich das Inselvibrieren wieder.) / Aber: seid Ihr kalt, bin ich's auch. (Will's versuchen) —:

„JANE?!: STEPHEN!": sie hoben ruckartig die Pferdeköpfe: ?: !: Sie kamen herbei: erst Schritt, dann Trab, dann Galopp (dann ventre a terre — was weiß ich, wie das rasende Schlußtempo benannt wird?!) —

Und Beben am Zaun; und zittern. / Und streicheln lassen. Und Hufescharren. (Und der dicke Stutenbauch! Was Uspenskij bestätigte: „Stäffän hat Dschäin gedeckt." Zahllose Male. Sie wandte verschämt den Kopf zur Seite, und ließ einen spiritus asper.) / Und wieder streicheln und Flüstern: sie schnoben verzweifelt (aber auch wohl gehemmt durch die irrsinnig dicken Keimdrüsen : halb Pferd, halb Mensch : Roßbreiten !). —

Weggeführt ; ich ; vor mir die beiden Gehirnklauer. (Haben uns, dem Freien Westen, 2 master=minds entführt : Oh, Ihr Schufte ! ! / Aber Uspenskij, ganz schwer) :

„ *Sagen Sie Ihrem Mister Inglefield :* Wir *hätten* was zum Tauschen ! — Denn — “ (und nun mit furchtbarem Ernst) : „ uns fehlen *auch* die beiden Spitzenspieler im Schach : Weltmeister Rylejew ; und Wowejkoj. “

„ *Wir bewahren die Gehirne auf : bis* 1. Oktober : Sagen Sie das Mister Inglefield ! “. / Und ich, obwohl als Parlamentär gesichert (außerdem lohnte meins ja das Klauen nicht !) hielt mich einmal mehr am Bretterzaun : Apulejus von Madaura *kein* Witzbold ! Make me strange stuff, falls ich mich weigern sollte. / Sie geleiteten mich ihren Teil der Hafenstraße hoch. Das Getropfe punktrollerte mein Gehirn.

Aber — (ich war doch wohl der geborene Reporter ; denn Fragen fielen mir ein : Fragen ? !) : „ Was ergibt das nun wahrscheinlich ? “ (bei den Pferden ; Gregson hatte ja, drüsenüberwältigt, die Cappelman. — Er zuckte die Achseln : „ Vielleicht Zentauren. — Genosse Schukowski ? “. Aber auch der wußte es nicht, „ Abwarten “ : „ Gutt. “

„ *Erkennt der Wolfshund ‚seinen Körper‘ wieder ? “ :* Also das in den Hund verpflanzte Gehirn seinen, anders behirnten, wandelnden Leib ? — Sie wiegten unbehaglicher die breiten Stirnen : „ Es *scheint* da eine — noch nicht ganz durchleuchtete Beziehung.

Oft sind die Beiden gern beisammen." (Der Hund schlief dann im Gemach seines Herrn ; wimmerte, wenn der ihn verließ. Es gab aber auch Fälle, wo er ihn biß — man war sich da noch nicht ganz klar.)

Die ‚Zonengrenze': an der nassen Mauer heulte das rote Plakat: ‚Sie verlassen jetzt das Friedenslager!'. / Nochmal umdrehen. Ich fragte mühsam — es war ja zuviel für'n einzelnen Menschen —: „Herr Uspenskij?: Wer sind Sie eigentlich?!" / Er verneigte sich, die schwarze Melone friedlich in der Hand: „Der Leiter der Vereinigten Östlichen Abwehrdienste." Und dann, offiziell durch Jelena: „Ich erwarte Mister Inglefield um 11 Uhr im Neutralen Streifen: Verhandeln wir!" (Und ein zeremonielles „Da sswidánja." Allerseits.: „Good bye, Sir.").

Zwischen 2 nassen Hochhäusern (vorm Rathaus) stehen: Wieso holt mich denn Niemand ab? (Achso; wir hatten ja keine genaue Uhrzeit vereinbart. / Ging ich also um den bleistiftenen Turm herum (wie lang ist ein neuer Bleistift? Mal dran halten.)[91] Am Archiv vorbei (allwo ein Inder, trübe und beturbant, bei geöffnetem Fenster an buochen las: so streng sind dort die Bräuche). / Dann den steuerbordenen Teil der Hafenstraße hoch, auf's Hotel zu (und immer hübsch langsam: Gedanken ordnen. — Nein Mensch!: renne!: die wollen doch aus dem pferdenen Käfig wieder raus!!) —

Pustend, noch flennte Regen mir von den Backen; der Portier stand ratlos um mich herum. / Bis ich

[91] 7 Zoll lang ist ein neuer Bleistift bekanntlich; dazu bedarf es des Anlegens an einen Maßstab wahrlich nicht.

zeigen konnte: da!: „Mister Inglefield!“. / Solange in den Sessel sinken. (Und sofort wieder hochschnellen: man konnte neuerdings also theoretisch auf einem, mit der eigenen früheren Haut überzogenen, Sessel Platz nehmen! Mit einem, ins eigene Leder gebundenen Buch in der Hand; um die Brust die warm abgefütterte Eigenlederweste: ichnappa, Dunappa. Konnte aus der eigenen Hirnschale Wodka schlürfen: reich' sie her, Rosamunde! Kichernd den eigenen Totenschädel betrachten: sich selbst als echtes Skelett pietätvoll im Arbeitszimmer stehen haben. —: Man *konnte*..... / Sicher: ohne weiteres!: Wenn eine stramme Dreißigerin sich in einen jungen Mann umhirnen ließ, mit dem eigenen, anders behirnten Körper, eine bzw. zwei Nächte verbringen. Sich endlich mal selbst betrachten und kritisch umschreiten: Pythagoras war nischt dagegen, denn der war das ja nie gleichzeitig, sondern immer nur sukzessive gewesen!). / — „Ja?: Ja, geben Sie her!!“. — —

: „*Mister Inglefield? —: Können Sie soo=forrt* herkommen? / Ach, Sie haben schon gewartet? / Ja, schnell: Leben & Tod ist gar kein Ausdruck!“

Und wieder an all die Wandpracht starren: da sind wir Westler doch bessere Menschen! / Was'ne Variante von Menschenraub wieder!: Schicken uns den Körper zurück; das Entscheidende haben sie ja! Bewahren's in Großtieren auf; verstecken's in Pferden: was würden Uspenskij & Co machen, falls bis Oktober keine Einigung erfolgte? — Wegschmeißen? Vernichten? (Nachdem Gregson ihnen eine ganze tartarische Stuterei hatte decken müssen — was ihm vielleicht gar noch gefiel; ich hätte fragen sollen). (Oder es aus Bosheit einem Haifisch mit abscheulich vielen Zähnen einsetzen?: „Einem Sowjetmenschen ist nichts Uunmögglich.“). / Und auch *die* kalte Überlegung noch — aber dann ist Schluß! — nehmen wir so ein' gescheiten Wolfshund: fühlt der sich *wirklich* unglücklicher, als zu seiner Menschenzeit? Es gibt ja Naturen, lederstrumpfig rundherum, die auch als Menschen sich freiwillig absondern: rastlos die Forste durchstreifen, in Wind und Wetter; wölfisch wildern und fressen; ihr Bett altes, schön blasses, Laub, ihre Lampe der Mond, wenn sie'n Hut aufhaben, ist ihr Dach gedeckt. Ab und zu mal mit was indianisch Rotledernem ins Gebüsch: wäre es nicht durchaus möglich, daß so eine Type sich — und mit Wonne! — auch äußerlich freiwillig in einen Mordswolfshund verwandelt sähe? Da könnte er, anstatt 60, dann mühelos 200 Kilometer des Tages durchstreifen! Und'ne schicke Wölfinsilbergrau, alle Haare schwarz gespitzt, wird in Wolfskreisen ja garantiert der Dame von Milo vorgezogen. / (Witzigste Kniffe waren drin: was muß der betreffende Tyras geknurrt haben vor Lachen, als er Inglefield die Geheimschreiben zog. Oder gestern der, der Uspenskij unverzüglich die Redewendung vom ‚Tauschen' übermittelt hatte! — Nee; bei den meisten Menschen war es — zumindest beim heutigen Stande der Intelligenz noch — wohl ziemlich wurscht, ob sie als Wolf rumliefen, oder als redender Mensch.) / ..... / : Wenn bloß Ing..... :

„*Ach, Mister Inglefield!*“ und wollte schon anfangen, überzulaufen; aber er stoppte mich vermittelst des langen schwarzen Herrn: „General Coffin: unser Hälftenkommandant.“ / Ich starrte das neue Wesen an. Ich fragte (von allen guten Geistern ohnehin verlassen; zumindest seit 3 Tagen): „Ich denke —: Berufssoldaten dürfen die Insel nicht betreten?!“: „General Coffin *ist* kein Berufssoldat: bei uns hat auch der gewöhnliche Rekrut den Marschallstab im Tornister!“. / (Aber das war doch auch wieder nur so ein verfluchtes westliches Umgehungsmanöver!: Selbst wenn die Inselcharta unglücklicherweise nur das Wort ‚Berufssoldaten‘ enthielt: *gemeint* war doch, das war völlig undiskutabel, daß ‚Soldatengeist‘ als solcher hier nicht erwünscht sei! Fingen wir *wieder* als Erste mit solch verwünschten Tricks an? —: „Wer ist eigentlich drüben Hälftenkommandant?“: „Ein gewisser Ochlowski, 'n Pianist.“ entgegnete Inglefield kühl (und ich knirschte innerlich: also *doch* wieder wir, die mit Stänkern anfangen!)).

„*Nein; bitte: erst im Auto!*“ (im schalldichten, gepanzerten, erdbebenfesten, strahlensicheren, was weiß ich alles). / Und berichten. / Sie lauschten. Fragten. (Schlachtenlenkerisch knapp; ich antwortete ebenfalls unwillkürlich wieder im alten Kommißstil; bis ich mich allmählich ermannte, und ihnen auch mal über den Mund fuhr.). / „Mister Inglefield?: Schreiben Sie!“ (Und kleine runde harte Vorschriften purzelten heraus: alle Großhunde — „Großtiere überhaupt“ — zu testen, bzw. abzuschaffen. Warnung der gesamten Freien Inselwelt.:

„Halt! Noch dies zuvor: Inglefield?!“: / Und ich wurde auf ein ganz schwarzes Buch vereidigt, an das kein Mensch mehr glaubte; und mußte ein Heftchen unterschreiben, ohne es vorher nennenswert lesen, oder gar durchdiskutieren zu dürfen — „Sie sind im Bilde, Mister Uainer?!“ (An sich natürlich *nicht;* aber was sollte ich machen?: Ich war schließlich schon ein rundes Dutzend Mal — also um 11 mal zu oft — vereidigt worden (wenn nicht 12 mal!); vereidigt worden, nicht zu singen und sagen. (Und hatte mir schließlich, da ganz hinten, im Gehirn, ein Schübchen eingerichtet, wo ich all die Eide hineintat — also auch den neuen hier noch eindrücken, wird schonn rinngehen; und wieder zu den Schub!). / Und Ihr, ehe Ihr mich ‚frivol‘ nennt, oder irgendwas mit ‚...los‘ — so ‚vaterlands=, sitten=, grundsatz=los‘ —: schlagt Ihr Euch lieber an die Eiderfinderbrüste, und zwar mit Macht, bis an Euer selig Ende! Neben Eure gehalten sind meine Hände immer noch blütenweiß: hol'Euch der Uspenskij!)))).[92]

Und nun konnte's rüstig weitergehen: „Also um 11 Uhr Inselzeit läßt dieser=ä Herr sagen?“ (Während das schalldichte Gefährt mit uns grabwärts huschte: nicht nur im blödsinnig bildlichen Sinne von ‚Le-

[92] Unglaublich! Wo bleibt bei solcher Einstellung, wie der des Verfassers, der Sinn des Eides, als solcher? Die feierliche Verpflichtung unter Anrufung Gottes hat sich in allen Kriegen sehr wohl bewährt, wie jeder Rekrutenausbilder mir bekräftigen wird. Vom vielfältigen Gebrauchswert ziviler Eide noch ganz zu schweigen — freilich muß in jedem Falle die Eidesfähigkeit des einzuschwörenden Subjekts über allen Zweifel erhaben sein! / Über das abstoßende Schriftbild vierer aufeinfolgender Klammern wäre jedes Wort zu viel.

beneinständigessterben', ,Geheneinständigesfallen'; sondern er hatte tatsächlich dem (künstlichen?) Chauffeur zugerufen: „Grab. Schnell."). / Und warum schließlich nicht? Früher oder später kommt man doch dran. Ich hatte immerhin etwas gelebt. Und in diesem Leben hinreichend Unfug gestiftet. (Zumal in diesem Flohzirkus hier! Wie hatte Bob Singleton gesagt?: ,Wenn Sie'n Zelt drüber spannen, haben Sie das größte Affentheater der Welt!" — Jetzt war ich selbst bald der Ansicht!).

Neben dem Wagen stehen (auf dessen glattem kreudergrünem Dach der Regen sogleich murmelnd sein Kleingeld sortierte: 2 einzelne Häuser hinter uns; ein Halbdutzend ähnliche vorn. Wir schritten zwischen ihnen hindurch: auf das Grab zu.)

„*,Grab' ist natürlich nur* unsere interne Kurzbezeichnung dafür — Manche sagen auch ,Konservenfabrik' — der korrekte Ausdruck wäre, wie auch im amtlichen Schriftverkehr gebräuchlich: ,Versuchsanstalt für Hibernation'." / Während wir durch die umgebend=tropfenden Grünanlagen gingen. (,Hibernia'?: Wenn ich meinen Ptolemäus recht kannte, der alte Name für ,Irland': wurde, wer hier eintrat, flugs zum Irländer gemacht? Untersetzt rothaarig lügenhaft märchenmündig versoffen grabsam? (Auch rauflustig noch, richtig).). / Böen spielten heulend im Forst; und wir kamen vor das Portal: den blanken schwarzen Kater, der, wehmütig schimpfend ob des Wetters, sich um die Pfosten schmiegte, und mit hinein bat, brüllte Inglefield an: „Nein!". Besann sich, und packte den Erstaunten mit hartem Griff: „Wie heißt Du?!"

(schneidend; inquisitorisch; er ließ nicht los, bis Jener nach einer Sträubepause gestand: „Mau." — Und die beiden Militärs nickten einander grimmiger zu: verkappter Chinese also: Mao!: „Im Auge behalten, Inglefield!").

In einer Vorhalle: Grabmalereien an den Wänden. (Meist Auferstehungsszenen: fromme Yankees, aufwärts schwebend zwischen Wolkenkratzern, kleine Fähnchen mit dem Sternenbanner zwischen den Beterhänden). In Hallenmitte ein weiblicher Genius des Stillschweigens in engem Drogistinnenkittel: ernst sah sie mich an, den behandschuhten Finger eindringlich=senkrecht zum entzückend=dienstlichen Lippenpaar. (Es roch auch heftig antiseptisch.)

„Inglefield?: 10 Uhr 50: Sie begeben sich am besten zum Rendezvousplatz. — Die Bedingungen kennen Sie ja ausreichend. — Nein: ich bleibe mit hier; und bin jederzeit zu erreichen." / Verschwand der also. Während wir in ein rechtes Beratungszimmer traten, wo 2 Weißkittel uns schon erwarteten (*und* eine Göttin in Schwesterntracht: hinreißend bleich von zahllos durchwachten Nächten (manche vielleicht sogar an Krankenbetten); nonnige Aufopferung, alabastern, makellos, ‚Ich muß Jungfrau bleiben, bis der Chefarzt mich nimmt.' / Nur einmal blitzte es himmelblau verworfen aus Augen.)

Das Kurzreferat. / Während sie mich in süße schneeige Fesseln schlug, wörtlich: mir in einen Kittel half (genau wie gestern!); mich mit weißer Baskenmütze krönte: Du sollst der Kaiser meiner Seele sein. Dann noch das reinlich stinkende Polster vor den Mund. Und das endgültige Netz der Mullbinde, in dem sie mich fing: unzählige Male drum rum. / Noch eine Impfung: sie zog mir die weißleinene Vorhaut am Handgelenk zurück, reizte raffiniert mit dem Ätherbausch — und schob mir die Spritze rein (verkehrte Welt). Sah mir auch abwesend=anwesend in die Augen, während sie ihren Inhalt in mich entleerte. / Und von hinten erläuterte der begleitende Arzt: daß es mehr von ‚hibernus' kam:

„*Wir*"; hatten schon früh entdeckt, daß die Lebensfunktionen sich durch Kälte verlangsamen lassen — „bis zum Tode durch Erfrieren." Bei entsprechender Unterkühlung tat das Herz nur alle Minuten noch 1 Schlag: die Organabnützung war praktisch aufgehoben! „Nach vielen und vielfachen" — (was die für Unterschiede wissen!) — „Versuchen in dieser Richtung, waren wir um 1980 soweit, daß wir für eine gesicherte zwanzigjährige Hibernation jede Garantie übernehmen konnten — während welcher Zeit der betreffende Organismus um schätzungsweise 15 Wochen altert." / (Wenn der sich also 1980 mit 60 Jahren hingelegt hatte: wachte er 2.000 auf — und war immer noch 60! Lebte wieder 5 Jahre, und womöglich lustig: legte sich wieder um: pennte wieder ...?)

„*Bitte, hier*": erst eine zweizöllige türgroße Glasscheibe; ein Assistent löste mit bronzener Klinge das Kittband rundum ab: „Wir nehmen eben eine ‚Erweckung' vor; Sie werden selbst Zeuge sein." / Und — während 2 andere Mann die Glastafel auf sich zukippen ließen, und mit ihr verschwanden —

fiel mir allerlei Rätsliges von Gestern ein, was sich jetzt von selbst löste: der Eremit, der alte Laffe, war also tatsächlich erst 60, und hatte bloß ‚im Grabe' gelegen ? *Deshalb* hatte Inglefield, als ich Unschuldslamm meinte, er würde ja wieder mal aufwachen. . . . . : aha ! (Ohne ob der neuen Kenntnis glücklicher zu sein ! Eben ging die Stahltür auseinander).

Wieder ne Glasplatte ! — Jetzt konnte man aber schon durchsehen. / Der Assistent setzte erneut die Messerspitze ein ; der Arzt sprach weiter :

„ *Wir planen* — auf weite Sicht hin, können Sie natürlich einwenden " — (Ich ? : Ich konnte gar nischt einwenden, mit meinem Mullknebel vor'm Rachen ! Dabei hatte ich Fragen . . .) — : „ die ganze Menschheit periodisch in Hibernation zu versenken : daß man also, in naher Zukunft, zwischen einer ‚Wachgeneration' und einer ‚Schlafgeneration' unterscheiden wird. Ein kleiner Teil der Wachenden betreut die Schlafenden, die in hundertstöckigen Großbauten untergebrachten. Lebenszeiten von 3 bis 400 Jahren werden zur Norm werden ; ganz abgesehen davon, daß — bei entsprechend weiter entwickelter Technik der ‚Lagerung' — die Freie Welt Platz für die doppelte Bewohnerzahl haben wird. " / Mein weißes Gespenst wankte zwischen 4 ähnlichen (nicht gleichen, bitte !) hinein ; hinein in dies Neueste Allerheiligste : es gab mir allmählich zu viel davon ! —

An die Glasglocke treten : —. —. —. : Ohsatan ! (Augen zu : bloß erstmal Augenzu ! : Das ging noch über Jane's schwangere Stute !). / Die Luft stank : desinfiziert. —

Die Haarberge ! ! ! : Hinten waren sie durchs Kopfkissen gewachsen ; meterlang klirrende Nägel an Fingrigem. / Und der erklärte — auch an die Hölle kann man sich gewöhnen : hat das nicht mal n Deutscher gesagt, ‚ich wette' ? Haben doch große Männer hervorgebracht. [93] Auch ohne Hibernation. —

Nährflüssigkeit kippte herbei, durch Kanülen, die alle Wochen einmal in den Magen spritzten : da sogen gleich wieder sanfte Gummiblasen unten an ihnen, um Kotgifte zu entleeren, und die Blase. Schwarz und giftig (und stinkend) holte eben der Assistent, Hand über Hand, das Kotseil aus ihrem Leib. Schnitt ihr auch oben einen Mordstituskopf. Einen der Nägel bat ich mir — in einem Anfall irren Humors — aus : *und kriegte ihn huldreich mit Souvenirs, oh souvenirs ! !).*

Steife Gelenke. Muskelschwund : Dünn wie Papier waren die Fußsohlen geworden (empfindlich ; festgelegter Übungssport). Die zwanzigjährigen Einstichstellen heilten sehr schwer zu : Schönheitspflästerchen drauf, was ? ! / Uhren surrten indessen an allen Wänden. / Einmal zu dem Großdichter hinwenden (dessen Namen ich nun nie mehr ohne Schaudern würde lesen können : ich bezahlte die Inselfahrt teuer !) : auch bei dem fielen die Nägel

[93] Endlich ! (Grabbe, ‚Gothland'). — Obwohl der Verfasser, nun solchermaßen gestellt, sich wieder *damit* herausreden wollte : nur in Deutschland habe man Anlaß gehabt, auf dergleichen Maximen zu geraten.

übereinander, wie Gräten eines Riesenfisches. Auch er lag in skelettener Wochenschwäche, und fastete seinem Müll entgegen.

Und jetzt die Erweckung : ? — : Er selbst, lui meme, el mismo, nahm eine Spritze von fürchterlichen Ausmaßen in die Hand. Gefüllt mit Glasklarem : da kann es heutzutage Whisky sein, Digitalis, Gläserner Sarg, Belladonna : Spritzt nur ! ! — Setzte an — : und stach tief : tief ! : in das Skelettmädchen ein : Einundzwanzig ; Zweiundzwanzig : Dreiundzwanzig : was weiß ich ; ich bin nur armes Nigger Winer aus Douglas am Kalamazoo ! . . . .

(Und warten : der Arzt, der General, ich ; und die geile Weiße. Zwischen Menschenkonserven. Im Grab. Und alle Uhren gingen sehr. . . . .) :

Und warten. . . . . / Draußen wurde es laut. Man kämpfte : Stimme gegen Stimme ; Grund gegen Ursache : die Ursache siegte : ! / Der General runzelte die Stirn (während er in dem Zettel studierte, den er in unzitternder Hand hielt : meine hätte gewackelt. Aber die waren wohl an solche Tituskörpfe gewöhnt.) — „ Sagen Sie Inglefield : wir böten noch das ! “ (Und flüsterte dann vom ‚das‘. Ich drehte mich weg ; mich ging's nichts an !).

Und warten : schon runzelte der Herr Doktor die glatte Stirn. . . . . / : „ Ahhhh ! “

Zieh Deiner Wimpern Fransenvorhang auf ! : das lange Mädchen sah offensichtlich nichts. (Wie ihr die Simpelfransen die Stirn schraffierten ! — Zu wieder ; sie mochte noch nicht. (Nämlich leben.).) Die Uhren werkelten. / Und der Großdichter wollte scheinbar nicht : ich amüsierte mich köstlich, wie der kein Auge aufsperrte! (Sie spritzten, und murrten in'n Tüll.)

Im Korridor: an einer Tür stand es, feinverschnörkelt, ‚R&W' verschlungen (darunter sinnig Hammer & Sichel und 1 Schachbrett). Ich sah meine Begleiter an: ?. Und sie bestätigten es mit knappem Nicken „Rylejew und Wowejkoj." (‚Zum Tausch').

Binde vom Mund runter; den Block in die Hand (daran kann man sich fein festhalten! Zumal in einem wohleingerichteten Zimmer. Und die Details des ‚Erwachens' schildern lassen):

Zuerst der stechende Schmerz neben ihnen (d. h. im Handgelenk, von der Weckspritze.) / Ganz langsam zunächst; ganz langsam bewegte sich ‚unten' ein Daumen, wenn ‚ich' ‚oben' befahl. / Verquollenes Dämmern. —: „Aber sie schlafen immer kürzere Zeit: zuerst 6 Tage; 5,4,3; dann 2 mehrfach; schließlich 1 Nacht: normal." / „Kot wie Pech und Teer, das ja: die Ernährung ist überhaupt das schwierigste im ersten Monat." / Orgien feiern vor Lebensangst?: „Das kommt vor. Ist sogar die Regel; bei Männern wie Frauen." (Sobald sich aus dem Flachrelief erster Vorstellungen ein Partner bildet; so knüpfen sie am schnellsten, wirksamsten wieder an.)

Man hatte ihnen allerlei hingelegt, hier im ‚wohleingerichteten Zimmer', den Auferstandenen: ein großes Illustriertenheft über die verschlafenen 20 Jahre, Technik, bildende Künste, Literatur: *Der* war n großer Mann geworden; *der* am Suff gestorben — der ‚Erinnerungssturz' — sie hatten schon Fachworte für alles! — war nicht Jedermanns Sache. / „Wer schreibt denn die Lehrbücher für die Siebenschläfer?": Ein Ausschuß. (Natürlich, wer sonst). „Das ist nicht ganz einfach!" (sie; mit Nachdruck; weil ich ihnen zu wenig Überraschung zeigte: aber ich hatte nicht mehr viel zu zeigen!).

(*Und der Dichter war vertrocknet*, der alte Feigling!!: Ich hätte hochspringen mögen, die Fäuste tanzend zusammenschlagen (und den Bergamaskertanz aus ‚Tiefland' dazu trällerpfeifen): serves him right! Denn der hatte doch keinerlei Fühlung mehr mit uns übriger Menschheit! Der schlief und genoß, was er konnte: wir nützten uns weidlich ab — er lebte indessen ‚ewig': Na so siehst Du aus! / „Das ist uns aber wirklich erst das achte Mal, daß.....".)

Ein neuer Kurier?: General Coffin schob den Unterkiefer vor. Weit! Kreuzte auch die Arme über der Brust. Wog Verantwortungen gegeneinander (aber wenn nun sein Zeiger schief stand?!); langsam begab sich seine Hand zur Brusttasche (langsam; immerhin; es sah wenigstens so aus, als überlege er — obwohl ich vom Militär her wußte, daß das dort nicht Sitte ist.) / Langsam zog er den geheimsten Block. Setzte an, und druckte: .....!.....:!! .....:!!! — / Und — nach einer letzt=eisernen Pause — den Namen drunter · COFFIN! / (Waren die Verhandlungen gescheitert? Oder unterschrieb er den Vertrag? War es ein letztes Angebot? Oder hatte etwa Inglefield Uspenskij entführt? Beziehungsweise Der Den in einen Polarhund verwandelt? Oder Beide sich gegenseitig eingeschläfert: für 20 Jahre!?).

Dann die letzte schlaue Frage: „Wenn nun in diesen 20 Schlafjahren etwas=ä passiert?" (Natürlich Krieg. ‚Undsoweiter'? — Er verstand mich sofort; obwohl er dumm tat):

„Das ist nicht unsre Aufgabe, das einzukalkulieren." Auch: „Daran darf man gar nicht denken." (Und ich nickte verbindlich lächelnd: wenn Du anders geantwortet hättest, wärste ja ooch n Fönix gewesen! Oder'n Selbstmörder. — Coffins Fresse hätt'ich nicht für manches Geld haben mögen: nich für Fort Knox! (Oder doch: dafür doch; dann wär'alles egal gewesen!).). / Die geweckte Dichtin hätte eben dreimal tiefer geatmet, wurde von der Nonne gemeldet: es sei also alles gut gegangen (und die Ärzte eilten hinaus. Falls sie nochmal atmete.)

(Noch eine Viertelstunde die Lehrbücher beblättern, und mit der Weißen schäkern: so was Verdorbenes hatte ich vorher erst einmal angetroffen! Sie gebrauchte — immer unter dem Schild medizinischer Sorglichkeit — Ausdrücke, daß man gleich hätte unsinnig werden mögen! Ihr Kuß schmeckte wie lauter Lysol und Penicillin durcheinander — aber mir war jetzt auch alles egal!).

Draußen, am Otsego=See vorbei: „Abdallá!: Abdallá!" schrieen die Inselkrähen zur Rückfahrt: die menschliche Gestalt war mir zum Witz geworden! (Jeder Baum ist mir am Ast lieber, wie Stupin im Gesicht! — Werde meine Knochen künftig auch noch mehr in Pflanzenfarben und =formen verkleiden, daß ich weniger an mich zu denken brauche. / Mir war direkt schwindlig. Wie auf'ner Drehscheibe.)

Drehscheibe ? : Auch mein General stellte die Beine seebäriger. Wir wankten die Oberkörper voreinander : mir war nicht gut ! (Wahrscheinlich war ich's bloß alleine, dem alles wackelte — : *kann* Einem ja auch der Appetit vergehen !). —

Mensch ! : War denn das noch subjektiv ? Oder Objektiv ? : Das wurde Einem ja richtig schlecht im Magen ! : ? ! / Coffin rülpste. Coffin preßte den Mund. Er sagte : „ Dieser Herr=ä Uspenskij : ist auf unsere Bedingungen nicht eingegangen. Ich habe daraufhin Befehl an unser Maschinenviertel gegeben : die Schrauben mit voller Kraft *rückwärts* laufen zu lassen : wir müssen zurück in Usamerikanische Hoheitsgewässer ! Raus aus diesen verrückten Roßbreiten : dann werden wir's den Bolshies schon zeigen ! " / Und von dem verwirrten (künstlichen ?) Chauffeur in Schlangenlinien zurückgebracht. / „ Nein : weiter. Zum Fernseh=Studio. "

(13 Uhr : ich mußte mir allmählich zurechtlegen, was ich an Abschiedsworten ins Goldene Buch eintragen wollte ! Hoffentlich fiel mir irgendein unverbindlicher Zungensalat ein. / Und, während das dichte Auto mit uns Rülpsenden über'n Asfalt walzte, schon immer die Stichworte einprägen : ‚gewährt ; Überraschung ; unvergeßliche Stunden : Betreut ; Abschied ; schöne Tage.' (Oder nee : die ‚schönen Tage' weiter nach vorn, den ‚Abschied' ans Ende : ob ich noch ‚Back= und Steuerbord' mit reinbringe ? — Mein, wenn ich das nur alles beisammen behielt !).).

Nein, der war doch nicht künstlich : der Chauffeur ! Er steuerte uns in ausgesprochenen Mäandern durch den Neutralen Streifen und hickte dazu : sind wir denn Alle besoffen ? ! (Das heißt : bei mir konnte es wohl die Spritze sein, die mir der bleiche Samenräuber verpaßt hatte ; wer weiß, was da drin war.) / Was für'ne Sitzung fand statt ? : Vom Inselausschuß ? Wegen *meiner* Wenigkeit ? ! —

Tatsächlich ! ! (Und jetzt festlich, Winer ! : der Akt wurde über Mond in alle Welt übertragen ! — D. h. in die *halbe* Welt ; für die er eben über'm Horizont stand !)

: „ *Mister Winer !* " *:* alles auf Welle 17,892. Ich versuchte, mein Gesicht begeisternder zu gestalten ; denn vorn sprach der weißhaarige Inder von dunnemals ; und ein Usher raunte mir ins Ohr : daß dies alles auf *mich* gemünzt sei ! („ Mich ? Winer ? " : „ Ja, Sie ! : Pssst ! ").

Und wurde, in einer feierlichen Vollsitzung, zum ‚Doktor IRAS h. c.' ernannt ! : Ich : Charleshenry ! ! [94] (Meingott, dann mußte ich die Goldnebucheintragung nochmal abändern! Unsere Hände, die eine Urkunde überreichten, beziehungsweise abnahmen, zitterten; unsre Gesichter waren wohl noch feierlich ; aber auch kalkweiß, beide ; beide schluckten : „ Bitte : Hick. " : „ Hickdank ! ").

Und in Prozession, in Cap and Gown, wieder zurück zum Rathaus : gräßliche Heiterkeit, sardische, auf

[94] Betrüblich, mit welcher Leichtfertigkeit akademische Grade vergeben werden können. Ein verantwortungsbewußter Mann hätte in solchem Falle abgelehnt : Domine, non sum dignus ! Dergleichen bescheidene Selbsterkenntnis ist Mr. — Verzeihung : Dr. ! — Winer freilich fremd !

allen Begleitergesichtern: das stimmte doch alles nicht! / (Und der Mund des alten Inders flüsterte an einem meiner Ohren — an welchem konnte ich nicht mehr unterscheiden —: „Die Amerikaner haben ‚Volle Kraft rückwärts' gegeben; die Russen ‚Unverändert Volldampf voraus'." / „Und das Ergebnis?").

Das Ergebnis?: „Wir drehen Uns!: Auf der Stelle!" / Die Außenränder der Insel hatten schon jetzt eine Geschwindigkeit von 5 Metern pro Sekunde (was sich, wenn sich erst einmal alles ‚eingespielt' hätte, auf 10 erhöhen würde! Wenn sie sich in 25 Minuten einmal um sich selbst drehte. Auf 150° Länge, und 38 Breite: mitten im pazifischen Sargassomeer, in den Kalmen, den Roßbreiten.....). /: „Ist mein Flugzeug etwa bereit?"

„Aber nicht doch: erst noch das Goldene Buch!" (Kann man auf einer Drehscheibe leben? Lieben? Und wenn ja: mit welchem Ergebnis? Dem üblichen, oder rutscht man ständig ab? / ‚Der Mond kreist': das hatte früher mal ein tummer Dichter gefaselt, und's war damals ne völlig vermanschte Metafer gewesen: jetzt wars's soweit! Jetzt kreiste er! / Ich stapfte.)

Rechts von einem Araber, links von einem Lotosmenschen gestützt; die Stufen zum Rathaus empor: sie ließen mich nicht, ich unterschriebe denn! / (Wie waren die Worte alle?: ‚Abschiedbetreuungschönundgewährt' — mein, wenn ich Denen bloß nicht ihr feines Buch vollkotze!.....)

Ein Saal, einsaal: hier war ich doch schon mal gewesen? / Ich fiel auf den Stuhl — das erleichterte zunächst etwas; aber nicht lange: im Gegenteil! Bewegung & frische Luft! — und gaffte leer ins Getümmel: wie das Pult hier schief stand! Einen Sprechenden lachte ich idiotisch an: Du, Dir ist auch nicht ganz koscher! / Tastete nach der altertümlichen Feder — die Linien auf dem schönen Papier verschlangen sich langsam vor meinen Augen, odumeinespirale. Ich schluckte das russische Frühstück mit Macht wieder hinunter: ‚Überraschunggewährtunvergeßlichundstunden‘. / Auch sie wollten sichtlich fertig sein. Ich zielte aufs Papier; hielt mich mit der unbeschäftigten Linken am Tischrand. Und schrieb (das Maul schon wieder voll Kaviar!): Was?:

‚*Ich gewähre* der Inselverwaltung einen überraschenden Abschied. / Selten bin ich derart von Schönen erleichtert, nie so von Backsteuern betreut worden: jede Drehung wird mir unvergeßlich sein!‘ / (Und noch hastigst den Willem drunter: !).

Auf der Straße zum Flugplatz: sie hatten es sichtlich eilig, mich aus dem Wege zu räumen. (Und ich auch: nischt wie heim per Düse! Brrr!). / Noch verhandelte man. Die Inder versuchten unterdessen per Yogha die Rotation aufzuhalten — sie hätten genau so gut Yoghurt probieren können!: „So hat Ihr Urgroßonkel sich das nicht gedacht, wie?“ (Das Drehen?: „Nein; bestimmt nicht!“).

Flugfeld; 2 Bäume, die sich anstöhnten: der Regen steinigte uns mit Glasbonbons. —

Inselabschied: eine winzige gelbe Hand in der meinen. / Ehe ich kotzte: „Was meinen Sie, Pandit Dschaganath: was wird werden?“ / Er hob lange die

Achseln: „Welche Maschinen eben länger aushaiten; Backbord oder Steuerbord. — Vielleicht zerreißt sie auch der Länge nach: das langfristige Einwirken solcher Schub= und Zugkräfte sei beim Bau nicht mit einkalkuliert worden, sagen die Ingenieure.....“ (und wieder die rührende Schulterbewegung). —

Senkrecht stand's und breitete machtvoll düsige Fäuste: bloß rein!!! — —. — : — ! — — : !! — — — : !!! — — — — : !! — — — — — — — — !!!! !!!! !!!!

* *
*

„*Na, Pilot?*“ *:* und auch der bewegte verdutzt den Kopf: äußerst merkwürdig! / (Und freute mich doch, als er ‚Doc‘ sagte: Eitelkeit, Dein Name ist Winer!). —

Höher schrauben über der walzenden Insel: von hier oben sah's leidlich friedlich aus. / „Ach, 5.000 Kilometer nach Detroit!: Da sind wir in 3 Stunden!“ / (Also rund 19 Uhr. Dann mit der nächsten Maschine nach Great Rapids: macht 20. Oder höchstens 21. Von da aus Frederick anrufen: der kann mich mit'm Auto abholen: Bon. Ich bewegte die Schultern in den Gurten.)

Aber'n gebildeter Mann, der Pilot!: ‚Einmal lebt'ich wie Götter, und mehr bedarf's nicht.‘ zitierte er lachend (und neidisch auf mich: daß ich ‚Das Alles‘ hatte sehen dürfen. / „Naja,“ sagte ich ausweichend, und gab ein paar belanglose Einzelheiten: lies' Du dann gefälligst meine Artikel!). —

(*Was war denn das entscheidende Bild* dieser verrückten Tage? / — (Also erst mal ganz schlapp machen. Alles streichen. Ganz wieder auf ‚vorher' schalten: *was* hatte den größten Eindruck auf mich gemacht? / Ich kannte mich: ich brauchte nur abzuwarten; dann blitzte es irgendwo ganz hell, ein snapshot, aus dem Bilderreservoir.....).......): Da!:

Der Vorhang geriet ins Wallen: teilte sich: nach rechts, nach links.....: Über die Sandebene kam eine Reiterin! Ohne zu halten an mir vorbei: nur das Gesicht wandte sie, und sah mich fest durch die eine übergroße Goldähre an:!:

„*Thalja!!*" / (Ohne zu halten an mir vorbei: nicht die Inderin, nicht die Russin, nicht die Schwester, und nicht die lange Bildhauerin. (Dann noch eher die Königin Schub=ad.)) / Thalja.

Ich schlug mit der Hand auf mein geschnalltes Knie: aber morgen früh nichts wie rein mit dem Kanu in die Schilfinseln des Kalamazoo! —. —

(*Und was'n Einfall das wieder:* ‚Einmal lebt'ich wie Götter'!!!). —

ERRATA

Seite	*Zeile*	
7	12	zerstrahlen = zerstrahlten
19	19	denen in mich = denen ich mich
36	9	umheimlich = unheimlich
54	27	bevor Sie's = bevor sie's
66	32	spritze = spritzte
70	23	Herren im = Herren in
76	25	Aluminiumeier = Aluminiumeimer
84	4	‚Fliegen Köpfen' = ‚Fliegenden Köpfen'
90	19	Nachrichtenhelferinnen = ... helferin
91	15	Brief ihres = Brief Ihres
113	1	‚Bugspitze = ‚Bugspitze'
152	16	habe = halbe
161	12	familly = family
	14	Saugkraft. = Saugkraft'.
172	11	gestellte = gestellt
177	3	im ein = ihm ein
201	31	‚Jagdhochstand = ‚JagdHochstand
210	34	folgender = anderfolgender
216	4	lui meme = lui même

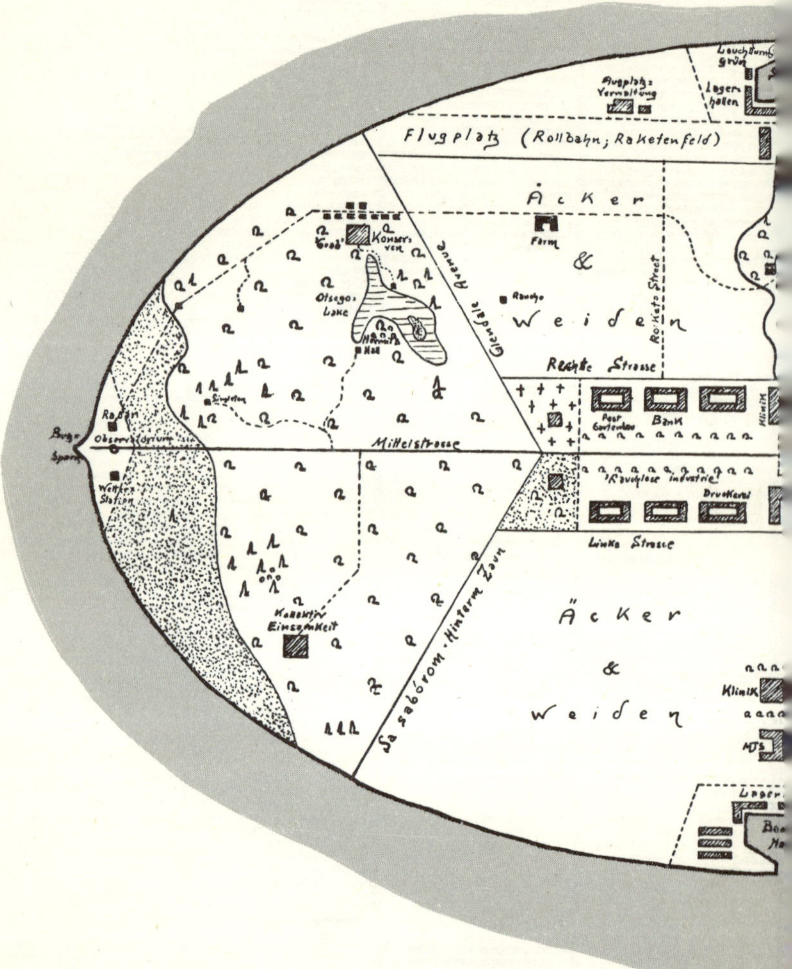
Flugplatz (Rollbahn; Raketenfeld)
Lagerhallen
Äcker & Weiden
Farm
Glendale Avenue
Otsego Lake
Rechte Strasse
Post
Bank
Klinik
Mittelstrasse
Rauchlose Industrie
Druckerei
Linke Strasse
Sa saboróm · Hinterm Zaun
Äcker & Weiden
Klinik
Kollektiv Einsamkeit
Observatorium
Wetterstation

O